Wolfgang Stahnke

Rotkäppchenmord

Wolfgang Stahnke

Rotkäppchenmord

Ein Taubertal-Krimi

Silberburg-Verlag

Für unsere Stadt.
Ich liebe sie.
Trotz allem.

1. Auflage 2006

Schönbuchstraße 48, D-72074 Tübingen.

Umschlaggestaltung: Wager ! Kommunikation, Altenriet.
Druck: Clausen & Bosse, Leck.
Printed in Germany.

ISBN-10: 3-87407-720-9
Ab 2007 ISBN-13: 978-3-87407-720-0

Prolog

Ursula Weiche an Helga Faber, Ettlingen

Bad Mergentheim, den 15. März

Liebe Omi,
halt dich fest! Du glaubst es nicht, der Uli, was der geschafft hat! Doch davon später.

Erst einmal zu uns beiden. Endlich! Der Lenz ist da! Der Lenz ist da! Die Miriam singt schon tralala. Es stimmt ja, dass es nach dem Winter – am Kalender gemessen – in diesem Jahr sehr früh warm geworden ist, aber es kommt einem doch immer sooooo lange vor, und ich konnte es wieder einmal gar nicht erwarten, bis die Winterdepressionen vorüber waren.

Viele Grüße von der Kleinen. Sie redet jetzt schon sehr viel und plappert und verdreht dabei die Laute und die Silben: Statt Waschlappen sagt sie Schlappwaschen und so fort. Sie ist jetzt halt im goldigsten Alter.

Mit unserem gemeinsamen Urlaub schien es erst nichts zu werden, meine zwei Wochen waren schon genehmigt, aber Ulis Chefin hatte sich quer gelegt. Jetzt aber hat es doch noch geklappt, seine Chefin hat sich nach diesen Ereignissen sehr generös gezeigt, und wir können schon in der nächsten Woche fliegen, wieder nach Mallorca zu Juana und Alberto, wie alle Jahre.

So.

Und jetzt zum Uli. Hast du dich sehr über den dicken Briefumschlag gewundert? Die beigefügten Blätter sind drei Seiten aus Ulis Zeitung, eine vom letzten Montag und zwei von der Dienstagsausgabe. Schau nur einmal hinein, dann kannst du dein blaues Wunder erleben! Du wirst stolz auf deinen Sohn sein. Der Kriminaldirektor hat öffentlich gesagt, das Ganze wird einmal als der »Rotkäppchenmord« in die Kriminalgeschichte eingehen. Uli ist von einem Tag auf den anderen so etwas wie eine regionale Berühmtheit geworden. Und er ist stolz, fast noch mehr als damals, wo er den Günter-Schifferdecker-Preis bekommen hat. Die Auflage der Zeitung ist auch schon gestiegen, und das in den wenigen Tagen.

Trotzdem hält er immer noch nicht viel auf sich. Seit ich ihm im letzten Sommer die Haare geschnitten habe, war er nicht mehr beim Friseur. Er sagt, bis Ostern soll es zu einem Zopf reichen. Jetzt trägt er ein Stirnband, natürlich ein knallbuntes. Ich sage ihm immer, dass er damit aussieht wie ein schlampiger Indianer, aber du weißt ja, wie er auf so etwas reagiert. Wann wird dein Sohn endlich erwachsen? Dabei kennt ihn jetzt jeder in der Stadt, und alle reden nur über ihn, aber das macht ihm nichts aus.

Herzliche Grüße von uns allen, besonders von Miriam. Ich lege das neueste Foto von ihr bei.

Deine Uschi

Helga Faber an Ursula Weiche, Bad Mergentheim

Ettlingen, den 17. März

Liebe Uschi,
du hast Recht, wir können uns in diesem Jahr wirklich nicht über das Wetter beklagen und wollen dankbar sein, dass es schon so früh warm geworden ist, und das ausgerechnet in dem Jahr, in dem Ostern so spät liegt. Kaum ist Fastnacht vorüber, wo wir die Strohhexe verbrannt und den Winter ausgetrieben haben, da ist er auch schon fort, und es blüht. Hoffentlich gibt es keinen Rückfall.

Vielen Dank für das Foto von meinem einzigen Enkelkind! Sie schaut schon und schmeißt Blicke wie ein richtiges Mädchen, einfach süß! Und groß geworden ist sie!

Und nun zu deiner überraschenden Nachricht und zu den Artikeln in der Zeitung. Ich kann mir gut denken, wie mein Sohn das mal wieder angestellt hat – nun ja, der Uli, der war schon immer so eigensinnig und richtig bockig, und ich habe dich vor ihm gewarnt! Trotzdem bin ich natürlich stolz auf meinen Einzigen. Sie werden ihm doch nicht etwa einen Orden verleihen? Wenn ich mir vorstelle, dass ich dann mit ihm nach Stuttgart muss, wo das Fernsehen und all die Ministerpräsidenten ...

1

Freitag, 10.05 Uhr

Jedermann weiß, dass das Wohlbefinden eines zivilisierten Menschen erheblich gestört sein kann, wenn er in Gedankenarbeit versunken ist und neben seinem Ohr schrillt oder düdelt das Telefon, oder was Telefone heutzutage an Lautäußerungen von sich geben. In dieser Hinsicht ging es dem Faber, Lokalredakteur bei der Tauber-Post, kein bisschen anders. Er schrieb gerade an einem wichtigen Artikel über die Ferkelzucht im Hohenlohischen und dachte darüber nach, ob er das Wort »Borch« verwenden oder doch lieber »in seiner Jugend kastrierter Eber« schreiben sollte, als er von dem Geschrille aus den Hohenloher Schweineställen in die Realität der Bad Mergentheimer Redaktion zurückgeholt wurde.

Der Faber, ein hoch gewachsener, schlaksiger, äußerlich immer ein wenig unordentlich auftretender und schon leicht ergrauter Mensch, war erst einmal ganz benommen. Aber wie immer in solchen Fällen, wenn er unvermutet aus der gemächlichen und nachdenklichen, von ihm so genannten »Tinophase« gerissen wurde, war er schnell wieder heimisch in der Realität und wurde ganz Ohr. Denn aus dem Telefon meldete sich Hebenstreit, die Neue, die junge Kollegin, welche die Chefin ihm zugewiesen hatte, damit er sie in die Gefahren und in die Tricks der lokalen und regionalen Nachrichtenkunst einweise und ihr über die in der Lokalpolitik zahlreich verstreuten Klippen hinweghelfe. Er meldete sich also mit einem Brummen, aus dem man von seinem Namen über »Bin an der Arbeit!« bis »Was gibt's denn?« alles heraushören konnte.

Was also war los? Ein Fall selbstverständlich, oder doch etwas, was ein berichtenswerter Fall, vielleicht gar ein Knüller zu werden versprach. Im Kaufhaus Belleim, so keuchte die atemlose Hebenstreit ihm ins Ohr, liege Rotkäppchen ...

»Wer?«, unterbrach der Faber verblüfft. »Jawohl«, wiederholte sie, Rotkäppchen liege am oberen Ende der Rolltreppe und sehe aus wie mausetot. Sie sei aber keine Deern wie im Märchen, sondern ein *oll Wief*, eine alte Frau – vor lauter Aufregung fiel sie in ihr heimisches, Flensburger Platt –, Krankenwagen, Notarzt, alles sei schon da, aber leider habe sie keinen Fotoapparat dabei ...

Sie hatte noch nicht zu Ende gesprochen, da fuhr dem Faber, wie gewöhnlich in solchen Fällen, der Turbo in die Glieder, und damit war er auch schon so gut wie unterwegs. Hörer hinschmeißen, Block, Stift, Digitalkamera schnappen, Anorak überwerfen, der Chefin ins Büro rufen: »Irgendwas im Kaufhaus!«, und die ganze Treppe mit *einem* Satz hinunter – alles eins. Denn wenn der flinke, flotte Faber mal in Fahrt war, dann war er nicht zu halten, bremsen, stoppen, das wussten sie alle, oder doch fast alle. Die Kollegen und die Mädels unten in der Anzeigenabteilung jedenfalls wussten es. Bis die so richtig einen erstaunten Blick auf ihn geworfen und die Augenbrauen hochgezogen hatten, da sah man statt seiner nur noch die Schwingtür wedeln. Die kesse, rundliche Jenny an ihrem Bildschirm konnte gerade noch hinter ihm her rufen: »Ui! Der findige Faber hat mal wieder was gerochen!«, er aber war schon draußen.

Dort, auf dem Pflaster der Burgstraße, erwartete ihn ein eiskalter Märzschauer.

Jetzt, wenn einer denkt, der Faber hätte sich an der Straße in seinen Wagen, seinen BMW oder sonst was, gestürzt und sei mit ihm wie eine gesengte Sau – die Schweinezucht klang in ihm noch nach –, er wäre also wie ein angekokeltes Ferkel davongebraust, dann ist er auf dem Holzweg. Jawohl. Denn so etwas mochte in Berlin alltäglich sein oder in München möglich oder im Fernsehkrimi selbstverständlich oder auch in Amerika, aber in Bad Mergentheim, da ging so etwas nicht. Denn dort gab es, alles in allem, nur vier Möglichkeiten: Entweder war erstens alles zugeparkt, oder es war zweitens Parkverbot, oder drittens beides zugleich. Oder viertens, man machte es wie der Faber, verkaufte sein Auto und stieg auf sein altes Fahrrad um oder ging zu Fuß, was in der Innenstadt die eindeutig schnellste Art war, voranzukommen. Und zum Kaufhaus Belleim waren es ohnehin kaum mehr als drei Dutzend Schritte. Mit einem BMW wären es wegen der Einbahnstraßen wenigstens zwei Kilometer gewesen. Mit jedem anderen Auto freilich auch.

So ließ er sich vom Blick des sandsteinernen Ritters auf dem Marktplatzbrunnen mit dem bemerkenswerten Namen Milchling leiten, der jetzt, am Freitagvormittag, hoch über dem Gewusel zwischen den Marktständen stand und verschmitzt in seinen Schnurrbart lächelte, als machte er sich lustig über die kleinen Menschlein zu seinen Füßen. Und als der Faber, zwar, wie man im Schwäbischen sagt, fest schnaufend, aber keineswegs atemlos um die Ecke bog, da sah er es gleich: Richtig, just an der Stelle, auf die der ehrwürdige, versteinerte Hochmeister des Deutschen Ordens mit seinen Augen zeigte, genau dort stand der Krankenwagen und hatte das Blaulicht an, als hätte er einen Drehscheinwerfer von zweitausend Watt auf dem Dach. Dass sie im Stehen mitten in der Fußgängerzone nicht auch noch den Tatü-tata-Nervtöter eingeschaltet haben!, dachte der Faber – so einen Wirbel machten die manchmal mit ihrem Spielzeug.

So schlängelte er sich, immerzu in betont höflichem Ton »Entschuldigung! Entschuldigen Sie bitte!« wiederholend, zwischen den Leuten hindurch, die von den Marktständen herübergekommen waren und neugierig den Platz blockierten. Die große, gläserne Eingangstür zum Kaufhaus war verschlossen. Drinnen und draußen standen alte und junge Leute und sahen einander an, die draußen mit fragenden, die drinnen mit ratlosen Gesichtern und demonstrativem Schulterzucken: Sie wüssten *auch* nicht, was los und warum die Tür plötzlich verschlossen sei. Einige schimpften und schlugen mit einem Stock oder gar mit den nackten Fäusten gegen das Sicherheitsglas, bis von der Seite jemand vom Kaufhaus erschien und die Leute beruhigte. Der Faber sah in der Menge einige Gesichter, die er wieder erkannte, links neben ihm hatte sich die vornehme Bankiersgattin von der Privatbank vor dem plötzlichen und eiskalten Schauer unter das Glasdach geflüchtet, in elegantem Lodenumhang, mit geschmackvollem Hut stand sie dort mit unbeteiligter Miene. Drinnen, hinter der Glastür erkannte er im Hintergrund den Stadtstreicher Fuzzy und noch einige mehr, aber er achtete nicht darauf. Direkt neben seinem Ohr sagte jemand zu ihm: »Do könnet Se net nei, des sähet Se doch!«

»Ich muss aber«, drängte sich eine Stimme aus seinem Innern ins Freie. Dabei richtete er seinen Blick auf eine Tür in der so überhaupt nicht ins historische Stadtbild passenden Fassade, ein Stück links vom Haupteingang, und ihm fiel ein: Richtig, dort war ja die Treppe zum italienischen Restaurant im Dachgeschoss. Er probierte sie, vorsichtig um sich blickend. Sie war offen. Hineinschlüpfen, die Tür hinter sich zuziehen und die drei Treppen hinauf in seinen schweren Winterschuhen, das ging alles so schnell, dass es einem Olympischen eine ganze Menge Ehre gemacht hätte.

Oben im Restaurant angekommen, musste er erst einmal kurz verschnaufen. Dabei sah er sich unauffällig um, denn sein geschultes Reporterauge schlief so gut wie nie, und ihm entging selten etwas. Das Restaurant war leer, nur der Wirt stand hinter der Theke und räumte irgendwelche Gläser herum. Er musterte mit weit aufgerissenen Augen den Mann, der da die Treppe herauf- und keuchend bei ihm hereinstürmte.

»Ist hier jemand durchgekommen?« Der Faber atmete noch heftig. Der Wirt ließ seine großen Augen nicht von ihm und schüttelte den Kopf.

»Sicher?« Jetzt nickte der Mann eifrig und wollte damit gar nicht aufhören.

»Wann haben Sie aufgemacht?«

»Grad ebe.« Die Sprachfärbung war deutlich italo-fränkisch.

»Wann genau?«

»Punkete ssehn.«

Ein schneller Blick auf die Armbanduhr: zehn Uhr und zehn, nein, elf Minuten.

»Und Sie waren die ganze Zeit hier?«

Darauf wieder das eifrige Nicken, der Mann holte mit dem Kopf richtig nach hinten aus und schlug ihn mehrmals herunter bis auf die Brust. Wie ein Pferd, das Fliegen verjagt, musste der Faber denken.

»Wo ist die Treppe hinunter ins Kaufhaus?«

Diesmal zeigte das italo-fränkische Pferd mit ausgestrecktem Arm nach rechts in eine dunkle Ecke. Dort fand der Faber eine Tür, rannte die Treppe hinunter, dort wieder durch eine Tür, und er stand im zweiten Obergeschoss des Kaufhauses. Vorsichtig, damit ihn möglichst niemand bemerkte, schloss er die Tür hinter sich. Oben drüber stand »Notausgang«.

Einen Atemzug lang stand der Faber mucksmäuschenstill ein wenig abseits von dem Durcheinander und dem Lärm, um die Lage zu peilen. Ein Stück weiter drüben, mitten in der Halle, genauer: just auf dem Platz, auf den für gewöhnlich die Rolltreppe kauflustige Frauen, Jugendliche und manchmal auch Männer spuckte, wimmelte eine Menge unterschiedlichster Menschen, die aber alle eines gemeinsam hatten, nämlich dass sie entweder ihre vor Schreck geweiteten Augen abwandten oder aufgeregt und auffällig besorgt direkt vor sich nach unten blickten. Dort auf dem Teppichboden lag bewegungslos ein Bündel Mensch in auffällig farbenreicher Gewandung. Um das Bündel herum arbeiteten einige Männer in orangeroter Kleidung mit allerlei Geräten und mit sparsamen, aber genau gezielten Bewegungen; offenbar versuchten sie, aus dem toten Bündel wieder einen lebenden Menschen zu machen. Einer stand gerade vom Boden auf. »Notarzt« stand in Leuchtschrift hinten auf seiner Jacke. Unauffällig schlängelte sich der Faber zwischen Tischen mit bunten Socken und Kinderkleidung hindurch.

Nach Hebenstreit brauchte er nicht lange Ausschau zu halten. Sie stand unübersehbar mitten in der Menge und überragte, hoch gewachsen und blond, alle anderen, sogar die zwei jungen Sanitäter. Sie schien gerade vom Friseur zu kommen, jedenfalls sah ihr heller Schopf modisch igelähnlich frisch geschnitten und professionell gestrubbelt aus. Sie ließ ihre Augen umherwandern, drehte und wandte den Kopf hierhin und dorthin und schien nach etwas Bestimmtem Ausschau zu halten. Zugleich sprach sie mit einem kleinen, rundlichen Mann mit Glatze, der Mühe hatte, zu ihr aufzusehen. In der linken Hand hielt sie einen Schreibblock und schrieb, ohne auf das Papier zu sehen, mit, was der Mann sagte.

Der Faber warf einen schnellen Blick hinüber zur Rolltreppe. Die war mit einem rot-weißen Plastikband abgesperrt und stand still.

Vorsichtig mischte er sich unter die Leute, zog mit der Linken die Minikamera aus dem vom Schauer noch nassen Anorak, und rief laut, als empörte Blicke ihn trafen: »Presse!« Über die Lautsprecher in allen Stockwerken redete eine hörbar um Fassung bemühte Stimme mit immer gleicher Betonung und ohne sich zu unterbrechen: »Bitte betreten Sie nicht die Rolltreppen! Bitte bewahren Sie Ruhe, es besteht keine Gefahr! Bitte halten Sie sich von den Rolltreppen fern ...«

Die Sanitäter waren inzwischen so weit, dass sie die reglose Gestalt fortbringen konnten. Der Notarzt verstaute sein Gerät in einer großen Tasche, und die Männer legten das Bündel Mensch zu viert vorsichtig auf eine Bahre. Jetzt konnte der Faber erkennen, dass es sich bei dem Bündel um eine Frau handelte. Sie hoben sie auf und sahen sich zuerst nach der normalen Treppe, dann auf der anderen Seite der Halle nach einem Aufzug um. Der Faber, der mit dem Rücken zum Aufzug stand, deutete den Blick richtig und brachte sich und die kleine Kamera an dem Weg zum Lift in Stellung. Denn *das* lernte jeder bei einer Zeitung als Allererstes, dass eine Nachricht ohne Bilder keine wirkliche Nachricht war. Ohne Bilder ging gar nichts, daran führte kein Weg vorbei. Das war ein gar nicht oft und deutlich genug zu erörterndes Thema: der Mensch, das Augentier, das in Bildern vor sich sehen muss, was es wahrnehmen soll.

Die Rettungsmannschaft mit der Bahre kam näher, und der Faber schoss schon ein paar Aufnahmen, obgleich er vorerst kaum etwas Genaues erkennen konnte, einfach nur mal so, um sich warmzuarbeiten. Einer der Sanitäter teilte die Menge und rief dauernd: »Bitte treten Sie zurück, bitte machen Sie Platz!« Dann kamen die zwei mit der Trage, und daneben ging der auffällig junge Notarzt, der eine Flasche hochhielt, mit einem dünnen, durchsichtigen Plastikschlauch daran. Dabei sah er nicht dahin, wo er hintrat, sondern beobachtete immer nur ganz scharf das Gesicht der Verunglückten. Erst jetzt erkannte der Faber, dass die Frau viel älter sein musste, als er sie auf den ersten Blick von weitem eingeschätzt hatte, nämlich mindestens siebzig Jahre, vielleicht noch älter. Der Körper war bis zum Hals mit einer metallisch glänzenden Isolierdecke zugedeckt. Auf den weißen, gepflegten Haaren trug sie eine rote Kappe, deren ebenfalls rotes Band um das bleiche, runde Kinn gebunden war. Das Gesicht war so auffällig auf rosig geschminkt, als sollte sie in ein paar Minuten mit einer Theatergruppe auf einer Dorfbühne auftreten, und zwar so, dass die von Natur vorhandenen Apfelbäckchen zusätzlich betont wurden, aber es wirkte ganz unnatürlich, um nicht zu sagen: obszön, denn das Gesicht unter der Schminke war weiß – so weiß, wie der Tod höchst persönlich. Die Augen waren geschlossen. Die Frau lag reglos und war ohnmächtig, aber ob sie atmete oder nicht, das konnte der Faber nicht erkennen. Die Bahre kam an ihm so dicht vorbei, dass sie ihn streifte. Er hatte die Kamera auf Dauerbetrieb gestellt, hielt sie sich nur über den Kopf und ließ sie alleine Aufnahme um Aufnahme machen, bis die Rettungsmannschaft im Aufzug verschwunden war. Über die Lautsprecher redete immer noch die monotone Stimme: »Bitte halten Sie sich von den Rolltreppen fern!«

Fabers inneres Tempo stand immer noch auf Turbo, also drängte er sich eilig durch die langsam sich auflösende Menge hinüber zur abgesperrten Rolltreppe. Wie immer begann sein vom journalistischen Instinkt gesteuertes Adlerauge sofort und automatisch nach etwas zu suchen, einer auffälligen Veränderung etwa oder einem Gegenstand, der nicht an Ort und Stelle gehörte und der ihm irgend eine Anhaltspunkt liefern konnte.

Gleich neben der Rolltreppe, am Fuß einer Säule, hinter den weiten Hosenbeinen eines schnauzbärtigen, alten Mannes mit Lodenmantel, der heftig mit seinem Stock gestikulierend mit einem anderen stritt, sah er etwas liegen. Als er sich bückte, um es hinter den Hosenbeinen hervorzuziehen, zog ihm der mit dem Stock in seiner Fuchtelei eine über, aber einer wie der Faber ließ sich von so etwas nicht aufhalten. Schließlich, nach einigem Ächzen, hatte er das Stück sichergestellt. Es war ein Beutel oder eine Art Tasche, selbst gestrickt aus bunter Wolle oder auch gehäkelt oder wie das hieß, was Frauen mit Wollknäueln so machten. Jedenfalls, dass das Ding der verunglückten Frau gehört hatte, war mehr als wahrscheinlich. Er richtete sich auf, reckte sich, rieb sich die Stelle, wo sein Rücken mit dem Stock Bekanntschaft gemacht hatte und sagte laut: »Tino!«

Dann lehnte er sich gegen die Säule und sah dem Lodenmantel gelassen in sein schnauzbärtiges Gesicht. Der hatte von all dem gar nichts gemerkt und fuchtelte weiter und schimpfte, er werde ab sofort nur noch die normale Treppe zu Fuß benutzen, und man sei sich ja seines Lebens nicht mehr sicher. Und eine Schande sei es für ein so großes Kaufhaus mitten in der Stadt, wenn auf den Rolltreppen die Leute durch Stromschlag – er sagte: »Eins gewischt kriegen« –, und die würden doch heutzutage gar nicht mehr richtig gewartet.

Der Faber, hinter sich die Säule und vor sich die beiden Streithähne und mit seiner Nase nur drei Handbreit neben dem Schnauzbart, holte zweimal tief Luft, dann wand er sich, die Stricktasche hinter seinem Rücken verborgen, vorsichtig und von den Streithähnen unbemerkt aus der Umklammerung.

»Was haben Sie da gerade gesagt? Mit wem reden Sie denn?« Wie aus dem Boden geschossen stand Hebenstreit neben, um nicht zu sagen: über ihm. Der Faber, missmutig, weil er sich ertappt fühlte, und zugleich sauer, weil ihr vorlautes Mundwerk ihm auf die Nerven ging, brummte nur: »Mit niemandem. Ich hab nur laut gedacht.« Der Tino-Trick, darin war er unerbittlich, war sein Geheimnis und ging niemanden etwas an.

»Das ist aber kein gutes Zeichen«, stichelte sie weiter. »Wissen Sie noch, wie Alzheimer mit Vornamen geheißen hat?«

»Ähm, – gewusst hab ich's schon mal, 's fällt mir jetzt gerade aber nicht ein«, musste er zugeben.

»Sehen Sie? So fängt's an!«

»Ha, ha«, brummte er und fand das gar nicht zum Lachen. »Was haben Sie bisher herausgefunden?« Ihn nervte nicht nur ihr Mundwerk, sondern auch, wie sie ihn angrinste und wie sie ihm dazu noch auf die Pelle rückte.

»Sie haben sie, in eine Überlebensdecke eingewickelt, über den Aufzug nach unten gebracht«, sagte sie.

»Ja, das hab ich gesehen. Und weiter?«

»Der Notarzt hat das Gerät zur Reanimation, also zur Wiederbelebung ...«

»Den Defibrillator«, warf er ein, froh darüber, dass er so die Hierarchie wieder herstellen konnte. Mein Gott!, dachte er, womit habe ich dieses lange, vorlaute Weib verdient! Mit der werde ich ewig kämpfen müssen.

»Ja, richtig.« Ihr Blick streute Anerkennung in seine Richtung.

Na also, dachte er.

Demnach, so sei ihre Vermutung, könne man wohl davon ausgehen, dass die Reanimation gelungen sei.

»Hm«, brummte der Faber, deutete ein Nicken an und bekundete damit, dass es sich möglicherweise so verhalten könne. »Weiter!«, drängte er. »Alles!«

Hebenstreit riss sich zusammen und gab vollständigen Bericht: Das Auffälligste an der Frau sei ihre Kleidung gewesen. Sehr ungewöhnlich, sie habe nämlich das Kostüm des Rotkäppchens aus dem Märchen angehabt, und das in allen Einzelheiten. Aber als der Faber ihr daraufhin einen von gerunzelter Stirn und gekrauster Nase umrahmten Blick zuwarf, schränkte sie sofort ein: »Na ja, wie man sich eben so ein Kostüm vorstellt.« Denn genau genommen sei ja außer der roten Kappe nichts bekannt; die Brüder Grimm hätten ...

Eilig winkte der Faber ab: »Geschenkt. Weiter!«

Warum die doch schon deutlich ältere Frau das auffällige Kostüm getragen habe, das habe sie nicht in Erfahrung bringen können, und sie könne sich dafür auch keinen einleuchtenden Grund vorstellen. Unfallursache aber sei höchstwahrscheinlich ein Stromschlag an der Rolltreppe, jedenfalls gehe die Geschäftsleitung des Kaufhauses allem Augenschein nach davon aus. Die habe auf den Unfall hektisch, ja mit Panik reagiert, sei bestürzt und ganz durcheinander. So hätten sie, um nur ein Beispiel dafür zu nennen, mit dem Hauptschalter bis auf die Notbeleuchtung den Strom für das ganze Haus abgeschaltet und alle Türen nach außen geschlossen, weil mit dem Strom auch die Diebstahlkontrolle abgeschaltet worden sei.

»Hab ich gemerkt«, brummte der Faber, »aber die Tür da«, und er deutete eine entsprechende Bewegung mit dem Zeigefinger an, »den Notausgang da drüben in der Ecke, den haben sie vergessen.«

Kaufhausbesucher, so berichtete Hebenstreit weiter, hätten die Frau allein auf den Stufen liegend das letzte Stück die Rolltreppe heraufkommen sehen. Oben habe sie sich noch einmal kurz bewegt, dann sei sie regungslos liegen geblieben. Verletzungen seien aber keine zu sehen gewesen, sie selber, Hebenstreit, habe das alles und noch mehr von einer ganzen Reihe eifriger Zeugen erfragen können. Notarzt und Rettungsmannschaft seien schon nach wenigen Minuten dort gewesen und hätten an Ort und Stelle mit der Reanimation begonnen. Sie, Hebenstreit, habe daraus geschlossen, dass die Frau schon klinisch tot gewesen sein müsse.

Der Faber, schweigend, aber ganz Ohr, nickte dazu. Die Wiederbelebungsversuche, so Hebenstreit weiter, mit dem Gerät, dem ... – »Defibrillator«, unterbrach ergänzend der Faber ohne aufzublicken, – ja, die müssten aber wohl Erfolg gehabt haben, sonst wären sie nicht mit ihr so eilig in die Klinik gefahren.

»Nicht unbedingt«, unterbrach wieder der Faber, scheinbar intensiv seine Schuhe betrachtend, »auf dem Gebiet des Rettungswesens, da gibt es manchmal ganz seltsame ...« Hier brach er ab und forderte sie auf, weiter zu berichten. So sehr viel mehr gebe es nicht, fuhr sie fort, sie habe noch mit einigen Angestellten gesprochen, darunter dem Hausdetektiv, aber die seien alle miteinander sehr verschlossen gewesen, und die anderen Kunden, die sie noch gefragt habe, die hätten entweder gar nichts gesehen, oder aber sie hätten das, was die anderen gesehen hatten, bestätigt. Nur eines noch: Die Rettungsmannschaft sei sehr schnell dort gewesen und sie sei, so weit sie das beurteilen könne, kompetent und professionell vorgegangen.

Während Hebenstreit eifrig, fast schon atemlos, berichtete, holte der Faber die Beuteltasche hinter dem Rücken hervor und schob sie Hebenstreit vorsichtig über die Hand auf den Unterarm, so dass es aussah, als gehörte sie ihr. Überrascht stockte sie in ihrem Bericht und betrachtete, was ihr da am Arm hing. »Was soll das denn?« Mit Verschwörermiene hielt sich der Faber den Finger an die Lippen. Sie schwieg sofort.

»Das lag da vorne, gleich neben der Rolltreppe«, erklärte er leise. »Sieht doch ganz nach einer älteren Dame aus, oder? So eine selbst gestrickte Tasche.«

»Gehäkelt«, korrigierte sie ihn.

»Genau. So eine selbst gehäkelte Tasche. Und«, die nächsten Worte sprach er mit auffälliger Betonung, »und ohne Verschluss.«

Dieser Hinweis kam einer Aufforderung gleich. Gemeinsam warfen sie also einen Blick hinein, Hebenstreit beugte sich dazu herunter und schaute ihm über die Schulter. »Eindeutig die Handtasche einer älteren Dame«, stellte sie beim genauen Hinsehen fest, bemerkte aber dabei, dass die Tasche nicht überall ganz frisch und sauber aussah, und modifizierte entsprechend: »Wie gesagt, eindeutig die Handtasche einer älteren Frau. Außerdem passt sie in den Farben genau zum Rotkäppchenkostüm.«

»*Ziemlich* eindeutig«, bremste der Faber nach kurzem Zögern seine Bestätigung , weil er sich mit den üblichen Inhalten von Damenhandtaschen nicht so gut auskannte. »Auf jeden Fall nehmen wir sie erst einmal mit.« Das Letzte war keine Frage, sondern eine Feststellung.

»In der Redaktion werden wir damit ...«

»Nicht in die Redaktion, sondern in die Klinik! Kommen Sie! Wenn das mit der Rolltreppe stimmt, dann steckt das Kaufhaus ganz schön in der Tinte. Und das finden wir nur in der Klinik heraus.«

Er rannte voraus auf den Notausgang zu und denselben Weg zurück, auf dem er hereingekommen war.

Aus den Lautsprechern kam immer noch die um Fassung bemühte Stimme: »Bitte halten Sie sich von den Rolltreppen fern! Und bitte bewahren Sie Ruhe ...«

2

Freitag, 10.20 Uhr

»Sind Sie mit einem Fahrzeug hier?«, fragte der Faber seine junge Kollegin, während sie gemeinsam die Treppe zum Restaurant hinaufrannten.

»Mein Roller steht unten, gleich neben dem Haupteingang.« Sie blieb über die Treppen und durch das Lokal keinen Schritt hinter ihm zurück, und als sie unten in der Fußgängerzone herauskamen, war sie, ganz anders als er, kein bisschen außer Atem. Ihre alte Lambretta hatte er, als er gekommen war, gar nicht wahrgenommen. Sie stand direkt neben dem inzwischen wieder offenen Haupteingang, an der hohen Frontscheibe aus Plexiglas prangte großsprecherisch die Aufschrift »Presse«.

Während er sich die Häkeltasche über den Arm bis zur Schulter hinaufschob, startete sie den Motorroller, und er stieg hinter ihr auf die schmale Sitzbank. Weiter hinten, schon beim Schloss um die Ecke, hörten sie noch die Sirene des Rettungswagens. Hebenstreit wollte hinterher, aber der Faber schrie ihr »Da lang!« ins Ohr und zeigte mit ausgestrecktem Arm in die andere Richtung.

»Ich kenn den Weg nicht!« schrie sie zurück.

»Ich mach'n Wegweiser. Immer da lang, wo ich sag! Erst mal zum Gänsmarkt.« Hatte, wie wir merken, schon wieder den Turbo, der Faber.

Der alte, schmalbrüstige Roller unter ihnen keuchte und quälte sich, als wollte er gleich den Geist aufgeben.

»Na, wird der Hüpfer uns beide schaffen?« rief er ihr beim Fahren ins Ohr.

»Keine Sorge!«, schrie sie zurück. »Die Marilyn hat schon ganz andere Leute geschafft.«

»Na, hoffentlich«, rief er, das Zweideutige, das ihm bei ihrer Antwort in den Sinn kam, gleich wieder verdrängend. »Ich versuche gleich mal, in der Klinik anzurufen.« Er wurstelte das Handy aus der Tasche seines Anoraks und wählte in einer riskanten Aktion, bekam aber keine Verbindung.

Als der Gänsmarkt in Sicht kam, schrie der Faber: »Scharf links, dann wieder rechts!«, und sie umrundeten den Kiliansbrunnen in halsbrecherischer Schräglage. Hebenstreit warf sich sofort nach rechts, als führe sie ein Rennen für schwere Maschinen, und sie bogen in die Holzapfelgasse ein.

Da knatterten sie durch die enge Straße, Hebenstreit die Knie seitlich ausgewinkelt, weil der Platz hinter der Rollerfront für ihre langen Beine zu knapp war. Dem Faber fiel erst jetzt auf, dass ihre Jeans unten an den Hosenbeinen um zwei Handbreit angestückelt waren; ein Stück aus bunt kariertem Stoff, fachkundig angesetzt, musste die fehlende Länge ausgleichen.

»Fahren Sie immer so?«, schrie er gegen den Fahrwind an.

»Nein, sonst sitze ich immer hinten, wo Sie jetzt sitzen.«

Der Faber musste, als er sich das als Bild vorstellte, lachen. »Vergessen Sie das bitte nicht, dass ich hier hinten sitze, sonst liege ich auf der Straße! Jetzt Achtung, Hauptstraße! Fußgängerüberweg rechts, die Passanten schirmen uns ab. Also nichts wie durch. Geradeaus!« – so jagten sie mit dreißig Kilometer, auf die Stunde gerechnet, über die Kreuzung die Mörikestraße hinauf, während auf beiden Seiten im Unteren Graben der Verkehr warten musste, bis die Fußgänger die Straße auf dem Zebrastreifen überquert hatten.

Während der Fahrt probierte der Faber ein zweites Mal, die Notaufnahme des Caritaskrankenhauses anzurufen. »Ich melde uns an«, erklärte er Hebenstreit, als sie sich besorgt nach ihm umdrehte, »die Ärztin in der Notaufnahme, die kenne ich gut.« Sie ließen soeben die Allee hinter sich.

»Sackgasse! Da vorne ist die Straße zu Ende!«, schrie Hebenstreit gegen den Fahrtwind und versuchte, weil der Roller wegen des Übergewichtes schlingerte und sie nicht wagte, eine Hand vom Lenker zu nehmen, ihr hübsches Kinn an Stelle des Zeigefingers einzusetzen.

»Macht nichts!«, schrie er zurück, »nur weiter den Radweg geradeaus. Dies Ding hier ist doch kaum mehr als ein Fahrrad, das asthmatische Motörle zählt doch gar nicht!«

»Aber zwei erwachsene Personen auf einem Fahrrad, ist das nicht verboten?«

»Ach was! Der Schwindling wird schon nicht gerade vorbeikommen. Da vorne nach links, durch die Unterführung, aber mit Anlauf und Caracho, dahinter wird's steil!«

Hebenstreit drehte das Gas bis hinten auf, und das Röllerle schaffte es tatsächlich. Als sie mit lautem Geknatter in die Uhlandstraße einbogen, hörten sie von der anderen Seite her den Rettungswagen kommen. Der hatte auf dem Umweg über Kapuzinergasse und Wachbacher Straße bei der üblichen Verkehrverstopfung am Freitagvormittag trotz Blaulicht und Sirene genauso lange gebraucht wie die Hebenstreit und der Faber auf ihrem Rollfloh.

So. Und was jetzt? Jetzt sollte man nicht allzu genau hinsehen und hinhören, denn was der Faber als Nächstes tat, das war, sehr zurückhaltend gesprochen, eigentlich nicht ganz korrekt. Nun ja, genau genommen war es sogar ganz schön unverschämt. Es wurde auch, wie es sich gehört und wie wir gleich sehen werden, sofort bestraft.

Der Faber schlich sich nämlich, während Hebenstreit ihren Roller abstellte, direkt neben dem Rettungswagen in den Vorraum der Notaufnahme, wo das Rotkäppchen ausgeladen wurde. Mit besorgtem Gesicht tat er so, als würde er das automatische Tor aufhalten. Er tat überhaupt in allem so, als gehörte er dazu, bis er mit den anderen drinnen war, winkte sogar noch schnell Hebenstreit zu sich herein, kurz bevor das Tor sich von selbst wieder schloss. Sie sahen beide die bestimmt auftretende und somit augenscheinlich leitende Ärztin und erkannten an deren weißem Kittel das kleine, aber deutlich lesbare Schild: »Dr. C. Krupka«. Doktor Ce Punkt Krupka wirkte erschöpft und übernächtigt und sah sie ebenfalls.

»Ihr seid ja schon da! Aber hier können wir euch jetzt nicht brauchen. Später komme ich nach draußen und rede mit euch. Raus jetzt!«

Ein bulliger Pfleger, der genau in diesem Augenblick von drinnen aus den hinteren Räumen kam, hörte nur die letzten Worte und verstand sie als Auftrag für sich ganz persönlich, auf der Stelle körperlich tätig zu werden. An Hebenstreit, die von hoch oben auf ihn heruntersah mit ihren wasserhellen Augen, eines davon erschrocken, das andere drohend blickend, an die wagte er sich nicht heran. Also griff er sich deren Begleiter an beiden Ellenbogen, benutzte ihn als Rammbock, und so schob er Hebenstreit mit dem Faber durch die schmale Tür neben dem Tor hinaus.

Die Tür knallte hinter ihnen zu.

So.

Da standen sie wieder draußen.

Hebenstreit sah den Faber an.

Der Faber sah seine Schuhe an. Er atmete einmal tief ein und wieder aus und sagte leise, aber deutlich: »Tino.«

»Das können Sie aber laut sagen«, ereiferte sich Hebenstreit. »So einen Dino habe ich lange nicht erlebt!«

Nun war es am Faber, verständnislos dreinzuschauen.

»Sie haben diesen Bullen doch gerade eben einen Dinosaurier genannt. Und mit Recht, wie ich finde. Oder nicht?«

»Nein, nein«, er sah beschwichtigend in ihre Richtung. »Ich habe nur laut gedacht.«

»Schon wieder? Das tun Sie anscheinend öfter?«

»Ja, das tue ich«, er hob die Stimme, »und es geht Sie nichts an!«

»Entschuldigung. Und was werden wir jetzt tun?« Sie schien so eine Zurechtweisung als etwas ganz Selbstverständliches wegzustecken.

»Ach, das wissen Sie nicht? Na, was werden wir wohl tun? Warten werden wir; das, und nichts anders, werden wir tun.« Er sah immer noch an sich herunter, es sah aus, als untersuchte er seine Schuhe nach Fliegendreck. Dann, unerwartet, stellte er seine Füße sorgfältig in eine leichte Grätsche nebeneinander, richtete seinen Körper auf, drückte die Schultern nach hinten, schloss die Augen und begann, zuerst nur mit den Armen, dann mit seinem ganzen Körper, langsam und konzentriert Tai-Chi-Übungen auszuführen.

Schon nach wenigen Minuten öffnete sich die Tür wieder, und die Ärztin trat heraus. Sie rief nach hinten, in den Raum hinein: »Zieht sie wieder an.« Dann wandte sie sich dem Faber zu, warf einen Blick an Hebenstreit hoch und sagte leise: »Nichts mehr.«

Der Faber blieb ganz still und sah sie nur an. Jeder konnte sehen, dass es ihm nahe ging.

»Exitus«, sagte Dr. C. Krupka dann laut und deutlich, als hätten die beiden sie nicht verstanden. Sie griff nach Fabers Arm, als müsste sie sich daran festhalten, um nicht zu fallen. Sie wirkte jetzt noch erschöpfter als vorher.

»Ich weiß, dass du alles versucht hast, Carla«, sprach der Faber ganz ruhig. »Das tust du doch immer.«

Die Ärztin starrte auf die schmutzig-weiße Wand neben sich. Dann sah sie ihn an. »Ja, das stimmt. Und trotzdem. Ach, Uli, du glaubst nicht, wie ich diesen Beruf manchmal hasse!«

Wieder schwieg der Faber, aber er ließ den Blick keine Sekunde von ihr. »Dies ist doch deine zweite Schicht, oder? Du hast vorher schon Nachtdienst gehabt.«

Sie schüttelte den Kopf. »Die dritte. Gestern normale Schicht, dann Nachtdienst, und heute gleich weiter. Nachtdienst wird nicht gezählt, wenn nichts Besonderes los ist. Nachtdienst gilt als Ruhezeit.« Dann plötzlich straffte sie sich und verkündete im Ton einer amtlichen Pressemitteilung: »Ja, also. Die Frau ist gestorben. Schon, als sie bei uns ankam, war sie nicht mehr am Leben.«

Hebenstreit fiel auf, wie die Ärztin das Wort »tot« zu vermeiden suchte, so, als wehrte sie sich immer noch gegen ihren Misserfolg bei dem Versuch, die Frau ins Leben zurückzuholen. »Wir haben versucht, sie zu reanimieren, aber es war erfolglos. Sie ist entweder schon im Kaufhaus gestorben oder unterwegs.«

Der Faber hatte den Block gezückt und schrieb schon. »Todesursache?«, fragte er betont sachlich.

»Die kennen wir noch nicht genau. In Frage kommen natürlicher Tod, also ohne Einfluss von außen, darunter in erster Linie akutes Herzversagen, oder aber als zweite Möglichkeit Herzversagen, herbeigeführt durch einen elektrischen Stromschlag auf einer, in diesem

Falle defekten, Rolltreppe. Das werden wir auf jeden Fall noch untersuchen.«

»Hatte sie irgendwelche Verletzungen? Sichtbare, meine ich.«

»Nur ein paar Hautabschürfungen am Körper. Die dürften aber keine Bedeutung für ihren Tod haben, dafür sind sie zu gering.«

»Wo befinden die sich?«

»Vorne links am Körper, unterhalb des Rippenbogens. Wahrscheinlich ist sie an der Rolltreppe irgendwo hängen geblieben. Möglicherweise beim Übergang der Rolltreppe oben in den Boden.«

»Wisst ihr, wer sie ist?«, fragte der Faber.

»Bis jetzt noch nicht.«

»Hatte sie etwas bei sich, woraus man auf ihre Identität schließen könnte?«

»Gar nichts. Nur diese ungewöhnliche Kleidung.«

»Ja, die hat meine Kollegin hier mir schon genau beschrieben. Hast du eine Ahnung, was das Kostüm bedeuten könnte?«

»Keine.«

»Vielleicht kann das hier weiterhelfen.« Der Faber holte die einem Beutel ähnliche Tasche hinter seinem Rücken hervor und zog sie sich von der Schulter. »Die hab ich im Kaufhaus gefunden. Oben an der Rolltreppe im zweiten Obergeschoss.«

Dr. C. Krupka machte große Augen. »Du meinst, die gehört ihr?«

Der Faber tat betont uninteressiert, jede der beiden Frauen sah es. »Möglich wär's doch.«

Die Ärztin zögerte einen Augenblick, dann winkte sie die beiden mit einer schnellen Handbewegung zu sich. »Kommt mal schnell mit rein.«

Also folgten Hebenstreit und der Faber ihr in einen großen, weiß gekachelten Raum. Dort lag die Tote, sorgfältig angezogen wie in der letzten Stunde ihres Lebens, auf einem hohen, schmalen und mit einem weißen Tuch verhüllten Metalltisch.

Wie ein Altar, so ging es dem Faber durch den Kopf, und sie liegt darauf, als wäre sie geopfert worden. Er sah sie an, bis auf Anweisung der Ärztin eine der Krankenschwestern kam und die Frau mit einem großen, weißen Leintuch zudeckte.

Dr. C. Krupka nahm dem Faber die Tasche aus der Hand und ging mit ihr hinüber zu einem kleinen, einfachen Tischchen. Sie fegte die Papiere, die darauf lagen, mit der Hand zusammen, verstaute sie auf der Ablage an einem schmalen, weißen Schrank und schüttelte den Inhalt der Tasche auf den Tisch. Zuerst fiel ein stramm gehäkeltes Schlüsselmäppchen aus hellblauer Wolle mit zwei Schlüsseln heraus. Hinterher kam ein kleines, gehäkeltes Täschchen. Der Faber drehte es um. Ein kleines Taschentuch, mit Spitze umhäkelt, war darin, sonst nichts. Dann folgte eine winzige Geldbörse – Inhalt: ein Geldschein, zehn Euro, zusammengerollt, und ein paar Münzen. Kein Name. Ein Brillenetui mit dem Aufdruck eines hiesigen Optikgeschäftes, darin eine Lesebrille. Dazu noch ein paar kleine, persönliche Dinge, die nicht weiterhalfen. Mehr fiel nicht heraus.

Als der Faber die Tasche noch einmal ausschüttelte, raschelte es, und als sie das Innerste nach außen kehrten, kam noch eine Plastikhülle zum Vorschein, darin ein beschriebener Bogen Papier. Sie stürzten sich alle zugleich darauf, bis die Ärztin ihn so auf das Tischchen legte, dass alle drei gleichzeitig es lesen konnten.

Oben drüber stand »Diakoniewerk« und darunter etwas kleiner »Hilfswerk der Evangelischen Kirche«. Es war ein Formular, ein Antrag auf eine Erholungskur für ältere Menschen über die Kar- und Osterwoche im kommenden April. Der Antrag lautete auf Matilde Botterbusch, wohnhaft in Bad Mergentheim, Martinsgasse 5.

»Wie alt?«, fragte Hebenstreit.

Der Faber rechnete am schnellsten nach dem ebenfalls aufgeführten Geburtsdatum: »Vierundsiebzig Jahre.«

3

Freitag, 10.35 Uhr

»So. Und was jetzt?«, fragte der Faber.

»Ja, genau«, bestätigte Dr. C Krupka, »was jetzt? Wie finden wir heraus, ob diese Tasche tatsächlich dieser Frau da gehört hat?« Sie sagte »gehört hat« und nicht »gehört«. Wie jede gute Notärztin hatte sie nur zögernd die Endgültigkeit des Todes akzeptiert. Jetzt erst konnte sie loslassen. Alle drei sahen ein paar Male zwischen der Toten auf dem Tisch und dem Blatt Papier zwischen ihnen hin und her und kamen überein, dass die Frau und die Angaben auf dem Papier zusammenpassen könnten.

»Könnten!«, überlegte der Faber laut, »aber wie ...«

»Diakoniewerk!« Dr. C. Krupka schleuderte das Wort auf den Tisch wie ein Trumpf-Ass im Kartenspiel.

»Genau.« Der Faber bediente ohne Schwierigkeit. »Kirchengemeinde, Evangelische. Hier in der Stadt.«

»Gibt es davon nicht zwei?« Das war schwach, was die Ärztin jetzt auf den Tisch warf, höchstens vergleichbar mit einer Acht oder Neun.

»Richtig. Altstadt und Lukasgemeinde.« Diesen Stich machte der Faber.

»Welche von beiden?«, fragte Dr. C. Krupka.

Der Faber konnte über diese Lusche nur kurz und trocken lachen: »Ha! Wie war die Adresse noch gleich?«

»Martinsgasse.«

»Altstadtpfarrei«, konterte er. Auch dieser Stich gehörte dem Faber.

»Der Pfarrer heißt – wie noch gleich?«

»Nicht Gleich, sondern Schnell. Dr. Schnell, um genau zu sein.«

Hebenstreit hatte mit Staunen diese seltsame Form des Brainstormings verfolgt, aber jetzt drückte ihre Miene Anerkennung darüber aus, wie die zwei in nur einer Minute einen gangbaren Weg gefunden hatten.

Dr. C. Krupka rief einen der Pfleger und bat ihn, die Telefonnummer des Evangelischen Pfarramtes der Altstadtpfarrei herauszusuchen. »Das steht unter ›K‹ wie Kirchen«, rief der Faber ihm hinterher. Der Pfleger kam schon nach weniger als einer halben Minute zurück, legte einen kleinen Zettel auf das Tischchen und verschwand lautlos.

Die Ärztin eilte hinüber an den Schrank, wo auf der Ablage mit dem Durcheinander an Papieren auch ihr schnurloses Telefon lag, und ging damit in den Vorraum. In der Hand hielt sie den kleinen Zettel und wählte die darauf notierte Nummer des Pfarramtes. Die anderen folgten ihr schweigend hinaus, des Fabers Miene zeigte Spannung, die Hebenstreits eher Zweifel.

Im Pfarramt meldete sich zuerst die Sekretärin, die gab weiter an Pfarrer Schnell. Als Dr. Krupka sich vorgestellt hatte, rückte sie mit ihrem Anliegen heraus: Ob Pfarrer Schnell aus seiner Gemeinde jemanden namens Matilde Botterbusch kenne ... ja? ... Die sei zu Tode gekommen, möglicherweise durch einen elektrischen Schlag auf der ... aha! Sie nickte den beiden zu. »Er kennt sie gut ... sie arbeitet in der Gemeinde mit ... trägt das Gemeindeblatt aus. Entschuldigen Sie, Herr Pfarrer, wenn ich zwischendurch hier für andere mit dem Fall Befasste wiederhole und gewissermaßen dolmetsche ... Ja. Wissen Sie, ob sie Angehörige ... ah, ja, hier in der Nähe nicht ... eine Frage: Sie selber, Herr Pfarrer, könnten Sie die Frau vielleicht identifizieren? Sie liegt ganz friedlich hier und ist vollkommen ange ... ah, ja, jetzt nicht.« Zum Faber gewandt: »Er muss jetzt gleich in den Unterricht am Deutschorden-Gymnasium, da sind sie in solche Dingen sehr ... wie bitte, Herr Pfarrer? Heute Nachmittag. Ja, das ginge. Aber könnten Sie die Frau vielleicht beschreiben, damit wir einen Anhaltspunkt haben? Gut.«

Sie ging mit dem Telefon am Ohr hinein und hob das Leintuch an, um seine Beschreibung mit dem Aussehen der Frau zu vergleichen. Der Faber und Hebenstreit folgten ihr wie an einer Schnur gezogen.

Plötzlich veränderte sich das Gesicht der Ärztin und sie hielt sich eine Hand vor den Mund, als müsste sie dort ein wegen der ernsten Lage unangebrachtes Lachen einsperren. Sie betrachtete konzentriert das Gesicht der Toten, während sie weiter dem zuhörte, was der Pfarrer ihr durch das Telefon ins Ohr sagte. Dann unterbrach sie ihn: »Einen Augenblick, Herr Schnell.« Und zum Faber gewandt: »Weißt du, was der Pfarrer gerade gesagt hat? Ihr Spitzname in der Gemeinde sei die beste Beschreibung.«

»Und wie lautet der?«

»Der lautet Miss Marple. Ich finde, er hat Recht. Sie sieht doch genauso aus wie Miss Marple«.»

»Das *ist* Miss Marple«, bestätigte der Faber.

»Genauso habe ich sie mit immer vorgestellt«, stimmte Hebenstreit sofort zu.

»Herr Schnell?«, wandte sie sich wieder dem Telefon zu, »wir alle hier sind einhellig der Meinung: Sie ist es. Ja. Ich würde sogar sagen: eindeutig.«

Plötzlich, während sie noch sprach, wurde eine Tür so heftig aufgerissen, dass sie gegen die Wand schlug, ein junger Pfleger stürzte herein, nahm schnell ein breites Brett mit zwei Griffen, das direkt neben der Tür an der Wand hing, und rief, während er damit in der Hand schon wieder hinausstürzte: »Herr Schättle!«

Eilig drückte Dr. C. Krupka dem Faber ihr Telefon in die Hand mit den Worten: »Heute Morgen erst bei uns eingeliefert ...« und stürzte hinterher. Von einer Sekunde auf die nächste standen der Faber und Hebenstreit allein da, der Faber mit einem Telefon in der Hand, das nicht ihm gehörte, und aus dem es »Hallo!« rief.

Er nahm es ans Ohr. »Herr Schnell? Faber hier, der von der Tauber-Post. Entschuldigen Sie, es geht hier im Augenblick ein bisschen durcheinander. Frau Dr. Krupka ist zu einem Notfall gerufen worden und hat mir ihr Telefon in die Hand gedrückt, vielleicht können wir so ja die Sache zu Ende bringen. ... Ja, das meiste habe ich mitbekommen ... letzte Sicherheit haben wir freilich noch nicht. Wenn ich mir vorstelle, man würde es in der Stadt bekannt machen und die Leute würden vielleicht darüber reden, während die Frau daheim friedlich in ihrer Wohnung säße ... Ja, das finde ich auch. Am einfachsten wäre es, jemand, der sie kennt, würde in der Wohnung vorbeigehen und nachschauen ... Ja, ich würde mich anbieten, Sie zu begleiten. Den Wohnungsschlüssel haben wir hier bei ihr gefunden, den kann ich mitbringen ... In ihrer Handtasche – wenn sie es denn ist. Gut, einverstanden, um zwölf Uhr. Martinsgasse Nummer fünf ist es. Bis dann und vielen Dank.«

Der Faber legte das mobile Telefon auf das Tischchen. Hebenstreit stand neben der Toten. Sie hatte deren Gesicht noch einmal aufgedeckt und sah es an. »Ich habe noch nie einen toten Menschen so in Ruhe und aus der Nähe gesehen«, sagte sie leise, aber klar verständlich. »Nur im Fernsehen, und da sind sie immer so blutig oder zerfetzt.« Der Faber schaute sich schnell um, er wollte sicher sein, dass sie auch wirklich mit der toten Frau allein waren.

»Matilde Botterbusch«, sagte er langsam, »oder doch wenigstens mit großer Wahrscheinlichkeit«, ergänzte er, als Hebenstreit ihm einen strengen Blick zuwarf. Vorsichtig fasste er das Leintuch mit spitzen Fingern, nahm es langsam fort und legte es zusammengerollt der Toten zu Füßen. Er wollte nicht pietätlos erscheinen – vor Hebenstreit hätte ihm das nicht viel ausgemacht, aber immerhin konnte ja Dr. C. Krupka jeden Augenblick wieder hereinkommen, und auf deren Achtung legte er großen Wert.

»Schreiben Sie mit, eine genaue Beschreibung werden wir noch brauchen«, sagte er leise, aber bestimmt, und als sie zögerte, nickte er ihr noch einmal ermutigend zu. Also schrieb sie in ihren Block, was er, die Hände auf dem Rücken gefaltet, vor sich hin sprach, während er die Tote Stück für Stück anschaute, ohne sie dabei zu berühren.

»Die Tote liegt auf dem Rücken. Die vorher so auffällige Schminke ist inzwischen abgewaschen, jetzt ist ihr Gesicht grauweiß und eingefallen. Die Apfelbäckchen sind noch da, aber jetzt sind sie weiß, fast durchsichtig. Die Augen sind geschlossen. Unter dem Kinn ein zusammengerolltes Handtuch, wegen der einsetzenden Totenstarre.« Er blickte auf und sah sie an. »Haben sie das bis hier?« Hebenstreit nickte wortlos.

»Die rote Haube«, fuhr er fort, »liegt oben auf dem Tisch. Man kann deutlich erkennen, dass sie mit der Hand gefertigt ist: dünner Karton, ausgeschnitten, zusammengeklebt und dann mit rotem Seidenstoff überzogen, wohl Fastnachtsseide, und am Rand ein gehäkeltes Band aus weißer Spitze angenäht. Dazu zwei lange, rote Seidenbänder, die unter dem Kinn gebunden werden können. Soweit alles klar?«

»Ja«, sagte sie, »alles klar. Sie können ruhig schneller machen, ich komme schon mit.«

»Also weiter. Die Haare der Toten sind silbrig weiß und gut gepflegt, halblang mit frischer Dauerwelle. Sie trägt eine weiße, mit roten Stickereien verzierte, langärmelige Bluse – Baumwolle?« – Hebenstreit prüfte vorsichtig den Stoff zwischen Daumen und Zeigefinger und nickte dann – »also Baumwollbluse, die ist am Hals mit einem Band fest geschlossen. Darüber ein kurzes, blaues, offenes Jäckchen, ein – wie?«, als Hebenstreit etwas sagte, »Gut. Ein Bolero mit rotem, äh, mit roter Zackenlitze eingefasst. – Sie, das ist doch alles selber gemacht. Was die sich für Arbeit gemacht hat! – Die Ärztin hat sie, offenbar aus Pietät, nach den vergeblichen, erneuten Reanimierungsversuchen wieder vollständig anziehen lassen. So. So weit.

Und jetzt hier, hier weiter. An der linken Seite ist die Bluse mit Blut getränkt. Der Fleck ist wenig mehr als handgroß. Ursache könnte die Hautabschürfung sein, von der die Ärztin in der Notaufnahme gesprochen hat. Es ist also eine Wunde darunter, und die ist an einer der empfindlichsten Stellen.« Er hüstelte, fast hätte man meinen können, er wäre verlegen, weil ihm etwas nicht einfiel. »Wichtig bei Kampf und Kampfsportarten.« Nun war er wieder sicher. »Der Rock ist groß kariert, schwarz und rot, ein weiter Faltenrock, der zwei Handbreit unter den Knien endet. Die Frau trägt weiße Kinderstrümpfe und an den Füßen schwarze Spangenschuhe, die mit einem Knopf geschlossen werden, und die sicher nicht größer sind als«, er unterbrach sich und sah Hebenstreit fragend an, »als Größe 36.« Sie nickte Zustimmung. »Schuhe und Strumpfhosen sehen aus, als stammten sie aus einem Geschäft für Kinderkleidung.«

Er richtete sich auf. »Das hier ist ein seltsames Bild, ruhig und bedrückend zugleich. Die Kleidung, schauen Sie, teilweise Kinderkleidung, der andere Teil selbst gefertigt. Hebenstreit, was bedeutet das alles? Haben Sie eine Ahnung? Könnte das ein Fastnachtskostüm sein?«

»Fastnacht? Fastnacht ist doch schon vorbei«, gab sie zu bedenken.

»Noch nicht lang. Vergangenen Dienstag. Heute ist Freitag, drei Tage also. Dieses Jahr liegt Ostern sehr spät.« Er deckte das Leintuch wieder über die tote Frau. Es wirkte ein wenig wie eine Geste des Abschieds.

»Ostern?« Hebenstreits Miene drückte Verwirrung aus. »Wieso Ostern?«

»Weil Fastnacht immer sieben Wochen vor Ostern ist. Wussten Sie das nicht? Und wenn Ostern wie in diesem Jahr erst so spät im April ist, ...«

» ... dann ist Weihnachten trotzdem im Dezember«, tönte es von der Tür her. »Was haben Sie denn hier zu suchen«?!« Mitten in der Tür stand der Pfleger Vierschrot, der sie vor einer Viertelstunde unsanft vor die Tür gesetzt hatte. »Hoppla! Das sind ja die beiden von vorhin«, und während er das breite Brett mit den zwei Griffen an seinen Platz neben der Tür zurückhängte, wurde seine Stimme immer leiser und klang zugleich immer gefährlicher. Er holte tief Luft und schaltete seinen stiernackigen Blick ein, er blies sich geradezu auf, dieser Mensch. Wie ein Ochsenfrosch, musste der Faber denken.

»Lassen Sie nur, Herr Rehagel!« Ihre Rettung nahte von der Tür her in Gestalt von Dr. C. Krupka. »Die beiden Herrschaften sind hier, um uns bei der Identifizierung dieser Frau zu helfen.«

Der Ochsenfrosch ließ Luft ab und verschwand durch die Tür im Dunkel des Nebenraumes.

»Rehagel heißt der?« Da musste der Faber nun doch lachen. »Ich hatte ihn auf Vierer-Schrot geschätzt; dass der aber noch gröber, dass der Kaliber Rehhagel ist ...« Mitten im Satz hielt er inne, als er Dr. C. Krupkas Gesicht sah, aus dem vor allem anderen Erschöpfung sprach. »Wie geht es dir? Habt ihr es geschafft?«

Sie nickte nur, aber einen Augenblick später bestätigte sie es ausdrücklich. »Ja.« Es klang müde und erleichtert zugleich.

»Wie fühlt man sich danach?«

»Gut«, antwortete sie. »Sehr gut sogar. Aber müde bin ich.«

»Dann mach doch erst einmal eine Pause. Ruh dich aus.«

Sie deutete mit ernster Miene einen Lachstoß an: »Ha! Pause geht nicht. Ich muss jetzt gleich erst den Bericht schreiben. Dabei kann ich mich ausruhen.«

»Berichte schreiben«, sagte der Faber, »das mache ich jeden Tag von früh bis in die Nacht. Ich kann nicht gerade behaupten, dass das erholsam wäre.«

»Es wird uns aber als Erholungszeit angerechnet.«

Der Faber hatte mit ihr schon oft über die Belastungen und über die Arbeitszeiten der Ärzte in den Krankenhäusern geredet, einmal auch in seiner Zeitung darüber geschrieben, was ihm einen Rüffel der Chefin eingebracht hatte. Er zuckte scheinbar ergeben mit den Schultern und wandte sich ab. In Gedanken nahm er sich aber vor, dieses Problem irgendwann in den nächsten Wochen aufzugreifen und ihm genauer auf den Grund zu gehen.

»Dein Telefon hab ich da drüben auf den Tisch gelegt«, sagte er.

»Danke.«

»Die Sache mit der Blutung hier.« Er hob das Laken an genau der richtigen Stelle ein wenig an und zeigte auf die Bluse der toten Frau.

Sie sah ihn fragend an.

»Kannst du dir das noch einmal genauer ansehen?«

»Das hätten wir schon getan, wenn nicht der Infarkt dazwischengekommen wäre. Du weißt, Leben erhalten hat Vorrang vor allem anderen.«

»Natürlich. Komm, setz dich wenigstens einen Augenblick auf den Stuhl. Mach Tino.«

Sie setzte sich auf die Kante von einem der Klappstühle am Tischchen. »Die Identifikation«, sagte sie. »Wie seid ihr verblieben?«

Der Faber setzte sich auf den anderen Stuhl, sah sie ruhig an und wartete mit der Antwort, damit sie sich weiter beruhigen konnte. Fast hätte man denken können, er würde den Atem anhalten, so ruhig saß er. »Ich habe mit Pfarrer Schnell verabredet, dass wir uns nachher an der Wohnung der Frau treffen«, sagte er dann. »Die Schlüssel nehme ich mit, damit wir hineinkommen. Ich bringe sie dir dann wieder.«

Sie nickte, atmete tief ein und wieder aus und erholte sich zusehends. Dann, als sie den Kopf hob und ihn wieder ansah, wurden ihre Augen groß vor Staunen und in den Augenwinkeln saßen Lachfältchen. »Du hast dir den Schnurrbart abrasiert! Das sehe ich erst jetzt!«

»Da kannst du mal sehen, dass Hektik gar nichts bringt; man übersieht einfach zu viel dabei.«

»Kommst du schon in die Midlife?«

Sie stichelt, dachte der Faber, es geht ihr besser. Und Hebenstreit, die als Einzige noch stand, brachte sich mit einer Spitze in Erinnerung: »Er hat Angst, dass er mit jemandem verwechselt wird. Mit Saddam.«

»Nicht mit Saddam«, fauchte er. »Mit Kienzle.«

Dr. C. Krupka hob langsam den Kopf und sah Hebenstreit an, als würde sie die jetzt zum ersten Mal wahrnehmen. Achtung, dachte der Faber, es geht los!

Die Ärztin zeigte sehr unfein mit dem Finger auf Hebenstreit: »Ist diese vorlaute Bohnenstange eure Neue bei der Tauber-Post?«

»Ach so«, der Faber konnte wunderbar den Vergesslichen spielen, »ihr kennt euch ja noch gar nicht!« Schließlich genoss er es immer sehr, wenn zwei Frauen, sich gegenseitig abschätzend, wie eifersüchtige Katzen umeinander strichen. War schon ein seltsamer Mensch, dieser Faber, einer, bei dem ein dickes Fell und ein einfühlsames Wesen miteinander an nur einem Körper wuchsen.

»Ja«, bestätigte er, »die ist unsere Volontärin. Seit dem Ersten. Hebenstreit heißt sie. Vorname ist, glaube ich, Sylke mit Üpsilon.« Er dehnte die beiden Ü-Laute wie Hosengummi, »Sühlke, aber das ist so affig, dass es nicht einmal ihr selber gefällt, und dass alle nur Hebenstreit zu ihr sagen; was Besseres ist uns bisher nicht eingefallen.«

Und indem er auf die sitzende Ärztin zeigte, die der nur halb im Spaß ausgetragene Streit sichtlich lebendiger machte, so dass es ihr nichts auszumachen schien, wenn sie vor der stehenden, langen Hebenstreit kleiner aussah, als sie in Wirklichkeit war: »Das ist Carla

Krupka, derzeit Leiterin der Notaufnahme. Eigentlich heißt sie ja Caroline, aber den Namen konnte sie noch nie leiden. Wir kennen uns von früher, wir haben miteinander studiert. In Heidelberg, aber das ist lange her.«

»Wikingerblut!« Carla zuckte mit dem Kopf nach oben und zeigte so mit ihrer hübschen Nase auf Hebenstreit. »Das sieht ein Blinder mit dem Krückstock. Sie funkelt mich von da oben an, als wollte sie mich fressen.«

»Die sind da oben an der dänischen Grenze alle so«, sprach der Faber in ernstem Ton, »besonders in ... in Dings, die reinsten Piraten, dort in ... «

»Medelby«, half Hebenstreit ihm in dem gleichen, scheinbar ernsten Ton.

»Genau«, er nickte, »die Mädels von Mädelbü.«

»Ich kenne nur Bullerbü«, warf Carla ziemlich unlogisch dazwischen.

»Ich bin in Medelby die Kleinste«, behauptete Hebenstreit, »meine Schwester ist zwei Meter vierzig groß.«

»Stimmt!« Dem Faber begann die Flaxerei Spaß zu machen, und er grinste: »Die musste beim Basketball der Mädelbümädels auf die Ersatzbank, weil der Korb für sie zu niedrig war.«

Carla Krupka wurde als Erste wieder ernst. »Wie ist sie?«, fragte sie, an den Faber gewandt.

»Siehst du doch!« Der Faber war in der Albernheit festgefahren und konnte sie so schnell nicht wieder abstreifen. »Lang und vorlaut. Oder was meinst du? Wie ist sie worin?«

»Worin schon! Im Schreiben selbstverständlich! Was soll eine Journalistin sonst tun?«

»Im Schreiben«, dem Faber gelang es, wieder ernst zu werden, »im Schreiben ist sie gut. Hat Germanistik studiert.«

»Das sagt gar nichts.« Carla war nicht so leicht zu überzeugen.

»Das stimmt«, musste der Faber bestätigen. Er wandte sich direkt an Hebenstreit: »Hören Sie mal weg!« Und wieder zu Carla: »Das weiß ich auch, na klar doch, aber sie hat tatsächlich beides, wie soll ich sagen: Klarheit und Germanistik. Oder Übersicht und Sprache. In manchem ist sie besser als ich. Was das Schreiben angeht, meine ich. Unter den gegebenen Umständen sind wir ein annehmbares Team: ich besser im Fotografieren, also im Sehen und im Erkennen von Zusammenhängen, sie im Schreiben und Darlegen. Die Gräfin Dönhoff hat einmal gesagt, man könne nicht beides, man müsse sich für eines entscheiden. Aber als Team können wir beides. Außerdem kann sie mehrere Sprachen: Englisch, Spanisch und was noch?« Die Frage war an Hebenstreit gerichtet.

Die gab vor, zu schmollen: »Ich höre weg!«

»Na, bitte, was noch?« Wenn er, in seinem penetranten, scheinbar begütigenden Ton auf jemanden einging, dann konnte ihm kaum jemand noch böse sein. Damit wickelte er fast jeden ein.

»Deutsch!« Sie sagte es, als würde sie ihm die deutsche Sprache trotzig vor die Füße werfen.

»Na also. Nur frech ist sie«, sagte der Faber zu Carla, »aber das hast du ja gehört.«

Die Krankenschwestern und Pfleger strömten nach dem glücklich bewältigten Notfall in den Raum und wunderten sich über die Fremden. Einige äugten misstrauisch zu den beiden Journalisten herüber.

»Wir müssen jetzt hier weitermachen.« Carla Krupka steckte ihr mobiles Telefon in die Brusttasche ihres weißen Kittels und stand auf. »Raus jetzt mit euch!«

Der Faber stand ebenfalls auf. »Vergiss nicht die Blutung«, erinnerte er sie noch einmal, »die Wunde, meine ich. Ich habe da so ein Gefühl ...«

Als der Faber draußen die Tür hinter ihnen schloss, drehte Hebenstreit sich um: »Ich wusste gar nicht, dass Sie Medizin studiert haben.«

»Wie kommen Sie denn darauf?« Sein Gesicht sah vor lauter Verwunderung fast schon ein bisschen dümmlich aus.

»Na, wenn Sie doch zusammen mit Dr. Krupka studiert haben ...«

»Miteinander, hab ich gesagt. Miteinander heißt nur miteinander, aber nicht dasselbe Fach. Studiert haben wir am selben Ort zur selben

Zeit, aber jeder etwas anderes. Zusammen! Zusammen haben wir etwas ganz anderes gemacht. – Damals!« betonte er nach einer kleinen Pause, in der ihm eingefallen war, dass man seine Worte missverstehen konnte.

»Wie kommt eine Medizinerin, und allem Anschein nach doch eine tüchtige«, – wozu der Faber bestätigend nickte – »von der Uni Heidelberg ausgerechnet an das Caritaskrankenhaus nach Bad Mergentheim?«

»Ganz einfach«, erklärte ihr der Faber, während sie ihren Roller vom Gabelständer halb hob, halb schob, »das hier«, und er zeigte mit ausholender Geste die lange Gebäudefront entlang, »das ganze Riesending ist so manches zugleich, darunter auch Ausbildungskrankenhaus der Universität Heidelberg. Da ist sie vor ungefähr zwanzig Jahren gegen Ende ihres Studiums ins Pejott gekommen.«

»Ins was?«

»Ins PJ, ins Praktische Jahr, das machen die nach ihrem zweiten Examen, und kaum hatte sie damit angefangen, da haben sie dazu noch das A-i-Pe erfunden. Arzt im Praktikum heißt das, und das dauerte anderthalb Jahre bei Hungerlohn und Arbeit rund um die Uhr. Das hat sie auch hier gemacht, als Stationsärztin. Und weil sie gut war, vor allem, weil sie belastbar war, haben die sie behalten. Katholisch genug dafür ist sie auf jeden Fall. Jetzt ist sie Oberärztin. Und vor ihrer Einstellung zu ihrem Beruf und wie sie ihn ausführt, und wie sie ihn ausfüllt, davor kann man nur Hochachtung haben.«

Hebenstreit nickte dazu, aber nicht sehr nachdrücklich. Anscheinend sah ihr erster Eindruck von der Oberärztin ein wenig anders aus, und ihre Achtung hielt sich in Grenzen.

»Sie haben also in Heidelberg studiert? Und was?«

»Das sage ich ihnen nicht.«

»Ich könnte die Chefin fragen. Die weiß es bestimmt.«

»Sie weiß es. Aber sie wird es Ihnen auch nicht sagen.«

»Ist es etwas, wofür Sie sich schämen müssen?«

»Nein. Aber es war für mich das Falsche. Ich hatte Angst vor den Folgen.«

»Warum benutzen Sie Ihren Vornamen nicht? Sie heißen doch Hans-Ulrich, ich hab in der Redaktionsliste nachgesehen. Warum ...«

»Weil ich den Namen nicht leiden kann!«, fuhr er sie an. Dann, ruhiger, versöhnlicher: »Alle sagen Faber zu mir. Schon immer. Mich stört das nicht.«

Sie hatte inzwischen den Roller angelassen und rutschte auf der Sitzbank nach vorn, den einen Fuß noch auf dem Boden, das andere Knie weit ausgewinkelt, damit der Platz hinten auf der Sitzbank auch für ihn ausreichte.

Der Faber wehrte ab. »Nein, ich fahre nicht mit. Aber fahren Sie ruhig in die Redaktion, es reicht noch, dass Sie die zweite Hälfte von der Konferenz mitbekommen. Sehen Sie zu, dass die Chefin ihnen nicht den Kopf abreißt, und sagen Sie ihr, ich müsste unbedingt noch etwas recherchieren.«

»Ich kann Sie aber doch bis in die Stadt mitnehmen.«

»Fahren Sie nur ohne mich. Auf dem Ding da hinten drauf, da hock ich doch nur wie ein Affe auf dem Schleifstein, das widerstrebt meiner Selbstachtung. Außerdem muss ich überlegen. Da geh ich lieber zu Fuß.«

Und das Erste, was er auf seinem Weg überlegte, war: Können Identitätsprobleme ansteckend sein, ja können sie sich vielleicht gar zu einer Epidemie auswachsen? Oder was bedeutete es sonst, wenn drei erwachsene Menschen beieinander waren, die alle drei ihren richtigen Namen nicht leiden konnten?

4

Freitag, 11.05 Uhr

Auf dem Marktplatz überlegte der Faber immer noch. Er schlängelte sich durch den Wochenmarkt, aber er nahm weder die Stände noch die Menschen wahr, weder die Treibhausprimeln noch die ersten Veilchen, nicht die purpurfarbenen Hyazinthen sah er und nicht die Büschel gelber Osterglocken, an denen doch sonst sein Blick sich so gerne aufhielt und erfreute. Er dachte nur nach. Mitten in dem Menschengewühl stand er, so, als stünde er in einem Ameisenhaufen, und er sah hinauf zum Mörike-Haus, gerade so, als erwartete er, dass der einfühlsame Dichter ihm würde erklären können, was ihm, dem mit sich selbst unzufriedenen Faber, eigentlich fehlte.

Mörike auf seiner Plakette schaute den Faber nicht etwa an, würdigte ihn nicht eines kleinen Momentes der Aufmerksamkeit, er blickte vielmehr demonstrativ zum Rathaus hinüber und zog dabei ein Gesicht, als wollte er das, was sich in dem spätmittelalterlichen Kasten alles so abspielte, süffisant kommentieren. Wer es nicht glauben mag, der sehe sich die Plakette nur an.

Der Faber beschloss, in die gleiche Richtung wie der Dichter zu schauen und seine Gedanken auf die des Dichters auszurichten, so, wie die sich in dessen Mimik spiegelten, und er hörte ihm eine Weile zu.

»Na«, widersprach der Faber nach einer Weile, »nun übertreib mal nicht! Renaissance ist das, nicht spätes Mittelalter. Da sind sie sehr stolz drauf, hier.«

»In der Renaissancezeit g'baut, des scho', aber in einem Geischt, der scho' damals hundert Johr hinten g'läge ischt.« Der Dichter blieb hartnäckig. »Stell dir vor, mer tät heut' en neues Rathaus baue, das aussieht wie zu Zeiten von Wilhelm Zwo, nur mit annere Fenschter ...«

Der Faber konnte sich nicht erinnern, dass er Mörikes Sprache vorher je so schwäbisch gefärbt gehört hätte. Vielleicht lag es daran, dass der Dichter sich so sehr ereiferte. »Mag ja alles sein«, erwiderte er brummig, »aber das ist doch jetzt nicht mehr wichtig. Das Ding steht da, wo es steht, nämlich mitten auf dem Marktplatz. Es sieht Respekt heischend alt aus, und auf jeden Fall macht es sich gut auf den Ansichtskarten. Und die Ansichtskarten locken Kurgäste und Touristen an, und von denen lebt die Stadt. Zumindest zu einem großen Teil.«

»Isch no au' wieder wahr«, gab der Dichter zu und nahm sich eine Pause. »Du bisch aber arg grätich heut'«, setzte er dann hinzu.

»Entschuldige. Du hast ja Recht. Aber irgendetwas stimmt bei der Sache nicht, und ich finde nicht heraus, was das ist.«

»In der Liebe wie beim Singe' kammer ällweil nix erzwinge«, sprach der Dichter tiefsinnig.

»Darum geht es nicht, und um's Singen schon gar nicht. Etwas ist schief. Etwas stimmt nicht. Wie ein Bild, das einen Riss hat. Ich kenne einen Kollegen, also einen Menschen, ich mein' den Gröhl, den erkennt man nach seinem Foto nur dann richtig, wenn man das Foto einmal der Länge nach durchgerissen und dann leicht versetzt wieder zusammengeklebt hat. Erst dann erkennt man ihn. Irgendwie ist es mit der Sache, in der ich stecke, genauso.«

»Ich versteh dich immer noch net. Meinsch du *älles*, was net stimmt, – da hätt' ich bis morge' nacht net Zeit g'nug, dir des aufzuzähle'. Oder meinsch du nur, dass *mit dir* ebbes net stimmt? Dann geh ei'fach heut' den Tag zurück bis zum Morgen. Dann geh alles noch e'mal von vorn durch, der Reih' nach.«

Genau das tat der Faber dann auch und wusste prompt, was er als Nächstes zu tun hatte. Er bedankte sich und ging kurz entschlossen und schnurgerade die wenigen Schritte hinüber zum Kaufhaus.

Dort wandte er sich in die Abteilung gleich links vom Haupteingang und rief mit barscher Stimme: »Presse! Wo finde ich den Chef?«

In einer dunklen Ecke wurden einige der dort hängenden Kleider lebendig und eine Gestalt löste sich aus den dunklen Gewändern. Sie trat zwischen den Kleiderständern heraus und entpuppte sich als aschblonde, kleine und rundliche Frau mit erschrockenen Gesichtszügen und verhuschtem Blick.

»Chef ist nicht da.«

An ihrem Kaufhauskittel war ein Namensschildchen festgesteckt, oberhalb der sich vorwölbenden Brust fast an der linken Schulter. »S. Igurmatinov« stand darauf. Dem Faber, der den ungewohnten Namen nicht gleich lesen konnte, und dem es Leid tat, dass er die einfache und allem Anschein nach doch biedere Frau erschreckt hatte, fragte in freundlichem Ton, geschickt die Anrede umgehend: »Ich komme wegen der Rolltreppe. Wo ist der Chef?«

»Chef ist oben«, gab sie Auskunft, nun nicht mehr so erschrocken wirkend, und beschrieb ihm, wo im ersten Obergeschoss der Chef zu finden sei, um eine Ecke und dort im hintersten Winkel finde man sein Büro. Der Faber bedankte sich und wandte sich aus lauter Gewohnheit der Rolltreppe zu. Erst als er darauf stand und mit ihr hinauf in das erste Obergeschoss fuhr, fiel ihm auf, dass sie lief, und dass sie offensichtlich wieder in Ordnung war. Er folgte dem Weg, den die Frau ihm beschrieben hatte, ohne Mühe. Dort, wo er in einer Ecke eine geschlossene Tür erwartet hatte, stand ein Mann in einer halb geöffneten Tür. Als der Mann, der offensichtlich nach dem Faber Ausschau gehalten hatte, ihn kommen sah, drückte er die Tür mit ausgestrecktem Arm so weit auf, dass sie gegen die Wand schlug, dann drehte er, den Arm immer noch ausgestreckt, die Hand um, so dass die Handfläche zum Ankömmling zeigte, und machte eine einladende Geste ins Innere des Büros. Frau Igornochwas hatte ihn also inzwischen angemeldet.

Aha, streng, aber mittelmäßig geschultes Personal, dachte der Faber, und beschloss, einen der zahlreichen, alten Bauerntricks anzuwenden: »Herr Belleim? Freut mich, Sie kennen zu lernen.«

Der Mann schien absolut nichts Auffälliges an sich zu haben: Er war unauffällig mittelgroß, sein Haar war unauffällig mittelblond und dünn und er trug es unauffällig glatt nach hinten gekämmt, sein Gesicht war ausdruckslos, seine Augen grau, sein Blick überall, nur nicht im Kontakt zum Gesprächspartner. Das einzig Auffällige, musste der Faber denken, ist seine Unauffälligkeit.

»Zumdig ist mein Name«, sprach er mit unauffälliger Stimme, »und Sie kommen ganz bestimmt nicht von der technischen Überwachung, wie unsere Mitarbeiterin mir angekündigt hat. Eher Presse. Hab ich Recht?«

»Genau«, bestätigte der Faber, »Presse. Ich habe nichts anders behauptet. Wenn Frau Ugimutov etwas anderes gesagt hat, dann liegt ein Irrtum vor.«

»Igurmatinov, Svetlana«, korrigierte unauffällig Herr Zumdig. »Aber das ist nicht weiter wichtig.«

Der Faber hielt ihm seinen Presseausweis dicht unter die unauffällige Nase. Der Mann ließ sich auch davon nicht aus der Ruhe bringen, er nahm ihm die Karte aus der Hand und hielt sie weit von sich, so, dass er sie lesen konnte. »Tauber-Post. Herr Faber. Ihren Namen kenne ich selbstverständlich.« Er war sichtlich auf der Hut, zugleich bemühte er sich aber, höflich zu sein und keine Angriffsflächen zu bieten.

»Aber Sie sind hier der maßgebende Mann, nehme ich mal an. Das sieht man.« So schob der Faber gleich einen weiteren Bauerntrick nach. Er spürte, dass die Spannung zwischen ihm und diesem Manne, den er so gar nicht zu fassen bekam, wuchs, aber er konnte es nicht verhindern.

»Maß gebend, ha, ha. Nein. Eher Maß nehmend.«

»Sie wollen andeuten, dass Ihre Kompetenzen nicht sehr weit reichen, nehme ich an.«

»Ich leite dieses Kaufhaus als Geschäftsführer, als Angestellter also, und das Kaufhaus ist eine Filiale einer Gesellschaft, und die wiederum ist Teil einer größeren Gesellschaft, und die ...«

»Ich verstehe, was Sie sagen wollen«, unterbrach ihn der Faber. »Ich bin wegen etwas anderem hier. Es hat im Haus einen Unglücksfall gegeben.«

»Ja, das stimmt« bestätigte der Unauffällige.

»Was ist passiert?«, fragte der Faber, stark hoffend, dass der andere jetzt nicht antworten würde, das wisse er, der Faber, doch genau, er sei schließlich heute Morgen kurz nach dem Unglück im Hause gewesen. Das jedoch schien der Unauffällige nicht zu wissen.

»Eine Frau ist zu Schaden gekommen.« Und als der Faber nichts sagte, sondern ihn nur weiter fragend ansah: »Auf der Rolltreppe.« Und als der Faber immer noch nichts sagte, ergänzte er schließlich: »Der oberen.«

»Zu Schaden? Was heißt das? Wie schwer zu Schaden?«

»So, dass sie vom Rettungswagen mit Blaulicht in die Klinik gebracht werden musste.«

»Die Rolltreppe scheint ja schon wieder in Ordnung zu sein. Jedenfalls habe ich vorhin gesehen, dass sie wieder in Betrieb ist.« Der Faber benutzte bei solchen Anlässen immer gerne nach Polizei- und Behördendeutsch klingende Ausdrücke wie »polizeiliches Kennzeichen« statt »Autonummer« oder »Fahrtrichtungsanzeiger« statt »Blinker« oder »etwas ist in wieder Betrieb« an Stelle von »es tut wieder«.

»An der Rolltreppe war nichts.«

»Wie bitte? Kein Defekt? Kein Fehler in der Elektrik? Kein Kurzschluss?« Der Faber sah dem Unauffälligen prüfend ins Gesicht.

»Nein, gar nichts. Es war alles in Ordnung.«

»Sie haben nichts reparieren müssen? Keine Sicherung auswechseln, gar nichts?«

»Gar nichts. Ich sagte Ihnen doch, an der Rolltreppe war nichts kaputt. Wir haben alles kontrolliert und alles geprüft, Mechanik, Elektrik. Alles. Es war alles in Ordnung.«

»Keine Reparatur? Zuleitungen waren alle intakt? Da sind Sie ganz sicher?«

»Ganz sicher. Es war genau so.«

»Wer hat das geprüft?«

»Unser Elektriker. Der ist zuverlässig und sehr genau. Um nicht zu sagen: pingelig.«

»Sie haben einen eigenen Hauselektriker?«

»Ja.«

»Und wie ist der ausgebildet?«

»Er hat eine Gesellenprüfung und mehr als zwanzig Jahre Erfahrung. Außerdem ist er spezialisiert auf unsere Einrichtungen im Haus. Da gehören in erster Linie die Rolltreppen mit dazu.«

Der Faber, der für einen kurzen Augenblick den Faden verloren hatte, wenn er auch von der Nachricht nicht sonderlich überrascht war, stand auf. »Kann ich den Mann mal sprechen?«

»Wenn Sie später wiederkommen, gerne. Jetzt nicht. Er ist zur Technischen Überwachung gegangen.«

Der Faber stand schon in der Tür. »Nach Ihrer Darstellung war es also gar nicht die Rolltreppe?«

»Wir sind sicher«, sagte der Mann bestimmt, »dass es die Rolltreppe nicht war.«

»Kann ich mir die Stelle mal genauer ansehen?«

»Selbstverständlich«, antwortete Herr Zumdig, der offensichtlich wohl wusste, dass es ratsam war, mit der Presse vorsichtig umzugehen, und dass in der Stadt schon mancher, der sich mit ihr angelegt hatte, den Kürzeren gezogen hatte. »Kommen Sie.«

So fuhren sie mit der Rolltreppe hinauf in das zweite Obergeschoss, und dem Faber, der während der kurzen Fahrt alles mit den Augen absuchte und genau musterte, war schon ein wenig mulmig im Rückgrat; immerhin war es vor gerade erst einer Stunde auf dieser Rolltreppe passiert. Aber nichts, aber auch gar nichts, deutete noch darauf hin.

»Es war eine Frau, sagten Sie?« Der Faber spielte den Ahnungslosen. »Jung? Oder alt?«

»Eher alt«, erklärte Herr Zumdig nach einer kleinen Pause des Überlegens. »Älter eben.«

»Älter als was? Älter als alt?«

»Älter als jung«, sagte Herr Zumdig, »aber noch nicht gebrechlich.«

»Wo hat sie gelegen?« fragte der Faber und zeigte absichtlich auf eine falsche Stelle. »Hier?«

»Nein, hier.« Herr Zumdig deutete auf eine Stelle des Spannteppichs, mit dem das ganze Stockwerk ausgekleidet war.

»Was können Sie mir sonst noch sagen?«

»Nicht viel. Allem Anschein nach muss es auf der Rolltreppe passiert sein. Jedenfalls kam sie auf den Stufen liegend hier oben an.«

»War außer ihr noch jemand anderes auf der Treppe?«

»Nein, niemand.«

»Sind Sie da ganz sicher?«

»So gut wie sicher. Wir haben die Leute befragt, aber keiner hat gesehen, wie es passiert ist.«

»Mitten in der Menschenmenge?«

»Wir gehen davon aus, dass sie allein war. Jedenfalls gibt es keinen Hinweis darauf, dass jemand mit ihr auf der Rolltreppe war.«

»Mit anderen Worten: Sie sagen, die Frau ist aus einer natürlichen Ursache zusammengebrochen, Kreislaufkollaps oder etwas in der Art, und es hatte mit der Rolltreppe nichts zu tun? Die Treppe war Zufall? Sie hätte also auch jederzeit woanders umfallen können?«

»Über die Ursache kann ich nichts sagen, nur, dass es nicht die Treppe war.«

»Hm. Was haben Sie gemacht, als es passiert war?«

»Erst einmal haben wir die Rolltreppe abgeschaltet. Das macht man immer so, wenn irgendetwas ist. Das ist Vorschrift.«

»Wer hat das gemacht?«

»Das hat sofort die Mitarbeiterin gemacht, die hier oben am nächsten war.«

»Mit so einer Art Notknopf?«

»Genau. Ein Notschalter. Sehen Sie hier, den gibt es an jeder Rolltreppe. Da bleibt die sofort stehen. Danach hat sie mich gerufen, und ich habe angeordnet, dass im ganzen Haus sofort der Strom abgeschaltet wurde.«

»Da waren Sie wohl arg erschrocken? Im ganzen Haus? War das nicht ein bisschen übertrieben? Da ist doch die ganze Beleuchtung weg! Und unten am Haupteingang die Sicherheitsdingsbums, die Warnanlage, wenn einer klauen will.«

»Da gehen automatisch die Türen zu, wenn der Strom ausfällt.«

»Ach herrje!«, entfuhr es da dem Faber, »hat das nicht mehr Unheil angerichtet, als vorher schon war?«

»Wir haben den Strom ja auch bald wieder eingeschaltet«, sagte der unauffällige Herr Zumdig, »bis auf die beiden Rolltreppen. Selbstverständlich«, versicherte er, Letzteres so, dass der Faber den Eindruck gewann, der Mann würde langsam ins Schwitzen geraten.

»Und dann?«, fragte er und holte erst jetzt den Notizblock aus der Anoraktasche, ganz lässig, als behielte er ohnehin alles im Kopf, und der Block sei nur eine Formsache.

»Vorher haben wir noch den Krankenwagen gerufen«, sagte Herr Zumdig.

»Vorher?« Der Faber machte eine Pause. »*Wo*vor?«

»Bevor wir den Strom wieder eingeschaltet haben.«

»Funktionieren denn da die Telefone, ohne Strom?«

»In meinem Büro, ja. Da habe ich eine direkte Leitung.«

»Und der Notarzt? Wie ist der ins Haus gekommen, wenn doch alle Türen blockiert waren?«

»Den habe ich selbst hereingelassen. Durch eine Tür für die Anlieferungen, die auf den Marktplatz hinausgeht. Die ist normalerweise verschlossen.«

»Die ist zugleich der Notausgang für das Erdgeschoss?«

»Ja.«

»Sie mussten also erst in Ihr Büro rennen zum Telefonieren.«

»Ja.«

»Und die Rettungsmannschaft? Ist die auch durch diese Tür hereingekommen?«

»Nein. Als wir das Martinshorn hörten, haben wir den Strom wieder eingeschaltet, damit sie den Aufzug benutzen konnte. Der braucht, wenn der Strom weg war, einige Zeit, bis er wieder funktioniert.«

»Wie lange?«

»Knapp zwei Minuten.«

»Und dann?«

»Dann haben wir alles getan, damit es im Haus keine Panik gibt.«

»Klar«, sagte der Faber. »Und? Ist das gelungen?«

»Ja. Vollständig.«

»Hm. Was anderes: Kennen Sie die Frau?«

»Nein.«

»Wann haben Sie die Polizei gerufen?«

»Gar nicht.«

»Ach! Und warum nicht?«

»Warum hätten wir das tun sollen? Ein alter Mensch muss mit dem Krankenwagen in eine Klinik gebracht werden. So etwas kommt vor, man könnte sagen, fast täglich.«

»Ich nehme an, dass Sie schon länger wissen, dass sie tot ist.«

»Schon, aber sie hat ja, solange sie hier im Haus war, gelebt.«

»Und die Polizei im Kaufhaus«, und jetzt sah der Faber ihm geradezu und so fest ins Gesicht, als würde er ihm seine Hand mit allen fünf Fingern hineindrücken, »die Polizei im Kaufhaus, das wollten Sie ja wohl auch nicht unbedingt.«

Der unauffällige Herr Zumdig zuckte ein wenig zurück, schwieg aber dazu. Erst als der Faber seinen Blick wieder aus dessen Gesicht nahm, meinte er in unschuldigem Tonfall: »War das eine Frage? Also gut: Nicht, wenn es sich irgendwie vermeiden lässt.«

Der Faber nickte nur. Dafür hatte er Verständnis. Er sah sich noch einmal um. »Von hier aus musste sie ja nach unten transportiert werden. Wie denn?«

»Mit dem Aufzug.«

»War das nicht recht umständlich? Das dauert doch, bis der da ist.«

»Jedenfalls geht es schneller, als mit einer Bahre und den Geräten die zwei Treppen hinunter. So ist das nun einmal in so einem Haus.«

»Auch wieder wahr«, sagte der Faber, und es fiel ihm keine Frage mehr ein, nur noch diese eine: »Ist Ihnen an der Frau etwas aufgefallen?«

»Wie meinen Sie das? In welcher Hinsicht aufgefallen?«

»Nun, an ihrer Kleidung zum Beispiel.«

Herr Zumdig schien einen Augenblick lang nachzudenken, dann schüttelte er mit dem Kopf. »Nein, nichts. Wieso?«

Der Faber wartete ebenfalls mit seiner Antwort und sah sich den Gesichtsausdruck des Geschäftsführers genau an. »Nur so« sagte er beiläufig und schaute wieder weg.

Der bisher so unauffällige Herr Zumdig zeigte plötzlich Unmut: »Jetzt werden noch mehr Leute kommen und fragen.«

Der Faber, überrascht von dem Trotz, den er aus der Frage heraushörte, sah auf. »Wahrscheinlich. War schon jemand da? Zum Beispiel von unserer Konkurrenz, vom Tagblatt?«

»Ja.«

»Und was haben Sie dem gesagt?«

»Alles, was er gefragt hat.«

»Und was hat er gefragt?«

»Mehr als Sie.«

»Ach ja! Und was noch?«

Da, zum ersten Mal, grinste Herr Zumdig den Faber an: »Einen Haufen unnötiges Zeug. Ein junger Kerl, er wollte wohl Eindruck schinden. Aber er kannte sich überhaupt nicht aus. Ganz anders als Sie. Sie haben gefragt, als wären Sie dabei gewesen.«

Da grinste auch der Faber, fasste ihn nach Art der Südländer freundschaftlich an den Oberarm, genau so, wie Alberto das immer bei ihm zu tun pflegte. Er bedankte sich und ging.

5

Freitag, 11.45 Uhr

Als der Faber endlich wieder in der Redaktion erschien, war die tägliche Vormittagssitzung gerade vorüber. Hebenstreit saß am Computer und schrieb so konzentriert, dass er meinte, ihren blonden Strubbelkopf dampfen zu sehen, und er beschloss, sie nicht zu stören. Er lief erst zwischen den Tischen, dann draußen im Gang unruhig hin und her und überlegte, was ihm an dem Geschäftsführer Zumdig aufgefallen war, bis er darauf kam: Der hatte immer ganz genau nur das geantwortet, was er, der Faber, gefragt hatte – kein Wort mehr, kein Wort daneben. So zu antworten, das war immer das Erste, was man in einer Diktatur lernte, als Schutzmaßnahme, damit einem niemand etwas anhängen konnte. Der unauffällige Herr Zumdig schien also aus der früheren DDR zu stammen. Dass er die Frage nach der Rotkäppchenverkleidung nicht verstanden hatte, bedeutete wahrscheinlich nur, dass er die Frau gar nicht aus der Nähe gesehen hatte. Vielleicht hatte er Angst vor toten Menschen oder so große Angst vor dem Tod, dass er nicht wagte, in dessen Nähe zu kommen. Bei Menschen, die innerlich nicht durch Glauben gefestigt waren, war das nicht ungewöhnlich.

In der Tür sah er noch einmal zu Hebenstreits Arbeitstisch hinüber. Sie saß immer noch ganz in ihre Arbeit versunken dort. Das Mädchen, so dachte er, hat Zukunft. Aber sie muss noch einiges lernen.

Er schloss die Augen, holte tief Luft und klopfte an die Tür der Chefin.

Luise Blaustein hieß, weil sie ihre immer bis zum Mittag andauernde schlechte Laune gerne an ihren Mitarbeitern ausließ, bei diesen heimlich »das Morgengrauen«. Sie war etwa Mitte fünfzig, trug eine randlose Brille und war teuer, aber nicht immer mit sicherem Geschmack gekleidet und mit dezent gefärbtem Haar auf »kluge Frau« gesteilt. Der Faber wusste selbstverständlich, dass es auf Neudeutsch »gestylt« hieß, aber er fand, das Steile passte zu ihr. So saß sie, ganz Chefin, hinter ihrem Mahagonischreibtisch, als der Faber anklopfte und die Tür öffnete.

Er wartete, bis sie auf zehn gezählt hatte, dann sagte sie: »Augenblick!«, und zählte über ihrem mit Papier übersäten Arbeitstisch ein zweites Mal bis zehn, bevor sie zu ihm aufsah. So ganz sicher war sich der Faber nicht darin, dass sie das immer so machte, aber er würde es schon noch herausbringen.

»Wo warst du so lange?«, fragte sie ungnädig. »Ich sehe auf dem Bildschirm, dass deine Hohenloher Schweinezucht noch nicht fertig ist.« Der Faber kramte in Gedanken eilig in seinem Entschuldigungsvorrat, aber die Chefin winkte schon ab: »Lass nur, es macht nichts, das passt ganz gut. Das bringen wir dann am Montag. Es ist nämlich gut, dass du kommst. Hier«, und sie reichte ihm ein Blatt über den Tisch, »sieh dir das mal an. Ist gerade reingekommen.«

Der Faber las die ersten zwei Zeilen, dann angelte er sich mit dem Fuß einen Stuhl. Er musste sich erst einmal setzen. »Ach du liebe Güte!«, rief er, »wer hat denn das verbrochen?«

»Es ist anonym«, erklärte ihm Luise Blaustein.

Der Faber überflog das Blatt weiter. »Es ist so etwas Ähnliches wie eine Mängelliste des Oberbürgermeisters«, stellte er laut fest, »mit zwanzig, eins, zwei, drei, vierundzwanzig Punkten. Und selbstverständlich alles in Frageform: Herr Oberbürgermeister, haben sie das und das getan? Hier: Haben Sie mit Absicht Ihr Auto auf der Autobahn mit 170 Ka-em-ha zu Schrott gefahren, weil Sie keinen Mercedes als Dienstwagen wollten? – Das ist doch hirnrissig! Woher kommt das? Anonym, sagtest du? Finden wir raus, wo das herkommt?«

»Ein anonymes Flugblatt. Es ist über die ganze Kernstadt an alle Haushalte verteilt worden.«

»Wer ist denn so bescheuert? Wenn der etwas von ihm wissen will, soll er ihn doch selber fragen!«

»Wir werden das selbstverständlich aufgreifen. Mit einer gewissen Vorsicht, das ist klar – man kann schließlich nie wissen, wer ...« Sie brach ihren Satz ab. »Immerhin ist es eine Schweinerei. Das werden wir auch so schreiben.«

»Da bin ich ganz deiner Meinung. Das ist«, der Faber ereiferte sich. Intrigen und Hinterhältigkeiten waren ihm so zuwider wie der Katze die Hundekacke. »Das ist nicht nur unter der Gürtellinie, das ist schon direkt am ...«

»*Du* wirst einen Kommentar schreiben.« Die Chefin stand auf und fuhr ihren Zeigefinger in Richtung auf seine Milz aus, bevor der Faber seinem Zorn mit irgendeiner derben, fäkalsprachlichen Verbalinjurie Ausdruck verleihen konnte.

»Tut mit Leid, Chefin, aber ich bin gerade an etwas anderem dran, da muss ich gleich hin. Bin schon zu spät dran.«

»Was denn? Das Rotkäppchen auf der Rolltreppe? Was ist dabei rausgekommen? Ist das überhaupt eine Nachricht?«

»Das ist noch nicht klar.« Er gab ihr einen zusammenfassenden Bericht. »Aber ich hab versprochen, mich um die Identifizierung zu kümmern.«

»Nichts da! Da hängen wir uns nicht rein.«

»Ich bin aber mit dem Pfarrer verabredet, wir wollen in ihrer Wohnung nachsehen und, nun ja, die Identifikation absichern.«

»Faber! Du hast neben deinem Schreibtisch den Günter-Schifferdecker-Preis für vorbildlichen Journalismus an der Wand hängen, da ist in goldenen Lettern dein Name eingedruckt! Du bist Journalist und kein Weltverbesserer. Und wir sind nicht die Caritas. Du kannst solche Sachen nicht einfach versprechen.«

»Du hast ja Recht«, gab der Faber ihr zu, »aber Pfarrer Schnell hat mich so sehr darum gebeten, und ...« – er merkte, dass er auf Glatteis geriet mit dem, was er da redete, und schwenkte schnell auf das andere Thema um: »Aber das hier«, er wedelte unnötig heftig mit dem Flugblatt, »du hast Recht, das ist eine richtige Schweinerei. Und jede Schweinerei ist eine wichtige Sache! Ein Fall von Mobbing auf höchster, lokaler Ebene. Das geht *alle* an, das muss auch auf hoher Ebene beantwortet werden, das kannst du nicht einfach jeden Popel machen lassen. Hebenstreit, na schön, die kann den Artikel schreiben, nüchtern und klar, das macht sie gut, das kommt auch gut an. Und die Glosse dazu, die sollte sie auch schaffen, wir alle wissen, wie bissig sie sein kann. Aber einen Kommentar schreiben, das ist etwas ganz anderes, der muss genau abgewogen sein! So etwas, das ist Chefsache! Das muss ein gewichtiges Wort sein von jemandem, der auch das entsprechende Ansehen in der Stadt und in der Umgebung hat. Schließlich bist du eine geborene Thoma!« Der Faber beendete sein Plädoyer in Sachen Arbeitsverweigerung mit einem Gesicht, so unschuldig, als hätte er noch niemals auch nur ein Wässerchen trüben können.

Die Chefin starrte ihn mit großen, veilchenblau umrandeten Augen hinter ihrer randlosen Brille an, so dass der Faber sich schon ertappt fühlte und meinte, er habe nun doch zu dick aufgetragen.

»Du hast Recht«, sagte sie dann. Sie straffte ihre Schultern, schritt forsch zur Tür und rief über den Flur, laut, so dass auch ganz bestimmt jeder hörte, wer hier neben dem Sagen auch das Rufen hatte, Hebenstreit herein:

»Hebenstreit, Sie schreiben für die Regionalseite eins über das anonyme Flugblatt, sachlich, aber durchblicken lassen, dass es eine Schweinerei ist. Acht Module in den zwei mittleren Spalten. Den Text des Blattes daneben in den Kasten, hellblau unterlegt und schwarz umrandet. Dazu eine Glosse von vier Modulen links daneben, bissig, aber geschliffen! Da können Sie mal zeigen, Hebenstreit, was Sie drauf haben!«

Luise Blausteins Anweisungen kamen klar und forsch: »Bis heute 15:30 Uhr, da machen wir eine Sondersitzung. Wir krempeln alles um! Dem Faber seine Hohenloher Schweine, die verschieben wir auf die nächste Woche.«

Der Faber nutzte die ihm von Gott unmittelbar geschenkte Gabe, die so aber vielen fränkischen Menschen zu Eigen war, nämlich bei Bedarf und auf Abruf sich völlig unschuldig zu fühlen. Er zwinkerte Hebenstreit listig zu und ging sein altes, von ihm selbst violett gestrichenes Fahrrad holen. Es stand im Hof gegen die Hauswand gelehnt und hieß *Asinus ferrari* - was der Faber mit seinen nicht sehr guten Lateinkenntnissen für die passende Übersetzung des Wortes »Drahtesel« hielt, denn es war störrisch und hochbeinig, so dass er jedes Mal beim Aufsteigen Mühe hatte, sein Knie über den Sattel zu heben. Er trat kräftig in die Pedale und fuhr in die Martinsgasse, dorthin, wo in der Nummer fünf Matilde Botterbusch gewohnt hatte.

6

Freitag, 12.10 Uhr

Das Haus Nummer fünf war ein auf alt getrimmter Neubau. Der Faber erinnerte sich, wie vor etwa fünfzehn Jahren das alte Haus an dieser Stelle abgerissen und neu aufgebaut worden war; damals musste dabei die alte Fassade erhalten bleiben, weil sie nach der Auffassung des Städtischen Denkmalamtes das Bild der historischen Altstadt so stark mitbestimmte, dass auf sie nicht verzichtet werden konnte.

Dabei mochten die kleinen Fenster, so fand er, ja noch angehen, die daneben angeklebten Attrappen, Fensterläden darstellend, schon weniger. Ein deutlicher Nachteil aber war die alte Haustür, nicht, weil sie alt, sondern weil sie viel zu eng war, und weil man sieben Stufen zu ihr hinaufsteigen musste.

Der Faber stieg vom Rad und sah sich um. Von Pfarrer Schnell war noch nichts zu sehen. Nebenan, im Haus Nummer sieben, hatte ein Installateurbetrieb seine Werkstatt. Vor dem großen, halb offen stehenden Rolltor war auf die Straße ein weißes Zickzackband gemalt zum Zeichen, dass hier niemand parken durfte, damit dem handwerklichen Betrieb die Zufahrt zu seiner Werkstatt nicht zugestellt wurde. Genau auf dem Zickzackband stand ein dunkelgrüner Opel Caravan und blockierte die Einfahrt. Die Heckklappe stand weit offen, und ein Mann ließ einen großen, weißen Hund aussteigen. Der Faber lehnte seinen Draht-Asinus gegen die Hauswand und schloss ihn sorgfältig ab.

An einer der drei Klingeln neben der Haustür stand »Botterbusch«, so weit war er also schon auf der richtigen Spur. Der Faber klingelte und hielt die Hand gegen die Tür, damit er sie aufdrücken konnte, sobald er den Summer hörte, aber nichts geschah, außer, dass er hinter sich Schritte hörte. Gleich darauf bog Pfarrer Schnell um die Ecke auf die kurze Treppe ein.

»So, Sie sind schon da«, wunderte der sich, und die Miene, mir der er zum Faber die Stufen hinaufsah, zeigte, wie besorgt er wegen der Nachricht über Matilde Botterbusch war. »Wie sieht's denn aus? Ist sie daheim?« Die beiden Männer kannten einander, Dr. Schnell war im Auftrag des kirchlichen Dekanates der Verbindungsmann zur Presse. Der schlanke Mann, dem der schwere zweireihige Mantel so genau auf den Körper passte, als wäre er in ihn hineingeknöpft worden, ähnelte eher einem aufrecht stehenden, schwarzen Paket als einem Pfarrer, der gerade aus dem Schulunterricht kam und der es eilig hatte, nach Hause zum Mittagessen zu kommen. Daneben sah der Faber in seinem alten Anorak, um es einmal wohlwollend auszudrücken, doch recht leger aus.

Die eigentliche Begrüßung fiel, wie immer zwischen diesen beiden Männern, herzlich aus, der Faber lobte die gesunde Gesichtsfarbe des Pfarrers und fragte, ob er sich die Bräune im Urlaub geholt habe. Der antwortete, ja, er sei über die Fastnachtsferien für zehn Tage in den Dolomiten beim Skilaufen gewesen, das halte er in jedem Jahr so.

»In diesen zehn Tagen sind Sie so braun geworden?«, staunte da der Faber. Seine Haut reagiere ja auch recht schnell auf die Sonne, aber so schnell wie beim Pfarrer Schnell denn nun auch wieder nicht.

Ja, erwiderte der Pfarrer, seine Konfirmanden hätten in der letzten Woche schon gesagt, sie hätten jetzt endlich auch so einen interessanten Pfarrer aus Indien wie ihre katholischen Klassenkameraden aus dem Nachbarort Aichingen. Er sagte das mit völlig ernster Miene, und nur, wer ihn genau kannte, sah den Schalk in seinen Augenwinkeln.

Erst nach diesen Späßen, die, wie meist in solchen Fällen, dazu dienten, die gewohnte, kameradschaftliche Lockerheit zwischen den zwei Männern wiederherzustellen, ging man zum ernsten Anlass ihrer Verabredung über. Es war, wie wenn zwei alte Bekannte sich nach langer Zeit auf einer Beerdigung eines nicht sehr nahe stehenden Menschen wiedersehen: Da blödelt und knufft man sich erst ein bisschen, bevor man sich auf den ernsten Anlass besinnt; so etwas ist ja allgemein bekannt.

»Ich habe schon geklingelt, aber es regt sich niemand«, erklärte der Faber.

Der Pfarrer ging schnell die wenigen Stufen hinunter und sah zu den Fenstern im ersten Stock hinauf. Er trat dazu mitten auf die Straße, und der Faber, der merkte, dass er das tat, damit möglichst viele Nachbarn hinter den Vorhängen ihn sahen und erkannten und so versichert waren, dass das Tun der beiden Männer legal sei, stellte sich schnell neben ihn, damit auch er möglichst viel von der Legalisierung profitierte.

»Dann müssen wir es unten probieren«, sagte Pfarrer Schnell so laut, dass alle hinter den Vorhängen es auch bestimmt hören konnten, und wandte sich wieder der Haustür zu, legte den Finger auf die unterste Klingel, und der Faber drückte, als sie den Summer hörten, die schwere Haustür auf.

Im engen, dunklen Flur ging eine Wohnungstür auf. Neben der Tür stand auf einem kleinen Schildchen »Weber«, und eine füllige Frau mittleren Alters fragte barsch, wenn auch nicht direkt unfreundlich: »Ja? Was ischt?« Dann, bevor einer der beiden Männer etwas sagen konnte: »Oh! Herr Pfarrer! Welch hoher Besuch. Kommet Se doch nei, aber bei mir ischt leider noch net recht aufg'räumt.«

Schnell wehrte ab, es tue ihm Leid, aber sie seien in einer ernsten Sache hier, und er erklärte ihr die, wie er betonte, – wahrscheinlich – traurige Lage. Der Herr Faber hier – Frau Weber streckte dem Faber ruckartig die Hand entgegen und sagte laut und deutlich: »Wäber!« –, der habe Fräulein Botterbusch, also, nun ja, es sei möglicherweise ein Unglück geschehen, und ob sie, Frau Weber, vielleicht als Hauseigentümerin mit ihnen hinauf in die Wohnung ...

Frau Weber war schon unterwegs und kam mit einem Wohnungsschlüssel, an dem ein Schildchen hing, zurück. »Wohnung oben« stand deutlich sichtbar darauf zu lesen. Sie gingen die, gemessen daran, dass es ein neues Haus war, ungewöhnlich schmale Treppe hinauf. Frau Weber klingelte im Obergeschoss noch einmal an der Wohnungstür und rief, als sich drinnen nichts regte, laut: »Fräulein Botterbusch?« Sie warteten ein paar Sekunden. Dann sah sie Pfarrer Schnell an, und als der ihr zunickte, wollte sie aufschließen. Aber der Faber zog eilig den Schlüsselbund aus der Tasche. »Warten Sie!« Der Schlüssel passte.

Sie gingen zu dritt hinein, riefen immer wieder »Fräulein Botterbusch?«, aber es war niemand in der Wohnung. »Jetzt, so kurz vorm Esse«, sagte Frau Weber, »müsst se dahoim sei. Se kocht emmer, au für sich alloi. Do kennt se nix.«

Die Drei sahen sich bedeutungsvoll an. »Nun«, sagte schließlich der Pfarrer, »das scheint mir doch ziemlich klar zu sein, dass die Tote aus dem Kaufhaus unser Fräulein Botterbusch ist«, und der Faber nickte dazu. Er beschrieb der Vermieterin die Verkleidung, in der »die Unglückliche« gefunden worden war, und die wusste sofort Bescheid.

»Rotkäppchen? Das war ihr Fastnachtskostüm in jedem Jahr. Damit ist sie immer zur Weiberfastnacht gegangen am Schmotziche Dunnschtich«, und Pfarrer Schnell erinnerte sich ebenfalls, dass sie in diesem Kostüm auf der gemeinsamen evangelisch-katholischen Altenfastnacht gewesen war. Die war, so erklärte er, in jedem Jahr eine Woche vor der Weiberfastnacht, und er selber hätte dort sogar einmal mit ihr getanzt. »Sie tanzte sehr gut und sehr viel, sie war überhaupt bemerkenswert fit für ihr Alter«, schilderte er sie, und es klang durchaus Bewunderung mit in seinen Worten. Und sie habe alles mitgekriegt und wahrgenommen, was in ihrer Umgebung geschehen sei, auch das, was sie nicht habe sehen sollen, nun ja, Miss Marple eben. Dieser Spitzname in der Gemeinde wäre nicht nur von ihrem Aussehen gekommen, sondern auch davon, dass sie alles gesehen und gewusst habe. Dieser heimliche Name sei durchaus nicht nur mit Respekt, sondern dann und wann auch nicht ganz frei von Furcht genannt worden.

»Ach ja?«, fragte da der Faber mit unschuldigem Augenaufschlag, »gibt es das hier bei uns? Sachen, die man nicht sehen soll?«

»Fragen Sie nicht so scheinheilig«, lachte der Pfarrer, »das weiß doch jeder, dass man aus dem Mergentheimer Filz die ganze Hut- und dazu auch noch die halbe Pantoffelindustrie versorgen könnte.«

»Wenn Sie sich da so genau auskennen«, schlug der Faber vor, »dann sollten wir über die Mergentheimer Lodenfraktion mal ein Interview machen.«

»Filz, nicht Loden«, erinnerte ihn Schnell und ging hinüber ins andere Zimmer auf der Suche nach Frau Weber, um sie etwas zu fragen.

»Loden ist auch nur eine Art Filz«, rief ihm der Faber hinterher.

»Frau Weber?«, rief der Pfarrer, immer noch auf der Suche nach der Hauseigentümerin, »das mit diesem Rotkäppchenkostüm, können Sie sich das erklären? Warum sie das heute, drei Tage nach Fastnacht, noch getragen hat?«

»Sie hot des Koschtüm jedes Jahr aghett«, antwortete die Vermieterin aus dem Schlafzimmer nebenan, »ond oft au no a paar Tag länger.« Sie kam herüber ins Wohnzimmer. »Wenn mr s sowieso wäsche muss, na soll man es auch trage, bis es dreckig isch, hat sie immer g'sagt. Und es hat ihr ja au wirklich gut gschtande. I fend, so a alts Fräulein darf ruhig e bissle komisch sei.«

Der Faber, der von seinem Rundgang durch die drei Zimmer der Wohnung zurückkam, erinnerte sich genau, dass die Kleidung der Toten in der Notaufnahme frisch gewaschen gewesen war, aber er sagte nichts.

»Sie hat alles gesehen, hat Pfarrer Schnell gesagt. Hat sie auch getratscht?«, fragte er Frau Weber.

»Nie! Sie war verschwiegen wie ein Grab.«

Und der Pfarrer, dem bei diesen Worten durch den Kopf ging, dass Gräber durchaus nicht immer so verschwiegen waren, wie die Redewendung glauben machen wollte, dass im Gegenteil manche Gräber schon laut geredet hatten, der Pfarrer schwieg dazu.

»Alles gesehen hat sie, aber nicht darüber geredet?«, meinte der Faber. »Das ist aber nicht gut tauberfränkisch.«

»Sie war ja au koi Hiesige«, erklärte Frau Weber.

»Ach!« Pfarrer Schnell hob den Kopf. »Und was soll das sein, gut tauberfränkisch?«

»Niemals mit jemandem direkt sprechen. Offenheit gilt als unanständig oder dumm. Das, was ich einem anderen sagen will, hinten herum und über mindestens zehn Stationen tragen, und das auch noch möglichst ungenau, damit man sich nicht festlegen muss. *I soch net sou, un i soch net sou, dass kaaner sooche kann, i hätt sou oder sou gsocht.*« Mit dem letzten Satz im Dialekt zitierte der Faber den Hohenloher Dichter Gottlob Haag, der damit wie kein anderer den Charakter seiner tauberfränkischen Landsleute gezeichnet hatte. Und der – nicht zu vergesse! – dafür von diesen hoch verehrt wurde.

»Sie sind ungerecht«, widersprach Schnell, »weil einseitig. Einem Journalisten sollte so etwas nicht passieren.«

Der Faber gab beides zu und erklärte es mit seiner unausgeglichenen Gefühlslage. Oder kurz gesagt: mit seinem Zorn. Und er berichtete von dem anonymen Flugblatt gegen den Oberbürgermeister, der ihnen in die Redaktion geflattert war. »Der arme Kerl«, kommentierte er bitter, »erst ein Jahr im Amt, und schon lernt er seine Leute kennen.«

»Seine Leute?«, fragte Schnell erstaunt. »Wieso das denn?«

»Na, ist das nicht klar? Wer kommt denn an solche Informationen? Aus dem Computer des OB?! Das kann doch nur aus der Verwaltung gekommen sein.«

»Möglich«, meinte der Pfarrer, »vielleicht. Aber ich denke, das ist nicht das Eigentliche. Im Rathaus gibt es für so etwas nur die technischen Möglichkeiten, passieren könnte es überall. Was Sie da sagen über den tauberfränkischen Charakter, das stimmt so nicht, wenigstens nicht, wenn man es genau nimmt«

»Sondern?« Jetzt war der Faber doch richtig neugierig geworden.

»Sondern: Menschen werden so, wenn sie jahrhundertelang gelernt haben, dass der gerade Weg nur Ärger bringt, Ärger oder Schlimmeres. Alles, was mit Offenheit, Freiheit und Geradlinigkeit zu tun hat, ist ihnen in dieser Zeit abdressiert worden. Hier wurden die Menschen besonders klein gehalten. Wie übrigens überall in den so genannten geistlichen Fürstentümern. Und da waren sie alle entweder mainzisch oder würzburgisch oder bambergisch oder eben die Untertanen des Deutschen Ritterordens wie hier in Mergentheim. Alles Fürsten wie Götter auf Erden, wie anderswo auch, aber hier noch mit dem Absolutheitsanspruch des Heiligen, und da ging es den Untertanen immer besonders schlecht. So etwas sitzt fest und kann sich über viele Generationen bemerkbar machen.«

»Sie meinen, wenn die als Heckenschützen ihrem Oberbürgermeister aus dem Dunkeln eins auf den Schädel wummern, dann meinen sie in Wirklichkeit immer noch den Fürstbischof oder Hochmeister Clemens August oder Maximilian Franz oder welchen auch immer?«

»So ungefähr«, bestätigte Schnell. »Vielleicht. Vielleicht auch nicht, aber es lohnt sich auf jeden Fall, darüber nachzudenken.«

»Darf ich das meiner Chefin weitergeben? Ich bringe es ihr so bei, dass die denkt, es wäre ihr selber eingefallen. Sie gibt es dann als ihre Weisheit an den Kollegen weiter, der den Artikel schreibt.«

Frau Weber war inzwischen immer unruhiger geworden, ihr Mann, so sagte sie, warte unten auf das Mittagessen. Er lege großen Wert darauf, dass es immer pünktlich um zwölf Uhr auf dem Tische stehe.

»Nur noch einen Augenblick«, hielt Pfarrer Schnell sie zurück, »eine Frage noch. Wissen sie, ob Fräulein Botterbusch irgendwo Angehörige hatte?«

»Nur on Bruder. Der lebt in dr Nähe von Aache, irgendwo in em Altersheim.«

»Wo genau, das wissen Sie nicht? Keine Adresse?«

»Nein.«

»Sonst niemand?«

»En anderer Bruder isch im Krieg gfalle. Mehr weiß i net.«

»Wie lange war sie schon ihre Mieterin?«, fragte der Faber.

»Seit achtzehn Johr, seit mr des Haus baut hen.«

»Dann müssten Sie sie eigentlich ganz gut kennen«, mischte sich jetzt der Pfarrer wieder ein. »Oder gekannt haben.«

»Ja, i denk scho.«

»Könnten Sie die Identifizierung übernehmen? Trauen Sie sich das zu?«

Frau Weber sah den Pfarrer an und nickte entschlossen.

»Und was sonst noch zu tun ist bei den Behörden, übernehmen Sie das auch?«

»Muss i ja wohl«, sagte sie, »es isch ja sonscht konner do.«

Pfarrer Schnell dankte ihr ausdrücklich und fügte hinzu: »Mehr können wir vor Montag nicht mehr tun. Rufen Sie mich an, wenn Sie alles erledigt haben. Wir setzen uns dann zusammen und besprechen alles für die Beerdigung.« Er wandte sich zur Wohnungstür.

»Für mich ist es jetzt höchste Zeit.« Und er verabschiedete sich.

Frau Weber wollte sich ihm anschließen.

»Moment noch!«, rief ihnen der Faber nach und zog sein Telefon aus der Tasche. »Sie nicht, Herr Schnell! Nur Frau Weber.« Die sah ihn in unwilliger Erwartung an. »Ich rufe nur schnell im Caritaskrankenhaus an«, erklärte er.

Am anderen Ende meldete sich Carla nach nur einem Rufzeichen. Der Faber wollte ihr den Namen und die Adresse der Vermieterin durchgeben, aber Carla verlangte gleich, Frau Weber zu sprechen. Er drückte der das Telefon in die Hand und konnte nur noch schnell flüstern: »Frau Dr. Krupka«, dann waren sich die beiden Frauen schon einig und machten alles klar. Frau Weber schaltete das Telefon ab und drückte es ihm in die Hand. Er lächelte sie an und sagte freundlich: »Vielen Dank, Frau Weber; ich brauche Sie dann nicht mehr.« Und er zeigte, wie wir sehen, Chefverhalten, der Faber – und es wirkte: Kurz darauf hörte er die Wohnungstür zuschlagen.

Der Faber war allein in der Wohnung der Toten. In aller Ruhe warf er einen Blick hierhin und einen dorthin, ins Schlafzimmer auch einen, den aber nur durch die Tür. Das Bett war gerichtet, auch sonst war alles ordentlich und sauber. Er war sicher, dass hier den ganzen Vormittag niemand gewesen sein konnte. Auf dem Couchtisch im Wohnzimmer lag eine Fernsehzeitschrift, aufgeschlagen bei Donnerstag, darauf lag die Zeitung von heute, das Tagblatt. Das Konkurrenzblatt. Es lag zusammengefaltet, so, als hätte sie es noch nicht gelesen. Daneben lag ein Prospekt vom Diakoniewerk über Altenerholung.

Der Faber setzte sich in den einzigen Sessel, den es im Wohnzimmer gab. Das Zimmer hatte eine große Fensterfront nach Süden und war, ganz anders als die Straßenseite, sehr hell und freundlich. Neben dem Fenster stand schräg über Eck ein Sekretär, ein schmaler, hübscher Schreibschrank italienischer Bauart. Die Klappe war geschlossen. Der obere Teil bestand aus einer Glasvitrine, darin sah er neben vier oder fünf Sherrygläsern Teile von einem schönen, alten Kaffeeservice mit Zuckerdose und Milchtopf aus der Zeit, als man noch kuhfrische Milch in den Kaffee gegeben hatte. Dabei eine Kaffeekanne, alles sehr kunstvoll gestaltet, für heutige Verhältnisse sehr groß, aber alle Teile hübsch bemalt. Erbstücke offensichtlich, so, wie sie nie benutzt, sondern nur als Erinnerungsstücke aufbewahrt wurden. Rechts neben dem Schreibschrank hing an der Wand eine aus Holz geschnitzte Madonna.

Er stand auf, um sie sich näher anzusehen. Es war eine Handarbeit; eine nicht sehr vollkommene, aber doch recht gut gearbeitete Kopie der Madonna vom Portal der Würzburger Marienkapelle.

Er hob sie vorsichtig von der Wand und betrachtete sie ganz genau. Sie war aus Lindenholz, das Holz mit schwacher, aber schöner Maserung. Auf der Rückseite war ein kleines Messingschild angeschraubt:

Kopie 1 : 4 der Madonna
Marienkapelle, Würzburg.
Wilfried Kemmer, Kunstkreis Lauda-Königshofen 1984.

Genauso vorsichtig, wie er sie abgenommen hatte, hängte der Faber sie wieder an ihren Platz.

Daneben, zum Teil auch darunter, hingen mehrere gerahmte Fotos, klein, alt, meist verblichen. Eines davon war ein Hochzeitsbild von irgendwann im frühen 20. Jahrhundert, vielleicht die Eltern Botterbusch, auf einem anderen ein sehr junger Mann in der Uniform eines einfachen deutschen Soldaten. Mit leuchtenden Augen sah er selbstbewusst und stolz in die Kamera. Der Faber nahm es von der Wand und stellte sich damit vor das bis zum Boden herunterreichende Fenster. Auf der Rückseite stand, schon verblichen und wieder nachgeschrieben: »Klaus 1944 †«.

Der Faber schaute gedankenvoll aus dem Fenster. Unten war ein kleiner, ziemlich ungepflegter Garten; zwischen halbhohen Sträuchern, welche die ersten Knospen trieben, wuchsen Schneeglöckchen, Krokusse in verschiedenen Farben und in einer anderen Ecke gelbe Winterlinge.

Der kalte Regen hatte aufgehört, jetzt war der Himmel klar, der Garten lag zu einem Teil in der Sonne. Aber nach ein paar Metern, an dem schäbigen Anbau einer chemischen Reinigung, war die Aussicht schon zu Ende.

Es war richtig warm an dem Fenster. Der Faber zog seinen Anorak aus und legte ihn über den Sessel. Dann ging er langsam durch die Wohnung. Er hängte das Foto zurück an seinen Platz, sonst schaute er nur und fasste nichts an.

Im Schlafzimmer, in das er vorhin nur einen Blick geworfen hatte, erlebte er eine Überraschung: In einer Ecke hinter der Tür stand ein kleiner Schreibtisch und darauf ein Computer, ein schon älteres Modell. Jetzt fehlt nur noch, dass das alte Fräulein auch noch im Internet gesurft hat, dachte er. Neugierig wollte er das Gerät einschalten, aber als er den üblichen Knopf am Rechner drückte, passierte nichts. Verblüfft stellte er fest, dass die ganze Anlage keinen Strom hatte. Er suchte weiter und fand schließlich unten am Fußboden hinter dem Schreibtisch, und da auch noch hinter einem Wandbehang verborgen, eine Steckdosenleiste mit einem Schalter, den man aber nur mit dem Fuß erreichen konnte, wenn man am Tisch auf dem Stuhl saß und wusste, wo er versteckt war. Und dann musste man dazu auch noch die Schuhe ausziehen.

»Sieh mal einer an«, sagte er laut, »ein gerissenes, altes Fräulein!«

Er schaltete den Computer ein, aber schon beim Kennwort kam er nicht weiter und wollte den Computer schnell wieder ausschalten. Das war gar nicht so einfach, denn er wollte alles genauso zurücklassen, wie er es angetroffen hatte. Dazu musste er sich wieder verrenken und die Schuhe ausziehen, und als er das tat, halb eingeklemmt unter dem engen Schreibtisch, klingelte im Wohnzimmer sein Telefon in der Anoraktasche.

Er hörte es, aber er brauchte einige Zeit, bis er ächzend hochkam und ins Wohnzimmer humpelte, weil er sich an allen Gliedern verrenkt vorkam. Endlich konnte er sich melden.

»Ist dort der fiese, flotte Faber persönlich selber?«

Einen Augenblick lang war er ganz durcheinander, aber dann erkannte er die verstellte Stimme seiner Frau.

»Ja, selbstverständlich bin es persönlich selber, Weiche. Was ist denn los? Was soll die Versteckspielerei!« Der Faber pflegte seine Frau Ursula Weiche immer »die Weiche« zu nennen, auch vor fremden Menschen, was je nach Stimmung und Tonfall das eine Mal abweisend, das andere Mal erotisch und zärtlich klingen konnte. Er fand das praktisch, da brauchte er, je nach Anlass, nicht nach Schimpf- oder Kosenamen zu suchen. Die Weiche, so lebhaft wie sprunghaft, hatte einmal zu ihm gesagt: »Weißt du, Faber, wir beide, wir sind nun mal wie Ernie und Bert.«

Und der Faber hatte darauf gebrummt«: »Und wer von uns beiden ist dabei Bert?«

»Denkt der zerstreute Herr Redakteur«, plapperte das Minitelefon mit der Stimme der Weichen weiter, »noch daran, dass er eine family hat – sie sprach es femmili aus – die daheim darbend und frierend mit dem Essen auf ihn wartet ...«

»Hungrig nicht?«, unterbrach er sie brummig.

»... darbend, frierend und hungernd mit dem Essen auf ihn wartet? Hat der fiese Faber eine Vorstellung davon, wie es ist, wenn sein Weib, dem vor lauter Hunger schon die Bauchdecke an der Wirbelsäule angetrocknet ist, ihren gemeinsamen, teils gezeugten, teils geborenen Nachwuchs ...«

»Weiche! Ist ja gut! Ich komme sofort.« Er hatte ganz vergessen, dass freitags die Weiche über Mittag immer nur sehr wenig Zeit hatte. Er schnappte sich seinen Anorak und verließ die Wohnung. Bevor er die Treppe hinunterstürzte, holte er noch das Schlüsselmäppchen aus der Hosentasche und probierte – so viel Zeit musste sein – die beiden Schlüssel an der Wohnungstür. Der eine passte. Er ließ die Tür einfach zufallen und probierte unten an der Haustür von innen den anderen Schlüssel. Na also! Auch der passte.

Als der Faber die schwere Haustür öffnete, sah er, wie ein nicht gerade Vertrauen erweckender Bursche von vielleicht zwölf Jahren vor Fabers lila Fahrrad stand und sich daran zu schaffen machte. Während er die sieben Stufen mit einem Satz hinuntersprang, schrie er: »Nimmst du die Finger da weg, du ...«, und der Bursche gab Fersengeld. Schnell schwang er sich auf das Rad und fuhr eilig heim ins Weberdorf.

7

Freitag, 13.10 Uhr

Vor dem Haus stand der dunkelrote Golf der Weichen am Bordstein, hinter der Frontscheibe lag deutlich sichtbar die hellblaue Karte, die Parkerlaubnis für die Bewohner der Schloßgartenstraße. Schon, als er noch im Treppenhaus war, ging oben an seiner Wohnung ganz langsam die Tür auf, und bevor er sehen konnte, wer da so viel Mühe mit der Tür hatte, hörte er die vertraute Kinderstimme: »Der Papa! Mama, der Papa ist da!«

Das waren seine glücklichsten Augenblicke für den ganzen Tag: Wenn seine kleine Tochter sich so hemmungslos freute, nur weil er da war. Sie rannte auf ihn los, als wollte sie ihn umrennen, und sprang an ihm hoch, sicher, dass er sie auffangen könne und es auch tun würde. Neben dem Glück darüber, dass er von jemandem so sehnlich erwartet wurde, erfasste ihn Rührung über ihr hemmungsloses Vertrauen, dass ihr Vater sie immer auffangen und niemals fallen lassen würde.

Er hielt sie vor sich: »Hallo, Miriam! Komm, erst einmal Schnauzengruß!« Gehorsam spitzte sie den kleinen Mund und küsste ihn auf seine Bartstoppeln, während sie die Wohnung betraten. Dann, mit der Kleinen noch auf dem Arm, warf er einen Blick in die Küche, wo die Weiche am Herd stand.

»Hallo, Weiche. Tut mir Leid, dass ich so spät dran bin. Ich erzähle dir gleich, warum.« Sie hielt ihm die Wange hin, und er küsste sie flüchtig. »Das duftet ja herrlich!«

»Entschuldige«, antwortete sie, »ich kann jetzt nicht hier weg, ich habe gerade den Fisch in die Soße gegeben. Du weißt doch, dass es bei mir freitags immer pressiert.« Ein Rest von dem Vorwurf, dass er sie so lange hatte warten lassen, klang bei ihr noch mit. »Er muss genau sechs Minuten ziehen.«

Der Faber, dem der Vorwurf in ihrer Stimme nicht entgangen war, schaltete sein Telefönchen aus und legte es auf das Schränkchen neben der Garderobe. »Jetzt erzähl mal dem Papa«, – er ging in die Hocke, damit er auf gleicher Augenhöhe mit seiner Tochter reden konnte – »was hast du heute bei Susanne gemacht?« Susanne war ihre Nachbarin mit eigenem Haus und Garten, und sie kümmerte sich zugleich als Tagesmutter um Miriam, wenn die Weiche arbeitete.

»Sie war mit Susanne für eine Stunde im Kindergarten«, antwortete an Stelle ihrer Tochter die Weiche aus der Küche. »Zum Eingewöhnen nehmen sie auch Kinder, die noch nicht drei sind.«

»Und? War es schön dort?«

Miriam nickte heftig, und Begeisterung leuchtete aus ihren braunen Augen. »Ja«, wisperte sie dann mit ihrer Kleinmädchenstimme.

»In welchem Kindergarten wart ihr denn?«

»Im Kindergarten Propsteistraße«, antwortete wieder aus der Küche die Weiche.

»Ja, Pupseitraße«, bestätigte lispelnd seine Tochter.

»Können die sich nicht mal einen Namen für einen Kindergarten ausdenken, den ein Kind auch versteht?« Ärgerlich prustend kam er aus der Hocke wieder hoch. »Schwalbennest oder Igelburg oder irgend so was?«

»Schwalbennest gibt es schon«, konterte die Weiche aus der Küche, »und Igelburg? Willst du, dass sie zu deinem Kind *Igelbörger* sagen? Wenn schon, dann vielleicht *Regenbogen*.«

»*Regenbogen*«, sagte er, »das wäre nicht schlecht. Schade, das hätte ich heute Pfarrer Schnell vorschlagen können, wenn ich dran gedacht hätte.«

»Wo hast du ihn getroffen?«

Der Faber berichtete ihr von der Frau im Rotkäppchenkostüm. Versuchte zu berichten, so wäre es richtiger wiedergegeben, denn kaum hatte er den Namen Carla Krupka erwähnt, da rief die Weiche: »Aaaachtung! – Jiiietzt!« und zog den Topf vom Gas. »Wir können essen«, verkündete sie so laut, als hätte sie das Haus voller Gäste und zum Mittagessen zwanzig Personen zu versorgen. »Miriam! Hände waschen!«

»Komm«, sagte der Faber zu seiner Tochter. »Tino.«

»Oh ja, Tino«, nahm die Kleine eifrig das Wort auf. »So.« Sie streckte die Ärmchen vom Körper ab, ließ die Knie leicht gewinkelt und machte breitbeinig ganz langsame Schritte. Das kleine Mädchen sah aus wie eine aufgezogene Puppe, und der Faber musste lauthals lachen: »Weißt du das noch?«

»Bestimmt nicht«, antwortete wieder die Weiche für ihre Tochter. »Du hast es ihr immer wieder vorgemacht.«

Während Miriam zusammen mit ihrem Vater im Tinoschritt ins Bad zum Händewaschen schlenderte, und er ihr dort den eigens dafür vorgesehenen Schemel unter das Waschbecken schob, damit sie den Wasserhahn erreichen konnte, fragte er zur Küche hin: »Was für Fisch haben wir denn?«

Die Weiche, inzwischen schon im Wohnzimmer, rief zurück: »Welsfilet.«

Bei dem Wort ›Welsfilet‹ war der Faber aber wie der Wind auf den Beinen und mit drei Schritten bei ihr im Wohnzimmer: »Wo hast du denn das aufgegabelt?«

»Bei Kabusch. Sonderangebot.«

»Wie schafft ihr bei der Sparkasse das nur, neben der Arbeit noch Sonderangebote zu lesen? Hat eure Kreditabteilung keine Kunden mehr? Hockt sie auf ihrem Geld fest?«

Er hob Miriam in ihr Kinderstühlchen am Tisch. Die genoss das sichtlich und ließ dabei Arme und Beine baumeln, als wäre sie eine Stoffpuppe.

Essen, vor allem das Mittagessen, war für den Faber seit vielen Jahren eine rechte Kulthandlung, schon, man möchte sagen, seit er erwachsen geworden war. Mochten Kulturbanausen, um sich zu nähren, irgendwo schnell etwas herunterschlingen – er bestand darauf zu speisen. Die Weiche, verheiratet mit ihm seit knapp drei Jahren, seit Miriam sich angemeldet und unmissverständlich in die Welt gedrängt hatte, davor acht Jahre mit ihm »zusammen«, teilte seine Neigung zu Kultur in den genussvollen Bereichen des Lebens durchaus.

Leider hatte diese gemeinsame Neigung bei ihr den Nachteil, dass man ihr das gute Essen im Laufe der Zeit immer mehr ansah, während er dünn und schlenkrig geblieben war.

»Ein guter Hahn wird selten fett«, pflegte, darauf angesprochen, der Faber diesen Sachverhalt durchaus hintersinnig zu kommentieren. Und die Weiche verstand die versteckte Anspielung: Seit Miriams Geburt nämlich habe die Henne ihren Anteil an der Arterhaltung mehr oder weniger ausschließlich auf die Brutpflege beschränkt und den Hahn nur noch selten gebraucht, jedenfalls lange nicht so häufig, wie er jetzt, in der zweiten Hälfte der Vierzig, noch gebraucht zu werden wünschte.

Sie aßen den Fisch in Weißweinsoße, dazu breite Bandnudeln, weil die den fein würzigen Geschmack am wenigsten verfälschten. Der Faber trank dazu ein kleines Glas Weißwein, einen trockenen Silvaner, den er vor drei Jahren bei einem Weinbauern kennen gelernt hatte, als sie, die Weiche damals gerade dreißig und schwanger, am Main eine Woche Urlaub gemacht hatten. Seither fuhr er in jedem Jahr einmal dorthin und holte sich zwei Kisten.

»Niemand macht den Fisch so gut wie du.« Er hob ihr das Glas entgegen.

»Das ist gar nicht schwer«, antwortete sie. »Weißwein, – der sollte nicht zu viel Säure haben –, davon ein großes Wasserglas voll in den Topf, eine fein gehackte Schalotte dazu, ein bisschen Lorbeerblatt und Pfeffer, auf die Hälfte einkochen lassen. Dann andicken, mit Milch verlängern und aufkochen. Das Filet hinein und ziehen lassen, bis es durch ist. Acht geben, dass es nicht mehr kocht. Salz und Sahne zum Schluss. Das ist alles.«

»Phantastisch! Und hast du auch etwas so Feines für uns zum Nachtisch?«, fragte der Faber ganz harmlos, nicht ahnend, was er damit anrichtete. Denn Miriam, die noch keine Weinsoße essen durfte, ohnehin lieber Nudeln mit Ketchup aß und bis dahin an dem Gespräch ganz uninteressiert mit den Nudeln auf ihrem Teller »Schlange frisst Blut« gespielt hatte, hob bei dem Wort »Nachtisch« ruckartig den Kopf:

»Nasdis!?« Und schon schob sie ihren noch nicht einmal halb leer gegessenen Teller entschlossen mit beiden Händen weit von sich, mit dem nur Eltern von kleinen Kindern verständlichen Wort »Datt!«

»Oh nein, meine Liebe!«, griff sofort die Weiche ein, »Nichts da von wegen satt! Du hast dir selber auf den Teller genommen! Du hattest ja so großen Hunger, nicht wahr? Nachtisch gibt es erst, wenn der Teller leer ist.«

»Da hab ich ja was Schönes angerichtet«, lachte der Faber. »Beim nächsten Mal werde ich fragen müssen, was denn noch auf der Speisekarte steht.«

»Auf der Speisekarte steht gar nichts mehr«, verkündete die Weiche. »Tut mir Leid, ich muss los. Und vor fünf komme ich heute nicht weg aus der Sparkasse.«

»Bringst du auf dem Heimweg Brot vom Altstadtbäcker mit?«

»Ja.« Sie stand auf. »und Fleisch für das Wochenende. Das hol ich bei Müller-Dusse, aber der macht schon um halb sechs zu. Ich muss also rechtzeitig wegkommen.«

Früher, vor mehr als fünfzig Jahren, hatte es in der Stadt zwei Metzger mit dem Namen Müller gegeben; um sie zu unterscheiden, hatten die Leute den am Marktplatz im heimischen Dialekt *Müller-Hinne* genannt und den weiter draußen, am Rande der Altstadt, *Müller-Dusse*, also Müller-draußen. Die Metzgerei Müller-Hinne trug inzwischen längst einen anderen Namen, aber die andere hieß bei den alten Einwohnern immer noch Müller-Dusse.

Der Faber verstand, dass er heute Miriam würde selber ins Nachbarhaus zu ihrer Tagesmutter bringen müssen. Susanne gehörte das schöne, alte Eckhaus aus den dreißiger Jahren mit Walmdach und großem Garten, wo in dem milden Klima des Taubertales schon ganze Teppiche von Schneeglöckchen und Krokussen blühten.

»Komm«, sagte er und versuchte, sie aus ihrem Stühlchen zu heben. »Lätzchen abbinden.«

Aber sie sperrte sich. »Sanne gehen?«, fragte sie dann.

»Ja, Sanne gehen.«

Da gab sie den Widerstand auf und ging mit.

Als er zurückkam, räumte er erst den Tisch ab und dann die Spülmaschine ein. Erst, als er das alles getan hatte, ging er in den Flur, wo auf der Ablage neben der Garderobe sein Telefönchen lag und schaltete es ein. Sofort erschien im Display: »Drei Anrufe umgeleitet. Carla.«

Er wählte ihre Nummer aus dem Speicher.

»Hallo, Carla, was ist denn so eilig?«

»Mensch, wo steckst du denn?« In der Stimme der Ärztin schwangen Unmut und Aufregung mit, »wieso schaltest du dein Handy ab? Ich hab schon mindestens viermal ...«

»Schon gut. Also?«

»Sie ist schon weg.«

»Wer ist weg? Und wohin?«

»Nach Heilbronn. Rotkäppchen.«

»In die Rechtsmedizin!?«

»Genau.«

»Also doch! Meine Ahnung! Was habt ihr gefunden?«

»Das wissen wir noch nicht so genau. Erst einmal als ungeklärten Todesfall. Erinnerst du dich, wie du keine Ruhe gegeben hast wegen der Schürfwunde?«

»Klar erinnere ich mich.«

»Wir haben in der Schürfwunde versteckt eine weitere Wunde gefunden. Sieht aus, als könnte es eine Stichwunde sein. – Was war das bei dir gerade für ein Geräusch? Ist dir der Schrank auf den Fuß gefallen?«

»Nein, ich habe nur mit der Faust auf den Tisch geschlagen. Eine Stichwunde! Wie stark? Wie tief?«

»Wenn es denn eine richtige Stichwunde ist! Sie ist sehr fein, sie stammt von einem sehr dünnen Gegenstand, fast so dünn wie eine Nadel. Und wie tief, das wissen wir noch nicht. Wir hier konnten den Stichkanal nur zehn oder zwölf Zentimeter weit verfolgen. Auf jeden Fall muss man es untersuchen. Also haben wir gleich die Kripo Tauber informiert, und die haben alles Weitere veranlasst. Die Untersuchung macht jetzt die Rechtsmedizin, denn zwölf Zentimeter, damit wäre das Zwerchfell durchstochen und die Lunge wäre verletzt.

Wenn bei denen nicht allzu viele auf der Warteliste stehen, dann sind sie vielleicht bis morgen fertig, mit dem Bericht nach Stuttgart dann vielleicht bis Mittag, und wenn wir Glück haben, dann faxen die uns eine Kopie. – Hallo? Bist du noch da?«

»Ja, ich bin noch hier. Also Mord.«

»Das ist damit nicht unbedingt gesagt, es wäre voreilig. Aber die Möglichkeit besteht auf jeden Fall, und man muss jetzt einfach abwarten.«

8

Freitag, 14.15 Uhr

»Wer weiß es schon?« fragte der Faber.

»Niemand außer mir und einem Kollegen, der immer zur Absicherung der Diagnose eingeschaltet werden muss. Und natürlich Kripo und Staatsanwaltschaft«, sagte die Ärztin.

»Was wissen die? Was haben die gesagt?« An der knappen, konzentrierten Sprache, erkennen wir: Der Faber war wieder auf Turbo.

»Bisher nur dieser kurze Anruf von uns, dass ein Fall von ungeklärter Todesursache vorliegt. Gesagt haben sie gar nichts«, antwortete sie. »Mehr erfahren die erst, wenn das Ergebnis der Rechtsmedizin feststeht. Also nicht vor morgen Mittag.«

»Wenn es Mord war ...«

»Das ist von allen Möglichkeiten die wahrscheinlichste«, unterbrach sie ihn.

»Welche andere Möglichkeit siehst du noch?«

»Na ja, höchstens, dass der Stichkanal nach diesen zehn oder zwölf Zentimetern endet. So weit sind wir gekommen, und es kann sein, dass er da schon zu Ende ist. Dann ist da etwas passiert, aber die Waffe hat kein lebenswichtiges Organ erreicht. Der Frau könnte, sagen wir mal vor Schreck oder im Schock, das Herz stehen geblieben sein. Vergiss nicht: Immerhin ist es ja einmal danach noch wieder angesprungen, wenn auch nur für ein paar Minuten. Diese Möglichkeit schätze ich nur für sehr gering ein, aber immerhin, ganz außer Acht lassen dürfen wir sie nicht. Es könnte auch sein, dass diese Wunde mit ihrem Tod gar nicht in direktem Zusammenhang steht.«

»Nehmen wir an, diese Stichwunde hätte kein lebenswichtiges Organ erreicht, aber der Schock über die Verletzung hätte zum Tod geführt. Das wäre dann – was? Mordversuch mit Todesfolge oder was?«

»Ja«, sie überlegte einen Augenblick, »vorsätzliche, schwere Körperverletzung mit Todesfolge müsste man das wohl nennen. Mit dem Strafgesetzbuch kenne ich mich nicht so genau aus.«

»Das wäre zum Mord kein großer Unterschied«, stellte der Faber fest. »Moralisch, meine ich. Das muss doch im Kaufhaus auf der Rolltreppe passiert sein. Kein wirklicher Kampf. Mehr so auf die schnelle Art, im Vorübergehen.«

»So ungefähr, ja«, bestätigte sie. »Aber vergiss nicht: Wir wissen noch gar nichts. Der Stich kann auch relativ harmlos sein. Mit relativ harmlos meine ich: ohne Zusammenhang mit ihrem Tod.«

»Weißt du, ob es das schon einmal gegeben hat?«, fragte er, »ich meine einen Mord, ganz schnell im Vorübergehen, und mit einer so dünnen Waffe? Gibt es da Erfahrungen? Was käme denn dafür in Frage?«

Wie wir sehen können, erlag sogar der Faber dann und wann der unangenehmen Gewohnheit mancher Journalisten, gleich eine ganze Reihe von Fragen abzuschießen in der Hoffnung, dass *eine* davon beantwortet werden würde. Es wurde ihm auch sofort klar, dass er damit, im Bild gesprochen, mit einem Maschinengewehr auf Hasen schoss, und er entschuldigte sich sogleich.

Aber Dr. med. Carla Krupka war souverän genug, seine Schwäche mit einem: »Vergiss es!« abzutun, und sie war sprachlich gewandt und intelligent genug, um die Reihe der Antworten auf seine Fragen alle in *einem* Satz unterzubringen. »Kaiserin Elisabeth, Sissi, verheiratete Habsburg, ist auf ähnliche Weise ermordet worden, von hinten mit einer Schusterahle und mitten in einer Menschenmenge. Dabei ist sie nicht etwa auf der Stelle zusammengebrochen, sondern mitten unter den Leuten noch ein ganzes Stück gelaufen. Genaues dazu weiß ich nicht, aber sie war bestimmt noch zehn Sekunden auf den Beinen.«

Oh! In zehn Sekunden kann *viel* passieren!, dachte der Faber.

»Und in zehn Sekunden kann viel passieren, das weißt du auch«, sagte Carla. »Der Mörder hatte sich in der Menge versteckt und wäre um ein Haar entkommen. Sie hatten ihn nur im Verdacht, weil er schon als Anarchist bekannt war.«

»Dann muss das mit Rotkäppchen gar nicht *auf* der Rolltreppe passiert sein, sondern nur irgendwo in der Nähe? Vielleicht nicht einmal im Kaufhaus?«

»Nein, außerhalb des Kaufhauses, das können wir, denke ich, ausschließen. Von außen bis in das zweite Obergeschoss, das schafft jemand mit so einer Verletzung bestimmt nicht. Schon gar nicht eine Frau in diesem Alter. Und das bedeutet: Es muss *im* Kaufhaus passiert sein. Am ehesten tippe ich auf das erste Obergeschoss, irgendwo im Umkreis der Rolltreppe.«

»Wenn ich mir das vorstelle«, dachte am Telefon der Faber laut nach. »Ich steche das Opfer mit einer Ahle ab, lasse es mit einer Rolltreppe nach oben tragen, und fahre mit der anderen nach unten, dann habe ich innerhalb von ein paar Sekunden zwei Stockwerke zwischen mich und meine Schandtat gebracht! Bis die da oben kapieren, was passiert ist, bin ich längst über alle Berge!«

»So ist es«, bestätigte Carla. »Und das geht überhaupt nur, wenn du dir vorher die Stelle ausgesucht und dir alles genau überlegt hast.«

»Das ist so ähnlich, wie wenn einer die Leiche über die Rolltreppe ins Erdgeschoss befördert und anschließend sich die Kleidung abstaubt und in Ruhe das Haus verlässt, weil noch niemand weiß, was passiert ist.«

»Nicht ganz. Ein gewisser Unterschied ist da schon. In dem Fall musst du, weil du ja nicht davonfliegen kannst, nach unten gehen, um in Sicherheit zu kommen, dein Fluchtweg verläuft also deiner Schandtat hinterher. Wenn du sie nach oben schicken kannst, sind deine Chancen, dass du unten unbehelligt aus dem Haus kommst, viel größer.«

»Also noch einmal: Es muss genau überlegt gewesen sein«, bestätigte er. »Wer besitzt denn so etwas: eine Schusterahle?«

»Eine Ahle kann es nicht gewesen sein«, stellte sie fest. »Die wäre, wenn sie tatsächlich das Herz erreichen soll, von dieser Stelle aus zu kurz. Für einen Stich von hinten, zwischen den Rippen hindurch, wie damals bei der Kaiserin, dafür käme sie in Frage. Dafür müsste die Waffe sehr spitz und sehr hart sein und mit einem Griff versehen. Aus Stahl. Aber in der Länge würden fünfzehn Zentimeter genügen. Das wäre eine Ahle. Aber dieser Stich ist von unten gekommen, unter den Rippen hindurch und steil aufwärts. Bis zum Herzen müsste das Ding schon fast dreißig Zentimeter lang sein. Dafür braucht es aber nicht aus hartem Stahl zu sein.«

»Was sonst?« fragte er. »Ein geschliffenes Stück Draht? Mein Gott, wenn ich mir vorstelle, dass bei uns in der Gegend irgendwo einer herumläuft, der sich auf jeder Baustelle ein Stück Draht auflesen kann – du, da wird mir ganz schlecht.«

»Es könnte auch Holz gewesen sein!«, warf sie ein. »Bambus zum Beispiel oder Hartholz, das kann man sehr spitz schleifen. Anschießend könnte man die Waffe verbrennen, im Kamin etwa oder in einem Kohleherd. Oder man könnte sie in die Tauber werfen, dann wäre sie jetzt, nach viereinhalb Stunden – wo? Auf der Höhe von Unterbalbach? Oder schon in Königshofen? Such mal einen Fluss nach einem dünnen Holzstab ab! Der hängt längst irgendwo im Ufergebüsch, das Holz quillt auf – den findest du nie!«

»Carla!«, rief er. »Jetzt mal nicht den Teufel an die Wand! Deine Phantasie geht mit dir durch!«

»O. K., ich nehme mich zusammen. Morgen, wenn die Pathologie sich meldet, wissen wir mehr. Was wirst du tun?«

»Das weiß ich noch nicht«, sagte er, »ich werde es mir überlegen.«

Der Faber überlegte aber doch nicht lange, sondern rief Hebenstreit an und beschrieb ihr den Weg in die Martinsgasse. Hebenstreit war über die Mittagspause in der Redaktion geblieben. Sie hatte sich nur schnell am Bahnübergang beim Türken einen Geflügeldöner geholt, um dann weiter an ihrem Flugblattartikel zu schreiben. Als der Anruf vom Faber kam, fragte sie nicht lange, sondern sagte nur: »In zehn Minuten bin ich fertig.«

Danach setzte sie sich auf Marilyn, ihren Roller, mit dem sie, wenn sie alleine darauf saß, unerwartet flott und elegant aussah. Als sie in der Martinsgasse ankam, schaute der Faber schon oben aus dem Fenster. Er hielt den Finger an seine Lippen, sie solle sich still und unauffällig verhalten, und winkte sie herauf. Er drückte den Summer an der schweren Haustür und empfing sie an der offenen Wohnungstür.

»Sind Sie immer noch hier?« Sie sah ihn fragend an und flüsterte, auch, als er die Tür wieder geschlossen hatte.

»Sie können ruhig normal sprechen. Inzwischen hat sich die Lage entscheidend verändert.« Und er klärte sie kurz und knapp über die neue Situation auf.

»Mein Gott, ein Mord!« Hebenstreit schlug sich die Hand vor den Mund, als wollte sie das schlimme Wort mit Gewalt aufhalten und einsperren. »Die alte Frau ist also totgestochen worden, und wir sind die Ersten in ihrer Wohnung, und außer uns weiß noch niemand davon? Wenn jetzt jemand hier hereinkäme und uns beschuldigte!«

»Hebenstreit, Sie sind nicht bei Trost! Wir sind die Ermittler und nicht die Täter! Sie verwechseln die Rollen in einem Kriminalfall. Und außer uns wissen sie es nur die in der Klinik, und die Klinik hat die Kripo Tauber informiert, wenigstens soweit, dass ein ungeklärter Todesfall vorliegt, und dass die Rechtsmedizin Heilbronn ihnen morgen den Bericht schicken wird. Die Kripo weiß bisher also noch nichts Genaues. Das bedeutet: Sie werden zwar ermitteln, aber sie wissen noch nicht, in welche Richtung es am Ende gehen wird. Sie werden also im Kaufhaus anfangen. Das werden sie gleich heute Nachmittag tun; vielleicht stehen sie gerade jetzt dort, und ihr Fachmann für das Elektrische prüft da alles durch. Dann werden sie um eine Rolltreppe herum, über die in den letzten viereinhalb Stunden, seit es passiert ist, Hunderte von Leuten getrampelt sind, nach Spuren suchen. Ich denke nicht, dass sie da irgendetwas finden werden. Wahrscheinlich wird Vierneisel das machen, aber egal, wer es macht: Sie werden auf jeden Fall gründlich vorgehen und alle Möglichkeiten ins Auge fassen. Aber länger als eine Stunde werden sie dort kaum brauchen. Und danach ist dann die Wohnung dran; die Adresse haben sie. Sie stand in dem Antrag auf Erholung. Sie werden also hierher kommen, und wir haben, sagen wir mal: mit Sicherheitsabstand etwas mehr als eine halbe Stunde Vorsprung. Mehr Zeit haben wir nicht.«

»Sie meinen, dass *wir* ...« Sie beendete den Satz nicht, aber aus ihren wasserhellen Augen schaute plötzlich die Jagdlust heraus wie bei einer hungrigen Katze, wenn sie im Dickicht eine Maus rascheln hört.

»Die Frau ist mit Absicht von jemandem getötet worden, davon bin ich überzeugt«, sagte er leise, aber bestimmt, »und dafür muss es einen Grund geben. Vielleicht finden wir in ihrer Wohnung etwas, sagen wir mal: einen Hinweis.« Er zeigte ihr den alten Computer hinter der Schlafzimmertür. »Probieren Sie doch mal, ob Sie die Maschine da anschmeißen können. Ich sehe mir inzwischen den Sekretär an.« Und als Hebenstreit ihn verständnislos anstarrte: »den Schreibschrank.«

Hebenstreit setzte sich auf den einfachen Hocker am Schreibtischchen, aber sie schaffte es nicht, den Computer einzuschalten. Ratlos sah sie sich nach dem Faber um.

»Kein Strom!«, stellte sie überrascht fest.

Er ließ sie noch ein bisschen zappeln. Dann zeigte er ihr den Schalter hinter dem Schreibtisch auf dem Boden an der hinter dem Wandbehang verborgenen Steckdosenleiste und erntete dafür von Hebenstreit einen Blick, der mit Anerkennung und Respekt alles andere als geizte. Aber als sie versuchte, mit ihrem Fuß den Schalter zu erreichen, ging das nicht, also versuchte sie, unter den kleinen Tisch zu kriechen. Und als auch das misslang, weil alles viel zu eng war, da lachte der Faber: »Und was lernen wir daraus? Nun? Wir lernen daraus, dass wir es keineswegs mit einer naiven, sondern mit einer raffinierten, alten Dame zu tun haben. Sie müssen erst die Zimmertür schließen, dann den Hocker weit zurückschieben und die Schuhe ausziehen. Nur so kommen Sie mit dem Fuß unten hinter den Schreibtisch und hinter den Wandteppich. Anders geht es nicht.«

Hebenstreit hielt sich genau an seine Anweisung und konnte endlich den PC mit der großen Zehe einschalten.

»Sehen Sie einfach, wie weit Sie kommen«, sagte der Faber und über sein Gesicht tanzte dabei ein zufriedenes Schmunzeln. Er ging hinüber ins Wohnzimmer, um den Schreibschrank genauer in Augenschein zu nehmen. Ach was, Herrschaften, ich bitte Sie, lassen wir doch diese verniedlichenden Umschreibungen, er ging, um den Schreibschrank zu *durchsuchen*. Alles ohne Durchsuchungsbeschluss. Kein gutes Vorbild, der Faber!

Wir stellen fest, dass der Faber schon wieder einmal, getrieben von der Strömung seines Ehrgeizes, vom Ufer der Legalität hinausgedriftet war auf das Meer und sich in dem Ozean des Ungesetzlichen zu verlieren drohte. Allerdings müssen wir ihm zugute halten, dass er sich über die Gefahren des Chaos im Klaren war und nie das Ufer des Gesetzes verließ, ohne auf ständigen Blickkontakt zu achten.

Der Sekretär in der Ecke hatte im unteren Teil drei große Schubladen. In der oberen fand der Faber Briefpapier und alles, was man zum Schreiben braucht, darunter Briefmarken und ein kleines Büchlein mit Adressen. Er warf nur einen kurzen Blick hinein, dann legte er es an seinen Platz zurück; vielleicht würde man es später noch brauchen.

In der zweiten Schublade lag oben drauf ein Ordner mit Versicherungssachen. Einen Augenblick lang dachte er daran, genauer nach einer eventuellen Lebensversicherung zu suchen, aber er verschob auch das auf später und machte sich nur zwei kurze Notizen auf seinem Notizblock, den er immer in der Jackentasche trug. Unter dem Ordner lagen alte Briefe, die halbe Schublade voll, ein Teil davon gebündelt. Er machte sich auch darüber eine Notiz und zog die unterste Schublade auf.

Die war anscheinend bis oben voll mit allem möglichen, wertlosen Papierkram, aber als er darin mit den Fingern grub, zog er darunter eine dicke, schwarze Ledermappe hervor. Darauf stand, in dicker Goldschrift gedruckt, »Dokumentenmappe«. Das war es, was er gesucht hatte. Die Mappe hatte zwar ein Schloss, war aber nicht verschlossen. Der Schlüssel fehlte. Er öffnete sie und ging sorgfältig Stück für Stück durch. Er fand eine Reihe persönlicher Papiere. Darunter war auch eine Geburtsurkunde, auf ihren Namen und in Kerkrade ausgestellt. Das lag, wenn der Faber sich richtig erinnerte, in Holland, ganz in der Nähe zur deutschen Grenze und nicht weit von Aachen.

Nach dieser Überraschung hob der Faber den Kopf und dachte: Jetzt fehlt nur ...

Und da war er schon! Im nächsten Fach steckte ein holländischer Pass, längst abgelaufen und ungültig, und auf den Namen – jetzt fehlt nur noch, dachte der Faber, dass es ein falscher –, aber nein, er lautete richtig auf den Namen Matilda Botterbusch, geboren im Dezember 1930 in Kerkrade.

Unter dem Fach mit dem Pass saß noch ein dicker Batzen, und der Faber zog aus einem weiteren Fach der ledernen Mappe einen Stapel wertvoll aussehender Papiere hervor, alles Zertifikate über Geldanlagen, jedes über mehrere hunderttausend DM. Er blätterte sie so durch, dass er bei allen das Ausstellungsjahr erkennen konnte. Sie stammten alle aus dem Jahr 1995, und sie waren alle von der Privatbank – Bank fürs Private – in Bad Mergentheim ausgestellt. Auf den Namen Matilde Botterbusch.

Schnell packte er den ganzen Stoß und ging damit hinüber zu Hebenstreit. Die saß auf ihrem Schemel, strümpfig, wie man im Schwäbischen zu Recht sagt, mit großen Füßen und mit belämmerter Miene.

»Wie sieht's aus?« fragte der Faber und legte den Stapel wertvoller Papiere vorsichtig auf das sauber mit einem gehäkelten Überwurf abgedeckte Bett.

»Ich stecke fest«, musste sie zugeben. »Mir fehlt das Kennwort. Ich komme zwar bis in die erste Ebene, aber da gibt es nur uninteressante Sachen. Ein paar private Briefe, aber nichts, was uns irgendeinen Hinweis geben könnte. Höchstens ihr Telefonbuch, das sie sich angelegt hat.«

»Hat sie Zugang zum Internet?«

»Das ist seltsam: Es gibt ein Telefonkabel, das führt vom Rechner weg, anscheinend hinter dem Schreibtisch hindurch und bis an eine Telefonsteckdose hinter dem Nachttisch dort. Und sie hat *Online-Dienste* im Programm, aber als ich da reingegangen bin, gab es sehr schnell eine Stelle, an der keine weiteren Funktionen mehr ausgeführt werden konnten. Sie hat es also nie genutzt. Trotzdem hat es einen Nutzernamen. Und jetzt raten Sie mal, welchen!«

»Welchen denn?«

»*Rotkäppchen*. Als ich versucht habe, mich einzuloggen, kam ich bis an eine Stelle mit ›*Willkommen, Rotkäppchen*‹, und danach war Schluss.«

»Wieso denn, ist *Rotkäppchen* nicht das Passwort?«

»Eben nicht! Danach kommt: ›Datei nicht gefunden‹, und das bedeutet: nicht installiert.«

»Der PC hat einen Internetzugang auf ihren Namen, aber sie hat den nie benutzt?«

»Möglich. Oder aber etwas ganz anderes, nämlich eine absichtlich gelegte, falsche Spur, das wäre in meinen Augen sogar wahrscheinlicher. Es gibt nämlich Hinweise, dass sie über noch einen anderen Weg Zugang zum Internet hatte.«

»Wollen Sie damit sagen, dass sie mit Fleiß, Absicht und Tücke eine falsche Spur gelegt hat? Ja, was hat die alte Dame denn da drin versteckt?« Der Faber schaute nachdenklich auf den Bildschirm des Computers, aber auch in seinen samtbraunen Augen funkelte jetzt der Mäuse-raschel-jagen-Katzenblick. »Kommen wir da irgendwie dran?«

»Wenn, dann nur über die zweite Ebene, und für die brauchen wir das Passwort.«

»Sind Sie sicher, dass es nicht *Rotkäppchen* ist?«

»Ist es nicht. Das habe ich gleich probiert.«

»Hm.« Der Faber dachte kurz nach. »Eine alte, scheinbar naive, in Wirklichkeit aber listenreiche und raffinierte Dame, nicht ohne Humor, die etwas versteckt hat, und die falsche Spuren legt. *Und* die umgebracht wird. Klingt doch verheißungsvoll, oder?«

»Ich finde eher, da tun sich Abgründe aus Finsternis auf«, fand sie.

»Genau das ist es, was ich meine.« Er rieb sich die Hände. »Gut für jede Zeitung. Nicht nur Zeitungen, überhaupt die Medien leben viel mehr von den dunklen als von den hellen Stellen in der Welt, das ist nun einmal so. *Jetzt* ist Rotkäppchen eine Nachricht wert. So.« Er sah sich nach den Papieren auf dem Bett um. »Im Computer kommen wir jetzt nicht weiter. Probieren wir es, wenn wir mehr wissen, und wenn wir mehr Zeit haben. – Hier«, er breitete den Stapel Papiere auf dem Bett aus, »ich hab' was gefunden. Zertifikate über ein Vermögen von insgesamt«, – er rechnete schnell im Kopf – »ungefähr drei Millionen D-Mark bei der hiesigen Privatbank, also mehr als anderthalb Millionen Euro.«

»Dunnerslach!« Hebenstreit sprang auf, sie stieß dabei mit ihren Knien gegen die Schreibtischplatte und hätte um ein Haar den ganzen Tisch mitsamt dem schweren Bildschirm umgerissen. »Ich denke, die war eine arme Rentnerin!?«

»Es sieht so aus, als hätte sie die nur gespielt. Und noch was – halten Sie sich fest, sonst schmeißen Sie hier noch alles um: das hier.« Er gab ihr den Pass.

»Ein alter Pass auf ihren Namen«, rief sie. »Holländisch! Aus den fünfziger Jahren. Auf dem Schwarz-Weiß-Foto ist sie noch eine ganz junge Frau, nach diesem Foto hätte ich sie gar nicht erkannt. Aber der Name stimmt.«

»Jetzt machen wir Folgendes«, der Faber ergriff wieder die Führung: »Schwingen Sie sich auf Ihren Roller und machen Sie in der Redaktion Kopien davon, von beidem, den Zertifikaten und dem Pass. Ich bleibe derweil hier. Genauer ansehen, was wir da gefunden haben, das machen wir nachher im Büro. Das hier hat etwas mit ihrem Tod zu tun, da fress' ich einen Besen, wenn das nicht so ist.«

Hebenstreit wollte die Papiere nehmen, aber: »Nehmen Sie die ganze Mappe, das ist sicherer.« Das konnte man schon richtig eine Anweisung nennen. »Aber vorsichtig! Und leise hier im Haus!«

Er beobachtete aus dem Fenster, wie Hebenstreit auf dem Bürgersteig die Mappe auf dem Roller befestigte und davonbrauste. Er sah auf seine Armbanduhr. Von der halben Stunde, die er ihnen zugestanden hatte, waren erst kaum mehr als zehn Minuten vergangen. Dann wandte er sich wieder der Wohnung zu. Er suchte nach einem Safe oder etwas Ähnlichem. Aber er fand nichts.

Schon nach weiteren zwölf Minuten war Hebenstreit wieder da. Sie hatte die schwarze Ledermappe dabei und darin von jedem wichtigen Blatt sowie dem Pass eine Kopie.

»Wieso nur eine?«, fragte er Faber.

»Die andere habe ich in der Redaktion deponiert. Zur Sicherheit.«

»Kluges Mädchen!« nickte da der Faber, der eigentlich aus Bequemlichkeit der schwäbischen Erziehungsmaxime zuneigte, die da lautet: »Net geschimpft ist genug gelobt«. Dieses besondere Mal aber konnte er nicht umhin, eine Ausnahme zu machen. Er nahm ihr die

Originale aus der Hand und besah sich jedes Stück ganz genau; Hebenstreit hatte keine Mühe, ihm dabei über die Schulter zu sehen, sie brauchte sich dafür nicht einmal zu recken.

Alle Zertifikate waren für einen Aktienfonds, Datum von 1995, und alle waren auf zehn Jahre festgelegt. Eines über 1,1 Millionen DM, zwei über sechshunderttausend, weitere über zweihundert- und einhunderttausend DM, alle ausgestellt auf den Namen Matilde Botterbusch. Dann steckte er die Originale wieder in die schwarze Dokumentenmappe. Er ging hinüber ins Wohnzimmer und legte sie zurück in die untere Schublade des Sekretärs. Die Kopien gab er Hebenstreit wieder: »Fahren Sie zurück in die Redaktion. Sagen Sie der Chefin, ich käme gleich nach.«

Als sie fort war, ging der Faber noch einmal durch die Wohnung und achtete dabei darauf, dass alles ganz genau an seinem Platz war. Wenn in diesem Augenblick die Kripo hereinkäme, würde er sich damit herausreden, er hätte hier auf sie gewartet. Er setzte sich wieder in den hellgrünen Sessel im Wohnzimmer und dachte nach. Bei dem Namen »Botterbusch« regte sich etwas in seiner Erinnerung, aber nur ganz schwach, so, dass er es nicht zu fassen bekam, so sehr er sich auch mühte.

Irgendetwas, das lange her war, Jahrzehnte vielleicht. Es hatte etwas mit dem Fernen Osten zu tun. Mit China? Nein, schon eher mit Japan. Und mit Sport.

9

Freitag, 15.15 Uhr

Der Faber schloss die Wohnung ab, klingelte im Erdgeschoss an der Wohnungstür von Frau Weber und fragte sie, was sie mit Frau Dr. Krupka vereinbart habe und wann sie vorgehabt habe, zur Identifizierung in die Klinik zu gehen.

»Jetzt«, antwortete sie, »in etwa einer halben Stunde. Warum fragen Sie?«

»Weil sich inzwischen eine ganz neue Lage ergeben hat.« Und er setzte sie von dieser neuen Lage in Kenntnis.

»Ungeklärte Todesursache? Isch des net es selbe wie ermordet? Um Gottes willen!« Frau Weber behielt die halb offene Tür in der Hand und rief in die Wohnung: »Fritz! Fritz, kannsch emol g'schwind komme? Bitte!« Das »Bitte« klang nach allem anderen, nur nicht nach einer Bitte. Sie bellte es geradezu in die Wohnung.

Aus dem Dunkel des Flurs tauchte ein Mann in Pantoffeln auf, mit rotem Gesicht – hoher Blutdruck, dachte der Faber –, das schüttere, graue Haar zerzaust.

»Fritz«, sagte Frau Weber zu ihm, »Fräulein Botterbusch, stell dir vor …«

»Ja, ich hab's gehört«, brummelte der Alte und schoss feindselige Blicke auf den Faber ab. »Wer sind Sie, und wie kommen Sie darauf, und was haben Sie damit zu tun?«

»Das ist doch der Herr Faber von der Tauber-Post, Fritz, den kennst du doch!«

Der Alte brummte: »Hm«, und der Faber hörte aus dem Brummen eine Menge heraus, angefangen bei: »Selbstverständlich kenne ich ihn« über »aber ich kann ihn nicht leiden« und weiter »muss der schon wieder seine Nase in alles stecken« bis hin zu »er soll machen, dass er verschwindet«. Das alles war in dem einen Brummen enthalten. Eine Mergentheimer Spezialität.

»Ich habe sie gefunden und für die Identifizierung gesorgt, und jetzt recherchiere und ermittle ich«, bog der Faber sich die Wahrheit für den Augenblick zurecht und hoffte, dass Frau Weber aufgeregt genug war, es nicht zu merken.

»Wenn das wirklich so stimmt, was Sie da sagen«, kam Herrn Webers Stimme aus dem Dunkel, dann tauchte er wieder auf, gekämmt und mit geglättetem Pullover, nun sofort viel respektabler aussehend, »wie können wir das nachprüfen?«

Pensionierter Beamter, schätzte jetzt der Faber, zuletzt Amtmann oder Oberamtmann im Landratsamt, Abteilung Tiefbau oder Verkehr. »Fragen Sie in der Klinik nach, in der Notaufnahme.« Der Faber sagte das in einem Tonfall, als würde er das Trumpf-Ass auf den Tisch donnern. »Sie ist schon in der Rechtsmedizin.«

»In Würzburg?« Jetzt klangen die bisher so herrisch vorgebrachten, misstrauischen Fragen schon kleinlauter.

»Nein, in Heilbronn. Ihre Frau hatte sich freundlicherweise bereit erklärt, sie zu identifizieren, aber das ist jetzt leider nicht möglich. Erst wieder am Montag oder am Dienstag.« Und Frau Weber bestätigte das, indem sie dazu nickte.

»So. Hm.« Der pensionierte Oberamtmann – einmal Beamter, immer Beamter – schien nachzudenken. Dann, wie aus der Pistole geschossen: »Wir müssen sofort die Polizei rufen! Heute Nachmittag, vor einer halben Stunde vielleicht, haben wir jemanden oben in ihrer Wohnung gehört. Wenn sie umgebracht worden ist, dann kann das nur der Mörder gewesen sein! Der hat dort etwas Bestimmtes gesucht!«

»Nein, Herr Weber, nicht doch! Warten Sie!« Dem Faber war plötzlich heiß und kalt zugleich, und er spürte, wie sein Genick steif wurde vor Angst. Das würde jetzt gerade noch fehlen, dass dieser übereifrige, alte Pimpf ihm den Schwindling auf den Hals holte! »Oben in der Wohnung, das war ich«, und er mühte sich, seiner Stimme einen beruhigenden Klang zu geben, »ich sagte Ihnen doch gerade: Wir, meine Kollegin und ich, wir ermitteln schon! Die Polizei weiß Bescheid, selbstverständlich. Wir machen, sozusagen«, und ihm fiel ein Stein vom Herzen, weil ihm dieses Wort eingefallen war, »über das Wochenende die *Vorermittlungen*, damit die Kripo Tauberbischofsheim nachher, wenn sie mit ihren eigentlichen, eh, den Hauptermittlungen beginnt, schon etwas auf dem Tisch liegen hat, mit dem sie anfangen kann.«

Dem Beamten von Tiefbau oder Verkehr oder was auch immer schien durch den Kopf zu gehen, dass die bei der Polizei ja auch Beamte waren. Und dass einem Beamten das Wochenende ab Freitag 14.00 Uhr heilig war, das verstand sich in seinen Augen von selbst.

Der Faber, der manchmal die Rädchen im Kopf des anderen arbeiten hören konnte, beschloss, den Pensionär im Glauben zu lassen, die Kripo lasse es eher lässig angehen. Vielleicht konnte er so den Mitteilungsdrang des alten Beamten wecken und davon profitieren. Der stinkt mir, dachte er.

»Und wir haben auch schon etwas gefunden« – einer der Fehler, die dem Faber eigen waren, bestand darin, dass er, wenn er unter Druck gestanden und nach der Bredouille wieder Oberwasser hatte, dazu neigte, übermütig zu werden –, »aber ich kann dazu selbstverständlich jetzt noch nichts sagen, das werden Sie verstehen«, ruderte er deshalb schnell wieder zurück.

»Hm«, brummte Herr Weber ein weiteres Mal, aber dieses Mal gab sich der Faber mit der Deutung keine Mühe. Frau Weber stand daneben und sah abwechselnd vom einen zum anderen.

»Können Sie mir sagen, wie ihre wirtschaftliche Lage war?«, fragte der Faber.

»Fräulein Botterbusch? Sie moinet, wie viel Geld se im Monat zur Verfügung ghet hot?« Frau Weber zog die Stirn in Falten. »Sie hot e Rente ghet. Von vielleicht elfhondert Euro. Sie hot mit 63 Jahren aufghört mit schaffe.«

Also 1994, überlegte schnell der Faber. »Damals gab es noch gute Renten«, dachte er laut.

»Eintausendeinhundertzwanzig«, sagte Herr Weber bestimmt. »Davon ging die Miete ab ...«

»Wie hoch?« Die Stimme vom Faber war jetzt ganz sanft. Konnte einen richtig streicheln mit seiner Stimme, der Faber. Wenn er wollte.

Herr Weber sah Frau Weber an. Frau Weber aber schwieg eine Weile, als müsste sie darüber nachdenken, wie viel Miete sie denn von dem alten Fräulein für die Wohnung verlangt haben könnte. Endlich erbarmte Herr Weber sich und rückte mit der Zahl heraus.

»Vierhundertfünfzehn Euro. Fünf Euro, zwölf Cent mal einundachtzig Quadratmeter.«

»Blieben ihr also etwa siebenhundert Euro im Monat«, stellte der Faber fest. »Damit kann man keine großen Sprünge machen.«

»Siebenhundertundfünf Euro«, korrigierte ihn der vermutete Oberamtmann. Doch eher Finanzamt, überdachte der Faber seine Einschätzung.

»Se hot meh wie zwanzg Johr gschafft«, sagte nun Frau Weber, »im Büro bei ra Firma, wo Parkett macht ond verlegt, drüba in de Herrawiesa. Da hot mr früher ganz gut verdient.«

»Sechsundzwanzig Jahre«, korrigierte Herr Weber seine Frau ein weiteres Mal und bedachte sie mit einem strafenden Blick.

»Hatte sie Feinde?«

»Wie bitte? Feinde? So ein ruhiges, altes Fräulein?«

»Nun ja, es könnte doch sein, oder nicht?«

»Also – «, Frau Weber holte tief Luft und warf einen ängstlichen Blick nach ihrem Mann, »ich wüsste schon eppes, aber ich sag nix!«

»Meine Frau meint wahrscheinlich Herrn Wagenbach. Adolf Wagenbach, Frührentner. Das ist jemand hier aus der Nachbarschaft, der tyrannisiert alle, die ganze Martinsgasse leidet unter ihm. Der ist mit allen verfeindet.«

»Der mit dem großen, weißen Hund?«, fragte der Faber.

»Ich sehe, Sie kennen ihn auch.«

»Nun ja, kennen wäre zu viel gesagt. Ich bin ihm vorhin begegnet. Er hat dem Nachbarn die Einfahrt zugeparkt.«

»Der Akku«, sagte Frau Weber.

»Wie bitte? Akku? Wieso das denn? Weil er immer unter Strom steht?«

»Nein«, erklärte ihm Herr Weber, »so nennen ihn alle in der Gasse, um sich gegen eine Klage zu schützen. Eine Abkürzung, die er selbstverständlich nicht kennt: A. Q. Für Alkoholischer Querulant.«

»Könnte *der* damit etwas zu tun haben?«, fragte der Faber, allerdings nicht sehr überzeugt von dieser Möglichkeit.

»Zuzutrauen, des wär's ihm.« Frau Weber wirkte jetzt ausgesprochen gehässig.

»Ich denke nicht, dass der im Gefängnis landet. Eher in der Psychiatrie.« Je aufgeregter seine Frau war, umso ruhiger und sachlicher wurde Herr Weber.

»Dazu müsste er aber Spezialist sein«, warf der Faber ein, »Spezialist im Fechten. Wissen Sie, ob er irgendwann einmal gefochten hat?«

»Wär schon möglich«, Frau Weber hielt ihre offene Hand hin, »Sie meine mit Fechten doch so, gell, ob er gebettelt hat?«

»Mechthild, bitte! – Sie meinen mit einem Degen?«

»Eher Florett, so etwas Ähnliches wie die kurze Ausgabe davon«, sagte der Faber. »So!«, und er machte eine kurze, so blitzschnelle Aufwärtsbewegung aus dem Handgelenk, als hätte er eine dünne Klinge in der Hand, dass Herr Weber erschrocken zurückwich. So, dachte der Faber, alter Zausel, hab ich dich erschreckt? Jetzt sind wir quitt.

Auf dem Weg in die Redaktion musste der Faber, weil er nachdenken wollte, sein violettes Fahrrad schieben. Wäre er gefahren, dann hätte er nicht zugleich nachdenken können, über das, was Frau Weber gesagt hatte. Ihm war dabei ein Gedanke gekommen, als sie die bettelnde Bewegung mit der Hand gemacht hatte.

Schließlich stieg er wieder auf. Als er über den Ehrlerplatz radelte, sah er auf einer der Bänke um den Marienbrunnen einen der bekannten Stadtstreicher sitzen. Der hatte seine Augen geschlossen und streckte sein vom Alkohol gezeichnetes Gesicht der ersten Frühlingssonne entgegen, um die letzten, wärmenden Strahlen zu genießen, bevor sie in einer Viertelstunde hinter den Hausdächern verschwand. Der Faber fuhr vorbei, doch dann hielt er an, stieg, um bei dem Mann kein Misstrauen aufkommen zu lassen, umständlich ab und kam gemächlich zurück. Betont langsam und locker sah er zu ihm hinüber und ging dann, um ihn nicht scheu zu machen, vorsichtig auf ihn zu. *Wie heißt er noch gleich?*, dachte er. Der Faber hatte den Namen des Stadtstreichers schon einmal gehört, konnte sich aber im Augenblick nicht erinnern. Dessen zwei Hunde spielten und jagten einander rund um den Brunnen wie zwei Kinder.

Der Faber räusperte sich. Der Mann auf der Bank öffnete die Augen und sah ihn abweisend an. Dann, wie ein Blitz aus heiterem Himmel, rief er mit Feldwebelstimme: »Mercedes! Porsche!« Sofort blieben beide Hunde stehen und sahen erwartungsvoll zu ihm herüber.

»Platz!«, befahl er, und beide Hunde kamen ohne zu zögern, und legten sich einer rechts, der andere links von der Bank auf die Erde, ließen ihre Zungen heraushängen, hechelten und schauten ihn ergeben an. Es sah aus, als säße auf der Bank der Pharao, eingerahmt und bewacht von zwei Sphingen.

»Alle Achtung! Das nenne ich mal eine gelungene Vorstellung!«, lachte der Faber und lehnte sein Fahrrad gegen den Brunnen. »Die sind aber gut erzogen, die gehorchen ja aufs Wort!«

»Was willst du?«, fragte der Stadtstreicher und sah am Faber vorbei.

Der beschloss, die Privatsphäre des Mannes zu achten und Abstand zu halten. »Entschuldigen Sie bitte«, sagte er, »ich weiß, wir kennen uns, aber ich habe Ihren Namen vergessen.«

»Sie sind der Faber.« Der Mann nickte kurz, was man als eine Andeutung von Höflichkeit verstehen konnte, aber seinen Namen nannte er nicht.

»Ich suche den Fuzzy«, erklärte der Faber, »können Sie mir sagen, wo ich den finde?«

Sofort war der Blick des Mannes wieder misstrauisch: »Was wollen Sie von ihm?«

»Ihn nur etwas fragen.« Der Faber machte eine Pause, um dem anderen Gelegenheit zum Überlegen zu geben. »Ob er etwas Bestimmtes gesehen hat. Nichts Unangenehmes«, versicherte er.

Der Mann saß da und rührte sich nicht. Die beiden Hunde sahen aufmerksam immer zwischen dem Faber und ihrem Herrn hin und her. »Keine Ahnung«, sagte er dann.

Der Faber beugte sich zu den Hunden hinunter, um sie zu begrüßen: »Na? Du bist also der Porsche? Und du die Mercedes, die *von den Gnaden?* Schöne Namen habt ihr! Schade, dass die Namen schon vergeben sind, sonst würde ich meinen Hund auch so nennen.« Dass er daheim gar keinen Hund besaß, sondern nur einen Tischlöwen, einen rot gestreiften Kater, der auf den Namen Kai hörte oder vielmehr nicht hörte, das alles störte den Faber dabei überhaupt nicht. »Und ein schönes Pärchen seid ihr!«

Inzwischen sahen beide Hunde ihn aufmerksam an, Mercedes wedelte andeutungsweise mit dem buschigen Schwanz. Sie bewegten sich aber nicht von der Stelle. Beide waren Promenadenmischungen, der Rüde braun und kleiner, das Weibchen etwas größer und schwarz-weiß gescheckt.

»Da können Sie aber stolz sein auf die Zwei«, erklärte der Faber und stand wieder auf. »Der da könnte eine Mischung aus Spitz und Rauhaardackel sein, und sie sieht mir nach einer Mischung aus Spaniel und einer bestimmter Art von Collie aus, wie heißen die noch gleich, die kleineren, schwarz-weißen, die so gute Hütehunde abgeben. Border-Collie oder so ähnlich.«

»Samstagvormittag hat er den Platz am Münster«, sagte da unerwartet der Mann.

»Ich danke Ihnen«, sagte der Faber, stieg wieder auf sein lila Fahrrad, grüßte und fuhr davon. In der Redaktion warteten sie schon auf ihn. Er hörte noch hinter sich die Feldwebelstimme des Mannes: »Rührt euch!«

Porsche und Mercedes, die beiden Hunde, sprangen auf und jagten wieder um den Brunnen.

Als er am Rathaus vorüberradelte, fiel dem Faber am Rande des Marktplatzes ein großer, aber unauffälliger Wagen ins Auge. Ein VW-Passat, das sah er gleich. Die Kripo war also da. *Sind später dran, als ich dachte,* ging es ihm durch den Kopf. Das Fahrzeug parkte direkt vor dem Nebeneingang zum Kaufhaus. Es fiel sofort auf, weil es wegen des absoluten Parkverbotes das einzige Auto auf dem großen Platz war. Ein Mann war gerade dabei einzusteigen, ein anderer kam aus der Glastür und steckte etwas in seine Manteltasche. Der Faber erkannte sie beide als Beamte der Kripo Tauber, aber Hauptkommissar Hefner, den er besonders gut kannte, war nicht dabei. Er schaute stur geradeaus, trat kräftig in die Pedale und strampelte schräg über den Marktplatz hinter dem Milchling-Brunnen vorbei. Dort stieg er ab und lugte vorsichtig zwischen den O-Beinen des versteinerten Hochmeisters hindurch zum Wagen hinüber. Aber die beiden Männer sahen nicht auf und nahmen ihn nicht wahr. Der mit dem Mantel ging ein paar Schritte weiter zum Frankenbäck. Er kam nach nur einer Minute mit einer Tüte in der Hand wieder heraus und stieg ins Auto. Der Wagen startete, fuhr in einem großen Bogen um das Rathaus herum und verschwand in Richtung auf die Martinsgasse.

10

Freitag, 15.40 Uhr

»Also, ich fasse zusammen: erste Seite ganz für die OB-Sache. Oberbürgermeister, meine ich. Alles fertig, Hebenstreit?«

»Alles fertig«, bestätigte die Angesprochene.

»Gut. Dann: Handwerk, groß aufgemacht. Thema Meisterbrief und Selbstständigkeit. Mit großem Foto. Zwölf Module in drei Spalten. Weiter: Sexbremsen für den Traubenwickler. Gucken Sie nicht so entgeistert, Hebenstreit, das ist das Thema Weinbau.«

Luise Blaustein sah gereizt in die Runde. In der angekündigten Sondersitzung am Nachmittag waren fast alle Mitarbeiter anwesend, und die Chefin führte sich auf, als würde die kleine Lokalzeitung immer noch ihr selber gehören und hätte nicht schon unter ihrem Vater die Selbstständigkeit verloren. Und sie fühlte sich, man konnte es ihr ansehen, wie ein Feldherr auf dem Drillberg.

»Weiter, noch Regionalseite zwei: Raubüberfall im Hohenlohekreis, Täter sofort gefasst: zwei Module. Und Mörikes Schriften im Stadtarchiv als Vorbereitung auf die Ausstellung im Herbst. Mit Foto: Mörikes Haushaltsbüchlein. – Ach! Da ist er ja endlich, der flotte, fixe Faber! Wo kommst du jetzt her? Kümmert sich der Herr Stellvertretende Redaktionsleiter neuerdings mehr um seine eigenen Sachen, als um die seiner Zeitung?«

Der Faber, noch im Anorak und aus lauter Eile hechelnd wie ein alter Basset: »Chefin, es tut mir Leid, aber wir sind auf etwas ganz Wichtiges gestoßen! Die Tote auf der Rolltreppe!«

»Was ist mit der?«

»Mord. Oder doch fast sicher Mord.« Er ließ sich auf einen Stuhl fallen und lehnte sich erschöpft zurück.

Was es da gab? Na, was wohl, Herrschaften? Ungläubige Gesichter in der Runde, Schock, Zweifel, alles, was ihr wollt, das gab es.

»Du bist ein guter Redakteur, Faber, aber *einen* Fehler hast du: Du hast zu viel Phantasie.« Phantasie oder Phantastereien, in Luise Blausteins Augen war das alles dasselbe. »Oder hast du etwas Neues?«

»Und ob!« Der Faber fasste zusammen, was er herausgefunden – er sagte »ermittelt« – hatte.

»Das reicht nicht.« Luise Blaustein war nicht überzeugt. Und als der Faber aufspringen und Einspruch erheben wollte: »Also gut: Mit auf die zweite Seite Regionales, zwei Module haben wir da noch frei. Und *die* schreibe *ich* selber, und du wirst mich dazu genau informieren!«

»Aber Chefin! Das ist eine ganz große Sache! Das gehört in den Hauptteil – was sag ich, das gehört auf Seite eins, damit kommen wir ganz groß raus! Das mailen wir an die Zentrale nach ...«

»Nichts da!« Die Chefin erwies sich ein weiteres Mal als unerbittlich. »Erst, wenn wir mehr wissen. – Übrigens: Woher hast du das mit dem Geld? Wie viel? Anderthalb Millionen Euro? Und alles bei der Privatbank angelegt? Das weiß doch jeder, dass die in Schwierigkeiten ist.«

Der Faber überhörte ganz schnell die Frage nach dem Woher seiner Information, umso eifriger ging er auf das Wieviel ein. Er ließ sich von Hebenstreit die Kopien geben und reichte sie der Chefin über den Tisch. Die sah alle Kopien genau durch und gab sie ihm dann wieder zurück.

»Ich wiederhole: Woher hast du das?« So leicht ließ sich eine Luise Blaustein nicht hinter das Licht führen. »Bist du bei der Frau eingebrochen oder was? Leitest du so eine junge Kollegin an? Willst du uns die Polizei hierher ins Haus holen?!«

»Der Schwindling beißt nicht.« Fabers Stimme triefte von Geringschätzigkeit. »Der ist doch nichts weiter als ein Fiffi Kläffke, der nur bellt.« Auf das Schlüsselmäppchen in seiner Hosentasche ging er nicht ein.

»Der Herr Kommissar Schwindt kann uns die Hölle heiß machen, der könnte uns den ganzen Laden ausheben!« Sie änderte die Taktik:

»Faber, bitte! Keine Alleingänge am Rande der Legalität – ach, was sag ich – schon mit einem Fuß im Gefängnis.« Sie wandte den Blick zum unteren Ende des Tisches. »Hebenstreit! Seien wenigstens Sie vernünftig, bitte! Der eigensinnige Bock hier, der wird uns alle damit irgendwann ins Unglück reiten.«

Hebenstreit reagierte prompt auf dieses bemerkenswerte Bild vom reitenden Bock. Ihr Gesichtsausdruck veränderte sich. Sie spitzte ihren breiten Mund zu einem Mündchen, und ihre wasserhellen Augen glitzerten vor Spottlust.

»Selbstverständlich, Chefin, haben Sie Recht«, flötete sie. »Sie haben die bemerkenswerte Gabe, auf das Offensichtliche hinzuweisen.«

Bei diesem Satz zog der Faber zischend die Luft ein und bekam vor Verwunderung Augen, so groß wie Teller. Das lange Weib hatte eine Florettzunge!

»Sehen Sie?« Die Chefin nickte. »Glotz nicht so, Faber!«

Der gab sich zwar noch nicht ganz geschlagen, aber die Hörner, die in seinem Gehirn zum Rückzug bliesen, konnte man schon hören, wenn auch noch recht verhalten. »Aber wir müssen der Sache nachgehen. Es gibt Hinweise, dass dieser Rotkäppchenmord mit der Privatbank zusammenhängt.«

»Nachgehen werden wir der Sache, aber ausführlich berichten werden wir erst, wenn wir genau recherchiert haben, und nicht auf irgendwelche Ideen hin.« Ideen. Das wusste der Faber, was dieses Wort bei Luise Blaustein bedeutete: Wenn einer hemmungslos spekulierte, dann sagte sie abfällig, der habe Ideen. »Und mit der Privatbank vorsichtig umgehen!«, mahnte sie. »Direktor Müller-Licht ist in den Augen der Bevölkerung so etwas wie ein Wohltäter der Stadt, der ist so gut wie unangreifbar.« Richtig, dachte der Faber, und das bedeutet, er gehört zum inneren Zirkel: Golfclub, Tennisclub, Mittelstandsverein. »Also«, fuhr sie fort, »wir wissen alle, was das bedeutet: Nichts, bevor nicht alle Beweise tausendprozentig sicher sind.« So sagte sie tatsächlich: »Tausendprozentig.«

»Ich weiß, Chefin, dass du ihn gut kennst und dass ihr beide zur Lodenfraktion gehört, die sich donnerstags oben im Erlenbachtal auf dem Golfplatz trifft.«

»Das hat damit gar nichts zu tun! Was sagt eigentlich die Polizei dazu?«

»Zu dem Mord, meinst du?«

»Wozu denn sonst? Oder hast du noch mehr angestellt?«

Auf den letzen Satz ging der Faber gar nicht erst ein. So zog er nur demonstrativ seine Schultern hoch bis zu den Ohren, ließ sie wieder fallen, dass man sie plumpsen hörte, und knipste sein Unschuldsgesicht an: »Ich denke mal, die wissen noch nicht viel. Eigentlich kaum etwas. Vielleicht sogar gar nichts. Die aus Tauberbischofsheim kamen vorhin aus dem Kaufhaus, aber ich glaube nicht, dass es da etwas zu holen gibt.«

»Wie? Du hast die Polizei ...«

»Ich habe gar nichts«, unterbrach der Faber, das Unschuldslamm, die Chefin, was außer ihm sich sonst niemand erlauben durfte. »Das ist Sache der Klinik. Auf dem Weg dorthin ist sie gestorben. Vielleicht auch des Kaufhauses, aber nein, dort hat sie ja noch gelebt. Am ehesten die der Rechtsmedizin in Heilbronn. Die werden das alles erst nach Stuttgart und vielleicht zugleich an die Kripo Tauber geben. Es gibt ja noch gar keinen Autopsiebericht, nur die Anzeige von der Klinik, dass möglicherweise ein nicht natürlicher Tod vorliegen könnte. Die können zunächst nicht viel anderes tun, als mal im Kaufhaus und in der Wohnung in der Martinsgasse nachzuschauen und im Übrigen abzuwarten, was die Rechtsmedizin sagt. Und hier bei uns die Städtischen, da vermute ich mal, dass die noch so gut wie gar nichts wissen.«

»Und die Wertpapiere?«, schaltete Hebenstreit sich ein.

»Die hab ich genau dahin zurückgelegt, wo sie waren. Und dass ich in der Wohnung war ...«

»Wir beide!«, erinnerte ihn Hebenstreit.

»Ich!«, wiederholte er beharrlich. »Sie waren nur dabei. Die Verantwortung habe *ich*.« Er machte eine kleine Pause. *»Und* ich habe einen Wohnungsschlüssel! Legal! Oder doch fast legal.« Beim letzten Satz wurde er schon wieder leiser, der Faber. »Und es gibt einen Anfangsverdacht.«

»Ach!?«, rief da die Chefin. »Du meinst doch nicht die Sache mit der Bank?«

»Doch, auch. Aber nicht nur das. Ich bin sicher, ich weiß noch mehr, ich weiß nur noch nicht, was.«

»Verstehe ich dich richtig? Du willst uns sagen, du weißt etwas, aber du weißt noch nicht, was es ist?«

»So ähnlich. Es formt sich da erst etwas in meinen inneren Windungen«, wobei er im Unklaren ließ, ob er sich dabei auf die Windungen seines Gehirns oder die des Gedärms bezog. »Ich bin mir sicher, der Name Botterbusch ist mir schon einmal in einem bestimmten Zusammenhang begegnet. Früher. Schon vor Jahren. Wenn wir das rausfinden und den Zusammenhang, der mir vorschwebt, finden, dann sind wir der Kripo mit unseren Ermittlungen jetzt schon um Längen voraus. *Und* wir haben das Wochenende noch vor uns. *Und* wir kennen die Stellen, wo wir suchen müssen.«

»Also gut. Das wäre immerhin eine Chance«, entschied schließlich die Chefin, und der Faber dachte: Na endlich! Er warf einen warnenden Blick zu Hebenstreit hinüber, damit die nicht in Versuchung geriet, ihren Satz von den Hinweisen auf das Offensichtliche noch einmal anbringen zu wollen. »Ich kenne dich gut genug«, fuhr die Chefin nach einer Pause fort, »bisher hast du, wenn du dich in eine Sache verbissen hast, immer etwas Ordentliches angebracht. Du bist ein Terrier.«

»Danke, Chefin, wie du meinst«, sagte er deshalb nur, schlug die Augen nieder und schmunzelte heimlich in sich hinein.

»Ha!«, rief die Chefin. »Denen servieren wir am Montagmorgen, wenn sie so richtig am Rotieren sind, die Lösung des Falles öffentlich in unserer Zeitung!« Luise Blaustein klatschte und rieb sich anschließend die Hände, und sie wiederholte diese Geste der Genugtuung gleich mehrmals: klatschte und rieb, klatschte und rieb und rutschte unruhig auf ihrem Stuhl hin und her.

»Hab ich dich richtig verstanden, Chefin?« Der Faber beugte sich zu ihr hinüber. »Hast du gerade gesagt, dass ich freigestellt bin für die Ermittlungen?«

»Du bist freigestellt für die Ermittlungen«, bestätigte Luise Blaustein. »Aber nur bis zum Montagmorgen, also, um genau zu sein, bis zum Sonntagabend. Und wehe dir, wenn du mir nicht ein einwandfreies, unwiderlegbares Ergebnis bringst! Am besten das Geständnis des Mörders exklusiv bei uns in der Zeitung.«

Da holte der Faber erst einmal tief Luft, und wir alle, Herrschaften, werden gleich erfahren, warum. Am Sonntagnachmittag wurde die Montagsausgabe gemacht, und die bestand zur Hälfte – oder mehr – aus lokalen Sportberichten. Bis dahin hatte er ohnehin sein freies Wochenende, und der Sport, vor allem der lokale Sport, war nicht sein Ressort, den machte der Kollege Michael Weis. Luise Blaustein stellte ihm also in Wirklichkeit nichts weiter als seine eigene Freizeit für die Ermittlungen zur Verfügung.

»Dein eigenes Gesicht müsstest du jetzt sehen«, lachte die Chefin, »aber du gehst ohnehin in der nächsten Woche auf dein Malorca in Urlaub, da kannst du dich ruhig ein bisschen anstrengen.« So sagte sie in der Tat: Malorca.

Da konnte der Faber seine Chefin nur ansehen, und wir müssen ehrlich bekennen, dass in diesem Augenblick ein Schwarm aus lauter Gedanken zum berühmten deutschen Neid in seinem Kopf herumsprang.

»Faber, du guckst ins Narrekäschtle«, sagte die Chefin und beugte sich wieder über ihre Notizen. »Du kannst gleich gehen.« Dann, nach einem Moment, in dem allen am Tisch, auch der Chefin, klar wurde, dass sich das doch zu hart anhörte, fügte sie hinzu: »Wenn du willst.«

»Ich bleib noch«, der Faber winkte ab. »Ich hab's nicht eilig. Ich ermittle.«

»Hier?«, fragte sie spitz, »Bei uns?« Dabei kramte sie schon wieder in ihren Notizen. »Wie du meinst. Wir jedenfalls machen weiter mit der Flyer-Sache.« Luise Blaustein gab sich Mühe, in Sitzungen, die sie leitete, also mündlich, eine Sprache zu gebrauchen, die sie für modern hielt. »Die Sache mit dem Flyer«, wiederholte sie also, »gegen den O-Be.«

Sie hob Hebenstreits Artikel hervor und deren Glosse dazu, die, so lobte sie, sei »so bissig, dass es einen graust«, und sie nannte als Beispiel dafür: » – hier: ›Hoffentlich greift das nicht die Boulevardpresse auf, sonst könnte die Stadt in einen üblen Geruch nach Dummheit geraten, der ...‹ und so weiter. Da wird der Schmierfink erschrecken!

Vielleicht sollten wir noch irgendwo erwähnen, Hebenstreit, dass der junge, gut aussehende Oberbürgermeister mit dem olivenfarbenen Teint vor allem von den Frauen gewählt worden ist.«

»Olivenfarben?«, fragte Hebenstreit, und man sah ihrem spitzigen Mündchen an, dass sie immer noch in der bissigen Stimmung war, in die sie sich hineingearbeitet hatte, um die Glosse schreiben zu können. »Grüne Oliven, Chefin? Oder schwarze?« Da grinste der Kollege Weis, der direkt neben der Chefin saß, so dass die sein Gesicht nicht sehen konnte, und warf Hebenstreit einen vor Bewunderung glänzenden Blick zu. Und der Faber musste sich richtig die Faust auf den Mund pressen, um nicht laut herauszuprusten.

Auf die Seiten drei und vier des Regionalteils kamen kürzere Artikel, einer über die Mergentheimer Hohenlohe-Klinik mit der Krebsnachsorge, zwei Goldene Hochzeiten mit Fotos von den bejahrten Paaren.

Zwischendurch brach ein weiterer Streit zwischen der Chefin und Hebenstreit aus. Dieses Mal ging es darum, dass Hebenstreit »Händi« geschrieben hatte. Statt »Handy«. Sie verteidigte sich damit, das englische Wort »handy« bedeute schlicht »handlich«; das Taschentelefon heiße in allen englisch sprechenden Ländern dagegen »mobile«. »Handy« dafür sei nicht englisch, sondern nur telekomisch.

Doch die Chefin entschied: »Wir schreiben Handy wie die Telekomiker. Basta.«

Danach wurden die nächsten Seiten abgesegnet: Eifersuchtsdrama in Edelfingen, wo eine alte Frau, verheiratet seit sechzig Jahren und fünfzig davon krankhaft eifersüchtig, geglaubt hatte, ihr Mann würde »fremd gehen und mit allen herumhuren.« Der Mann war 86 Jahre alt gewesen und froh, als er endlich sterben durfte. Schließlich, bei der Beerdigung, hatte die Witwe alle anwesenden weiblichen Trauergäste so wüst beschimpft, dass es danach Beleidigungsanzeigen gehagelt hatte.

Weiter: Oben links die »Mergentheimer Sofie«, ein einfacher Kommentar im Dialekt am Wochenende zur Woche in der Stadt. Den hatte die Chefin selbst geschrieben: »*Dr Frühling hat mit aller Macht Eizuch ghalde, dr Schnää is gschmolze. Üwerall schbriest's un dreibt's, dass es e wahri Bracht is ...*«

Schließlich noch eine halbe Seite Termine zum Wochenende. Unten rechts das Impressum.

Fertig.

Der Faber saß die ganze Zeit mit in der Runde. Für ihn verging die Zeit einmal mit Nachdenken, wobei die anderen ihn störten. Gehörte der Chef der Privatbank – Bank fürs Private – nicht früher zu der berühmten Fechtertruppe von Tauberbischofsheim? Dazwischen huschten neben vielen bekannten auch viele unerwartete Bilder durch sein Bewusstsein. Wenn Matilde Botterbusch erstochen worden ist ... Dann wieder verging ihm die Zeit bei frustriertem Herumalbern, wobei er die anderen in ihrer Arbeit störte. Kurz: Er benahm sich wie ein pubertierender Zehntklässler in der Realschule. Er schrieb ein paar Worte auf einen Zettel und schob ihn zu Hebenstreit hinüber. Die Chefin, die zwar Verständnis für seine Flegelei hatte, ihr aber doch ein Ende setzen wollte, fing blitzschnell den Zettel ab und lief, als sie ihn gelesen hatte, rot an: »Faber! Ich dulde unter meinen Mitarbeitern keine sexuellen Belästigungen! Von wegen calle del dedo noble! Du hast gemeint, ich könnte das nicht lesen, aber so viel Spanisch kann ich auch!«

Der Faber, auf der Stelle platt vor Überraschung. So: Flatsch!

»Tu nicht so dämlich«, herrschte sie ihn an und dozierte: »Das heißt auf Deutsch, na? Was? *Straße des edlen Fingers* heißt das. Was kann ein Macho wie du damit wohl meinen, he?«

»Chefin, das hast du ganz falsch verstanden! Ehrlich! Ich habe gerade über etwas nachgedacht, unter anderem, wo der Chef der Privatbank, Direktor Müller-Licht, wohnt.«

»Der wohnt in der Edelfinger Straße«, sagte sie.

»Na eben! Genau das hab ich doch geschrieben!« Die ganze Redaktion, Luise Blaustein ausgenommen, grinste im Gleichschritt. Die aber hatte immer noch nicht verstanden.

»Wenn Rotkäppchen von dem«, mühte er sich, ihr zu erklären, »jetzt, nach zehn Jahren, ihr Geld wiederhaben will und er hat es nicht mehr, weil er es verzockt hat, dann – ja, was dann wohl? Dann hat er ein Motiv!«

»Das ist doch der reine Quatsch, Faber!« Luise Blausteins Stimme triefte vor Häme. »Wenn sie ihr ganzes Geld bei der Privatbank verloren hätte, dann hätte doch sie ein Motiv, und nicht er!«

»Guten Abend, Frau Müller-Licht. Hier ist der Faber von der Tauber-Post.« Auf dem Heimweg von der Redaktionssitzung hatte er sich dafür entschieden, den Stier bei den Hörnern zu packen, aber mit Samthandschuhen und ganz vorsichtig und sachte, so dass der Stier es möglichst nicht merkte.

»Der im letzten Jahr den Schifferdecker-Preis bekommen hat, und der seine Artikel immer mit ›ufa‹ zeichnet?« Ihre warme Altstimme, wie soll einer die beschreiben? Am besten so: freundlich, zurückhaltend, kultiviert. Eindrucksvoll eben. Wie es schon ihr Name ausdrückte: Olga Maria Müller-Licht.

»Genau der«, bestätigte der Faber, bemüht, genauso kultiviert zu klingen, dabei jedoch seine Stimme mit einer Prise Lockerheit zu überstäuben. Er knipste dazu, obgleich er selbstverständlich wusste, dass sie ihn am Telefon nicht sehen konnte, das Lächeln an, mit dem er bei Interviews seine Gesprächspartner in Sicherheit zu wiegen pflegte. »Ich sehe, Sie gehören zu unserer geschätzten Leserschaft.«

»Was wünschen Sie?« Ihre Stimme rieselte einem richtig den Rücken herunter. Aber am Tonfall merkte einer sofort: Diese Frau erwartete, dass, wenn sie mit jemandem sprach, anschließend genau *das* geschah, was sie gewollt und gesagt hatte. Und nichts anderes.

»Hätten Sie in den nächsten Tagen Zeit für ein Interview?«, bat er. »Oder doch wenigstens für ein kurzes Gespräch? Sagen wir, etwa auf eine halbe Stunde?«

»Über die Privatbank spreche ich nicht, schlagen Sie sich das aus dem Kopf!«

»Nein, nein«, versicherte energisch der Faber, und seine Gabe, sich auf Abruf unschuldig zu fühlen, wucherte bis in seine Beteuerung hinein, »das interessiert mich gar nicht. Es geht mir um etwas ganz anderes.«

»So? Und worum geht es ihnen dann?«

»Die ruhmreiche Zeit des Olympiastützpunktes und Fechtzentrums Tauberbischofsheim in den siebziger und den achtziger Jahren, einschließlich der Pionierzeit in den Sechzigern. Ich schreibe für unsere Zeitung an einer Reminiszenz. Dabei stehe ich noch ganz am Anfang und sammle persönliche Eindrücke der Beteiligten.«

»Ja, sicher, wenn ich Ihnen dabei helfen kann, gern. Morgen ist doch Samstag, oder?«

»Ja.«

»Gut. Vormittags? Sagen wir: kurz nach zehn Uhr? Hier bei mir daheim?«

»Vielen Dank.« Der Faber verbeugte sich leicht. »Ich werde pünktlich sein.«

11

Freitag, 21.10 Uhr

Am späten Abend, lange, nachdem er und seine Weiche ihre gemeinsame Tochter ins Bett gebracht hatten, saß der Faber allein im Archiv seiner Zeitung. Er hatte der Kleinen im Bett eine Abendgeschichte erzählt. Das war in seinen Augen unbestreitbar, dass geistig gesunde Menschen Geschichten brauchten; und Kinder, damit sie zu geistig gesunden Menschen heranwachsen konnten, brauchten dafür sogar besonders gute und phantasiereiche Geschichten. Dann hatten er und die Weiche ihr noch das Gutenachtlied gesungen. Das hatte sich wie immer sehr lange hingezogen, Miriam hatte wie an jedem Abend verlangt: »Noch Dernlein singen!« Also mussten sie auch noch miteinander singen: »Weißt du, wie viel Sternlein stehen?« Alle drei Strophen, wie immer, auch das verstand sich von selbst.

Erst danach hatte er sich leise fortgestohlen, und weil das Licht an seinem alten Fahrrad wieder einmal nicht in Ordnung gewesen war, war er ohne Beleuchtung im Dunkeln gefahren. Die verkehrsreiche Würzburger Straße hatte er an der Ampel überquert und war das Stück Weg im stockfinsteren Schlossgarten, damit man, wenn ihn schon nicht sehen, so doch wenigstens hören konnte, laut singend und pfeifend gefahren, bis es durch die Straßenlampen an der Kapuzinerstraße wieder hell genug war.

Die Innenstadt war um diese Zeit meist schon so gut wie menschenleer. Es war wieder kalt geworden, hundekalt sogar, und die Luft hatte nach Schnee gerochen. An diesem verrückten Tag hatte es am Vormittag eiskalte Schauer gegeben, gegen Mittag war die Sonne herausgekommen und es war frühlingshaft warm gewesen. Und jetzt wieder dieser kalte Wind, der durch die Burgstraße zog – das reinste Aprilwetter im März. Da blieb jeder einigermaßen vernünftige Mensch daheim und las, schaute ins Feuer des Kaminofens oder ersatzweise im Fernsehen den Wieland Backes, ohne den es im Südwesten am Freitagabend nicht ging, aber erstens war der Faber sich nicht sicher, ob er sich überhaupt für einen vernünftigen Menschen halten sollte, und zweitens war ihm eingefallen, wo er unter Japan und Sport im Archiv suchen konnte, nämlich bei den Olympischen Spielen von Tokio.

Die waren im Jahr 1964 gewesen, und er erinnerte sich vage: Es hatte da eine schon ältere Schwimmerin gegeben; schon älter, das hieß bei Schwimmerinnen: älter als 25. War die nicht Holländerin gewesen? An ein Schwarz-Weiß-Foto aus dem Bildband, den der damalige Chefreporter des Fernsehens herausgegeben hatte, glaubte er sich zu erinnern. Aber es war alles sehr weit weg, beides, nach Raum und nach Zeit, und es war auch nicht sehr ausführlich berichtet worden. Aber von irgendeinem Skandal war damals noch die Rede gewesen, das war ihm vor Jahren zufällig unter die Hände gekommen, als er im Archiv aus dem Jahr 1964 nach etwas ganz anderem gesucht hatte.

Das Archiv seiner Zeitung reichte mehr als zweihundert Jahre zurück, aber die Ausgaben vom August und September 1964 fand er schnell. Er ging sie systematisch durch und brauchte deshalb nicht lange zu suchen. Die Titelseite bestimmte ein Foto des damaligen Bundeskanzlers Ludwig Erhard, der hielt in seiner Hand die für ihn typische Zigarre und lachte über das faltige, gutmütige Gesicht.

Der Faber schlug den Sportteil auf. Erleichtert stellte er fest, dass seine Erinnerung ihn nicht getrogen hatte: Es hatte bei den Olympischen Spielen in Tokio eine Brustschwimmerin gegeben, die für die Niederlande die Goldmedaillen über 100 Meter und 200 Meter gewonnen hatte. Sie war, selbst in der eigenen Mannschaft, eine Außenseiterin gewesen. »Die Oma«, so hatten ihre Konkurrentinnen sie genannt, weil sie schon 34 Jahre alt gewesen war. Ihr Name: Matilda Botterbusch.

Das konnte keine zufällige Namensgleicheit sein. Das Alter stimmte, sogar der Geburtsort Kerkrade in den Niederlanden war genannt, und Frau Weber hatte gesagt, einer ihrer Brüder lebe heute in einem Altersheim »bei Aachen«. Und die Frau auf dem Foto in der Zeitung, das die Siegerin auf dem Podest zeigte, das war dieselbe junge Frau wie die auf dem Foto im holländischen Pass, daran gab es keinen Zweifel.

Das kaum mehr als halb so alte Mädchen, das, mit der Silbermedaille um den Hals, auf dem Podest neben ihr stand, kam ebenfalls aus Holland. Also ein Doppelsieg für das Königreich der Niederlande. Matilda, oder wie sie sich später nannte, Matilde Botterbusch hatte demnach für die Niederlande zwei Goldmedaillen gewonnen. Und sie hatte nicht lange danach Holland verlassen und war nach Deutschland gegangen.

Das kleine Foto an der Wand in ihrem Wohnzimmer kam ihm in den Sinn, der junge Mann in der Uniform eines deutschen Soldaten. Ihr Bruder. Wie kam ein junger Niederländer in eine deutsche Uniform und sah darin so stolz und selbstbewusst in die Welt? Es sah ganz so aus, als würde sich dahinter eine Tragödie aus dem Zweiten Weltkrieg verbergen. War erst 1964 in Holland ans Licht gekommen, dass einer, wie Faber vermutete, der ältere ihrer beiden Brüder – offenbar freiwillig – deutscher Soldat gewesen war? Und hatte sie, die doch für ihre Nation zweimal Gold gewonnen hatte, darunter zu leiden gehabt?

Er suchte weiter im Archiv, suchte sich durch die nächsten Tage und Wochen – immer nur die Sportseiten. Und dann fand er es. Matilda Botterbusch war drei Wochen nach den Spielen in holländischen Zeitungen beschuldigt worden, unerlaubte medizinische Mittel benutzt zu haben. Doping war damals noch kein Problem gewesen, das allgemein interessiert hätte, aber die Tendenz war klar gewesen. Nicht lange nach den Olympischen Spielen, noch während der Zeit der euphorischen Huldigungen, wurden plötzlich von mehreren Zeitungen alle ihre Leistungen angezweifelt. Wie, so hatte es in den Blättern geheißen, war es möglich, dass eine Schwimmerin, von der man gedacht hatte, sie sei längst in der Versenkung verschwunden, nach so langer Leistungspause sich und ihre sportliche Leistung noch einmal in so ungeahnte Höhen steigern konnte? Las man die Artikel im Zusammenhang, dann war deutlich, dass etwas oder klarer: jemand dahinter steckte, der damals eine Campagne betrieben hatte.

Matilda Botterbusch hatte alles energisch geleugnet, was man ihr in dieser Hinsicht vorgehalten hatte, aber die Artikel waren erst immer gehässiger, dann immer nationalistischer geworden.

Deutsche Zeitungen, auch die Tauber-Post, hatten ausführlich darüber berichtet, hatten sich aber, was die Wertung anging, neutral verhalten. Schließlich, als die nationalistischen Töne immer lauter geworden waren, hatte man auch in der Tauber-Post zwischen den Zeilen herauslesen können, dass es in Wirklichkeit gar nicht um Doping, sondern um den Bruder gegangen war.

Dann, niemand hatte damit gerechnet, hatte sie ihre beiden Medaillen freiwillig zurückgegeben, war aber dabeigeblieben, dass sie nie etwas Verbotenes eingenommen hatte. Die niederländischen Zeitungen werteten diesen Schritt trotzdem als Eingeständnis und schwelgten im Triumph. Die Goldmedaillen gingen an die beiden Zweitplazierten, die über 100 Meter an die junge Holländerin namens Corry van Leuwen, und die über 200 Meter an eine Italienerin.

Das war alles. Es sah ganz so aus, als wäre Matilda Botterbusch schon damals nach Deutschland gegangen. Hatte sie da schon das viele Geld gehabt? Welche Rolle hatte Corry van Leuwen, die Geschlagene, in dieser Sache, bei dieser Kampagne, bei der ja ihre Konkurrentin aus dem Lande gemobbt wurde, gespielt? Oder deren Sponsor – etwas mit Nudeln –, einer der ersten, öffentlichen Sponsoren in der Geschichte des modernen Sports überhaupt? Hatte die Nudelfirma Matilda Botterbusch die Goldmedaille zugunsten der Zweitplatzierten abgekauft, damit sie unauffällig untertauchen und die ganze, hässliche Kampagne hinter sich lassen konnte? »Goldnudeln«, dieser Name war hausfrauengerecht; aber wer kaufte schon »Silbernudeln«? Das alles passte auf eine ziemlich böse Art zusammen. Da konnte man auch getrost den nächsten Schritt tun und sich fragen, ob nicht die ganze Kampagne, zunächst der erste Teil mit dem Doping, dann, draufgesattelt, der zweite Teil mit dem Bruder, von der Nudelfirma inszeniert worden war.

Wie viel Geld wären die anderthalb Millionen Euro, also etwa drei Millionen D-Mark, die sie jetzt hatte, im Jahr 1964 gewesen? Eine Million D-Mark? Oder zwei? Und in holländischen Gulden? Möglicherweise war die Kampagne die Nudelfirma ja noch billig gekommen; eine strategische Meisterleistung zweifellos, dabei völlig ohne jede Moral und somit in der Welt der europäischen Wirtschaft der damaligen Zeit weit voraus.

Der Faber beschloss, die Weiche nach der Summe zu fragen, die war schließlich firm auf dem Gebiet von Kredit und Zinsen.

Außerdem deutete alles darauf hin, dass Matilda Botterbusch von dem Geld nie etwas angerührt hatte. Sie besaß kein Auto, kein Haus, keinen wertvollen Schmuck und war nie in einen teuren Urlaub gefahren. Sie hatte das Geld immer nur wieder angelegt, damit es sich vermehrte. Zuletzt, im Jahr 1995, hatte sie es der Privatbank – Bank fürs Private – anvertraut, damit die es in einem hoch verzinsten Aktienfonds anlegte. In japanischen Aktien, interessanterweise. Es gab nur eine Deutung: Sie hatte in dem Geld den Halt für ihr Leben gesehen, ihren Schutz und ihre Sicherheit, den Ausgleich für das Unrecht, das man ihr angetan hatte. Alles war Selbsttäuschung gewesen und am Ende alles vergebens. »Mein Geld – meine Gerechtigkeit«, sagte der Faber laut.

Er stand auf und ging umher, erschüttert über das Bild vom Leben Rotkäppchens, das sich vor seinen Augen aufgetan hatte. »Da könnte einer ja gleich sagen: *Geld ist Leben*«, rief er laut, und er erschrak gleich zweimal, einmal über den Zorn in seiner Stimme und das zweite Mal, weil dieser Satz sich in seiner Erinnerung wie ein Echo wiederholte. Wo nur hatte er das schon einmal genauso gehört oder gelesen: Geld ist Leben?

Er setzte sich wieder an den einfachen Tisch und sah alle Blätter der Tauber-Post noch einmal durch, in denen über Tokio 1964 berichtet wurde, um sicherzugehen, dass er nichts übersehen hatte. Er überflog schnell den Artikel über die Zehnkämpfer. Das große Foto zeigte Willi Holdorf mit seiner Bravourleistung kurz vor dem Ziel.

Dann fielen ihm noch die Fechter ins Auge, die Zeitung brachte nur ein Foto der ganzen, vierzehnköpfigen Mannschaft, alle Trainer und Mediziner mitgezählt. Erst auf den zweiten Blick erkannte der

Faber den damals noch schlanken und glatt rasierten Florettspezialisten Hanns Heiner Müller. Er stand am rechten Rand, ein wenig im Schatten des kleineren, rundlichen Mannes in der Mitte, der mit seinem breiten Lachen alle anderen überstrahlte. Anton Prack, der Degenfechter, und mit seinen noch nicht einmal dreißig Jahren sehr junge Trainer, war unübersehbar. Es stand hier nicht dabei, aber der Faber wusste, dass Prack hier, in Bad Mergentheim, seine Laufbahn begonnen hatte. »Stricknadelfechter«, so hatte man sie spöttisch, ja, verächtlich genannt. Dabei war Prack schon damals ein überaus begabter und leidenschaftlicher Fechter gewesen, der bald darauf in der Nachbarstadt Tauberbischofsheim seine Mannschaft zur Besten in der Welt herangezogen hatte, unter Trainingsbedingungen, die aller Beschreibung gespottet hatten: Ein primitiver Heizungskeller war ihr Trainingsraum gewesen!

Und Hanns Heiner Müller war damals dabei gewesen. Er war zur selben Zeit in Tokio gewesen wie Matilda Botterbusch. Kannten Olympioniken einander, so wie Nobelpreisträger einander kennen, auch, wenn sie in ganz unterschiedlichen Disziplinen kämpften? Wahrscheinlich. Und wenn sie in derselben Sprache miteinander reden konnten, ganz sicher.

Etwa dreißig Jahre später hatte die Schwimmerin dem Fechter-Kameraden ihr ganzes Geld anvertraut, und der, mit der Zeit längst Chef einer Bank, hatte damit beim damaligen Börsenboom riskant spekuliert - zu riskant, wie sich jetzt, zehn Jahre danach, zeigte. Der Faber konnte sich die Szene leicht vorstellen: »Lass mich nur machen, Matilde.« So oder so ähnlich würde es gelaufen sein. »Verlass dich auf mich, ich habe da Beziehungen ...« – Hanns Heiner Müller, heute Hanns Heiner Müller-Licht, hatte immer gerne ein wenig zu dick aufgetragen, so viel war dem Faber schon bekannt, auch wenn er den früheren Olympiafechter und späteren Bankchef kaum besser als nur vom Sehen kannte.

Dann, gegen Ende der neunziger Jahre, war die Börse eingebrochen. Die Privatbank – Bank fürs Private – geriet erst ins Schwimmen, dann ins Bröckeln und schließlich, so wie es jetzt aussah, in den Ruin, und die Schwimmerin Matilde Botterbusch sah, ohne dass sie etwas dagegen tun konnte, ihr heimliches Vermögen davonschwimmen.

Damals, 1964, da hatte er nur einfach Müller geheißen – ohne Licht. Das Licht hatte er sich erst später zugelegt, als er die Privatbank übernommen hatte von seinem Schwiegervater, Franz Josef Licht.

Der Faber stand auf, räumte alles wieder ein und knipste die Lampe auf dem Tisch aus. »Nicht mehr lange«, murmelte er vor sich hin, »dann wird er Müller-Finster heißen.«

Finster, um nicht zu sagen stockfinster, war es auch auf seinem Heimweg. An seinem alten Fahrrad brannte das Licht noch immer nicht; es hatte sich in den mehr als drei Stunden, die er im Archiv verbracht hatte, nicht von selbst repariert. Wenn mich jetzt der Schwindling erwischt, so dachte er, dann gute Nacht.

Es war noch kälter geworden, der Wind pfiff durch die Burgstraße, und der Faber fror erbärmlich auf seinem Drahtesel. Das kurze Stück durch den Schlosspark war wieder so schwarz, dass er absolut nichts sah. Dieses Mal konnte er sich jedoch nicht entschließen zu singen. Wenn jemand auf dem Weg ist, dachte er, na, da hört er mich ohnehin kommen. So laut klapperten seine Zähne in der Kälte.

Als er endlich seine Wohnungstür aufschloss, war es lange nach Mitternacht. Die Weiche schlief schon. Er war todmüde, aber er wusste, wie immer, wenn er spät abends etwas Bewegendes erlebt hatte, würde er vorerst nicht schlafen können. Also holte er sich eine Flasche Bier aus dem Kühlschrank und setzte sich im Wohnzimmer in einen Sessel. Er schaltete den Fernseher ein, aber alles, was sie dort zeigten, ödete ihn an. Er fürchtete, er könnte doch plötzlich im Sessel einschlafen. Also zog er sich im Wohnzimmer aus und ging leise ins Bad, um sich die Zähne zu putzen. Dann schlich er sich ins Schlafzimmer. Er machte kein Licht.

Die Weiche schnarchte nicht. Das bedeutete: Sie hatte auf ihn gewartet und konnte jetzt nicht einschlafen, tat aber so, als ob sie schliefe.

Er war jetzt total übermüdet, lag aber noch lange wach.

12

Samstag, 8.30 Uhr

»Vor dem Frühstück ist der Mensch noch gar kein richtiger Mensch.« Der Faber hatte für seine Familie, während die Weiche sich um Miriam kümmerte und das übrige Frühstück vorbereitete, beim einzigen Bäcker in ihrem Stadtteil frische Brötchen geholt. Er roch daran und atmete mit verzücktem Gesichtsausdruck den Duft ein: »Mohn- und Sesamweck«, schwärmte er, sichtlich gut ausgeschlafen und aufgeräumt, »Kipf, Kraft- und Sonnenkorn und wie sie alle phantasievoll heißen – nirgendwo sonst auf der Welt gibt es so gutes Brot. Die erste Ladung war schon verkauft, als ich in den Laden kam. Dieses hier ist vom zweiten Schub – frisch aus dem Ofen, noch ganz warm.«

Wie immer, wenn sie gemeinsam aßen, gaben sie sich die Hände zum Kreis und wünschten einander einen guten Appetit.

»Hast du heute Zeit für uns?«, fragte die Weiche.

Der Faber schüttelte, mit vollem Mund kauend, den Kopf. »Hm« – Schluck – »nein, tut mir Leid.«

»Muss das sein? Wir haben alle frei heute. Du auch!« Die Weiche klang enttäuscht.

»Ich sag doch: Es tut mir Leid. Aber es geht nicht anders.«

»Und was hat der unermüdliche, flotte Faber vor?«

»Der unermüdliche Faber«, dozierte er, »hat vor, vor allem erst einmal ausgiebig und in Ruhe zu frühstücken. Dann muss er jemanden anrufen, danach noch jemanden anrufen. Dann jemanden befragen und noch jemanden befragen. – Bitte gib mir nochmal den Bierschinken rüber.«

Sie schluckte die unwirsche Antwort, die in ihr aufgestiegen und sich auf ihre Zunge gedrängt hatte, mit Mühe herunter und wechselte das Thema: »Was hast du im Archiv gefunden?«

»Einiges, das traurig macht«, antwortete er und berichtete.

»Rotkäppchen und Müller-Licht kannten sich seit vierzig Jahren!«, schloss sie überrascht aus seinen Worten. »Hast du das vorher gewusst?«

»Nein. Es könnte übrigens auch noch länger gewesen sein.«

»Und das übrige Umfeld der Frau? – so sagt man doch: das Umfeld? Was ist damit?«

»Kein Umfeld«, sagte er lakonisch.

»Aber sie wird doch Freunde und Bekannte gehabt haben!«

»Freunde nein, soviel ich festgestellt habe. Bekannte ja, jede Menge sogar. Vor allem in der Kirchengemeinde. Da sammelte sie die Beiträge ein für den Diakonieverein und trug das Kirchenblatt aus. Kam in die Häuser. Jemand hat ihr den Spitznamen *Miss Marple* gegeben, und sie hat sich entsprechend verhalten. Und sie sah tatsächlich so aus, wie man sich Miss Marple vorstellt: ältlich, rosig, äußerlich naiv wirkend. Dabei war sie schlau und hat sehr genau beobachtet. Aber sie war für alle immer nur ›Fräulein Botterbusch‹, für niemanden war sie ›Matilde‹.«

»Eine traurige Lebensgeschichte«, sagte die Weiche leise. »Sie muss verbittert und einsam gewesen sein. Und dann auch noch das ganze Geld zu verlieren!«

»Meinst du«, fragte er, »es hätte ihr irgendetwas geholfen, wenn sie es behalten hätte? Sie hat es nie genutzt, die ganzen Jahre nicht.«

»Trotzdem muss es furchtbar für sie gewesen sein, als sie es verloren hat. Erst einsam und verbittert, und dann das. Ich frage mich, wie ihr wohl zu Mute war, als ihre heimlichen Millionen sich in Luft aufgelöst hatten. Sie muss außer sich gewesen sein.«

»Das denke ich auch, und zwar außer sich vor Zorn. Die Frage«, der Faber machte eine nachdenkliche Pause, »die Frage ist: *Was* hat sie getan, damit jemand sie unbedingt aus dem Weg haben wollte?«

Das Polizeirevier Bad Mergentheim befand sich im lang gezogenen Deutschordensschloss, Eingang Nr. 6 vom großen Schlosshof aus. Weil in der Stadt an den Straßenecken die Wegweiser zum »Schloss« und zur »Polizei« immer miteinander in die gleiche Richtung zeigten und deshalb direkt übereinander an derselben Stange angebracht waren, sagten die Mergentheimer: »Unsere Schlosspolizei.«

Dort saß am Samstagvormittag der Leiter der Streife, mit der das Revier über das Wochenende besetzt war, als auf seinem Schreibtisch das Telefon schrillte. Bevor er abhob und sich meldete, las er auf dem Display die Nummer des Anrufers: »Tauber-Post Redaktion«. Er überlegte, ob er den Hörer gar nicht abnehmen und stattdessen aufstehen und nach draußen gehen und das Gespräch jemandem anderen überlassen sollte. Aber dann fiel ihm ein, dass das auch nichts brächte: Erstens war niemand anderes da, und zweitens war er hier, wenigstens über das Wochenende, der Chef. Und drittens hätte es ja auch Luise Blaustein sein können und nicht dieser Nestbeschmutzer Faber, der anrief. Allerdings, so fiel ihm ein, hatte Luise Blaustein etwas Besseres zu tun, als in ihrer Freizeit in der Redaktion herumzuhocken und Leute zu belästigen. Also doch der Faber.

Der Faber hatte gerade diesen Polizeibeamten vor Jahren, so empfand er es, öffentlich lächerlich gemacht, indem er ihn bei einer Podiumsdiskussion auf Glatteis gelockt und in, nun ja, in Widersprüche verwickelt hatte. Die spitze, eindeutig zweideutige Bemerkung, die der Faber danach auf ihn abgeschossen hatte, die hatte ihn tief getroffen.

Darauf hatte der Beamte, etwa drei Wochen danach, dem Faber wegen Parkvergehens direkt vor der Redaktion der Tauber-Post drei Strafzettel am selben Tag hinter die Scheibenwischer geklemmt. Der Faber hatte danach, bei diesem Gedanken schmunzelte der Beamte, sein Auto verkauft, hatte sein altes Fahrrad – der Rahmen war mindestens fünfzig Jahre alt – violett angestrichen und war darauf umgestiegen. Seither waren die zwei wie Hund und Katze, und keiner unterließ es, dem anderen eins auszuwischen, wenn sich dazu eine Gelegenheit bot.

Inzwischen schrillte das Telefon schon zum fünften Mal. Also wappnete er sich und holte tief Luft, warf einen Blick gegen die Decke und hob ab.

»Ist dort das kleinstädtische Polizeipräsidium?« meldete sich der Anrufer mit verstellter, piepsender Stimme.

»Polizeirevier Bad Mergentheim hier«, korrigierte der Leiter der Streife, »Wache habender Polizeikommissar Schwindt.«

»Tauber-Post, Faber«, meldete sich der Faber jetzt mit seiner normalen Stimme. »Ist der Lustig nicht da?«

Polizeikommissar Schwindt wurde rot im Gesicht. Es ging also schon wieder los! »Der Herr Erste Hauptkommissar ist nicht da.«

»Sondern wo?«

»Sie hören doch: nicht im Haus!«

»Wo finde ich ihn?«, fragte der Faber, bemüht, seine Stimme ganz ruhig klingen zu lassen. *Piano moderato,* dachte er.

»Gar nicht.« Die Stimme des Beamten klang gepresst.

Der Faber ließ nicht locker. »Wo ist er denn?« *Poco vivace,* dachte er.

»Das geht Sie nichts an! Er ist nicht da, fertig!« *Mezzoforte accelerando.*

»Ich wollte mit ihm über den Mord sprechen.« Fabers Stimme klang mit jedem Wort harmloser.

»Was für ein Mord!?« *Molto crescendo.*

»Den im Kaufhaus meine ich. Auf der Rolltreppe. Schon gestern.«

»Wir wissen von keinem Mord. Wollen Sie eine Anzeige machen? Dann müssen Sie herkommen!« Schwindt versuchte jetzt, dienstlich zu klingen.

»Haben Sie heute Morgen keine Zeitung gelesen?« Keiner konnte so durch ein Telefon staunen wie der Faber, das musste man ihm lassen.

»Wir haben hier keine Zeit, Zeitung zu lesen. Was denken Sie sich?! Und Ihr Käseblatt schon gar nicht.« *Furioso.* »Und wenn Sie dort darüber etwas geschrieben haben, und Sie haben keine Anzeige erstattet, dann gnade Ihnen Gott, Faber!« *Fortissimo marcato.* »Dann gnade Ihnen Gott! Wenn Sie da irgendwas in die Welt setzen, dann ziehe ich Ihnen eigenhändig das Fell über die Ohren, darauf können Sie sich verlassen!«

»Hören Sie, Schwindling ...«

»Wieder mal typisch der flotte, flinke Wichser Faber, he? Wenn da wirklich was gewesen sein sollte, dann wird es mir eine Freude sein, so einen dreckigen Schreiberling wie Sie eigenhändig einzubuchten! Wegen Unterschlagung von Beweismaterial!«

»Wie soll das gehen, wenn doch gar kein ...«

»Mir doch egal!«, schrie der Wache habende Polizeikommissar Schwindt und warf den Hörer hin. Peng! *Fermate.*

Schwindt blieb danach erst einmal zehn stille Minuten an seinem Schreibtisch sitzen. Damit, innerlich wieder auf die Beine zu kommen und auf Rache zu sinnen, war er ausreichend ausgelastet. Dann rief er über Polizeifunk den jungen Polizeimeister an, der in der Altstadt auf Streife war.

»Schwindt hier. Kirchofer, wo steckst du im Augenblick?«

»Marienkirche, Kulturzentrum, Ehrlerplatz.«

»Postiere dich mal nebenan auf dem Marktplatz und schau nach, ob du den Faber irgendwo siehst, den Faber von der Tauber-Post. Der müsste eigentlich gleich aus der Burgstraße vorbeikommen, wahrscheinlich mit seinem lächerlichen Fahrrad. Sieh zu, ob du ihn erwischen kannst. Vielleicht steigt er ja in der Burgstraße nicht ab. Kontrolliere Licht und Bremsen. Egal, was.«

»Und wenn nicht? Ich meine, wenn ich ihn nur von weitem sehe ...«

»Dann kontrollierst du, wo er hingeht. Und rufst mich sofort an.«

Der Faber blieb aber noch in der Redaktion, wo heute außer ihm niemand war. Er suchte im öffentlichen Telefonbuch unter *Lustig* – den Vornamen wusste er nicht. Den Namen gab es häufiger, als er angenommen hatte, aber nirgends stand dabei ›Pol. Beamter‹ oder so ähnlich. Er wusste nur, dass der Chef des Mergentheimer Polizeireviers vor Jahren irgendwo jenseits der Umgehung ein Eigenheim gebaut hatte. Also ging er nach der Adresse und hielt Ausschau nach Boxberger oder Breslauer, eventuell noch nach der Uhlandstraße. Er fand: *Lustig, Elsa und Karl-Heinz, Breslauer Str.,* und wählte die dabei stehende Nummer.

»Lustig, guten Tag«, meldete sich eine müde, weibliche Stimme. Der Faber fragte höflich, ob Herr Hauptkommissar Lustig wohl daheim und zu sprechen sei.

»Mein Mann ist net dahääm.« Die vorher müde Stimme klang jetzt etwas wacher und bekam eine deutlich kurpfälzisch singende Einfärbung. »Wenn's um was Wischtiges geht, müsse Sie sisch im Revier an sein 'n Stellvertreter wende. Tauber-Post habe Sie g'sagt?«

Der Faber bestätigte. Klingt nach Mannheim, dachte er.

»Mein Mann ist seit drei Woche in Ku-ä, er kommt erst morche zurück. Rufe Sie am Montag im Revier an. Am beste glei frühs.«

Jetzt wurde der Faber doch neugierig: Wohin fuhr einer, um seinen Körper in einer Kur medizinisch renovieren zu lassen, wenn er doch selber in einer Kurstadt lebte?

»In Bad Dürrheim is er«, gab Frau Lustig bereitwillig Auskunft. »Die Bronchien – verstehe Sie? Er hat in der letschte Za-it gar net mehr schlofe gekennt – nur g'huschtet hot er.«

»Oh!«, rief da der Faber, und in seiner Stimme schwangen deutlich hörbar Teilnahme und Verständnis mit, »da weiß ich, wie das ist. Mein Vater, der hatte das auch. So gegen Ende der Fünfzig – eigentlich schon früher, aber er wollte es nicht wahr haben. Das hat da drinnen bei ihm richtig gerasselt, und alle Nas' lang ist er krank im Bett gelegen. Aber wie er von der Kur zurückgekommen ist, da ist es ihm viel besser gegangen. Nur so ein Spray hat er von da an immer nehmen müssen. Und geraucht hat er von da ab nicht mehr. Ich hoffe, dass es bei Ihrem Mann auch gut hilft.«

»Ja, des hoff' isch aach, dass es hilft. Und dass er mit dem Rauche aufheert. Awwer die qualme jo all' so furschtbar im Revier. Also, wie gesagt, am Montag könne Se mit ihm spresche.«

»Wann genau kommt er zurück?«

»Morche Abend.«

»Mit dem Auto?«

»Nää, mit der Bahn.«

»Können Sie mir die genaue Uhrzeit sagen?«

»Die wääß isch noch net, awwer er hot g'sagt, er ruft misch vorher an.«

13

Samstag, 9.10 Uhr

Bevor er auf sein violett gestrichenes Fahrrad stieg, wobei er sich, darauf darf man ruhig einmal hinweisen, jedes Mal vorkam wie ein alternder Rüde, sah der Faber sicherheitshalber auf die Uhr. Bis zum Interview mit Frau Müller-Licht, so stellte er beruhigt fest, war noch genügend Zeit für das, was er vorher noch unbedingt erledigen wollte. Und wenn das stimmte, was der mit den beiden Hunden ihm gestern gesagt hatte, dann musste der Stadtstreicher Fuzzy, den der Faber gestern Vormittag kurz nach zehn Uhr im Kaufhaus gesehen hatte, und zwar drinnen, hinter der Glastür des Haupteinganges, heute Vormittag in der Fußgängerzone an der engen Stelle zwischen dem Münster und den Geschäften sitzen und betteln. Fuzzy war wie ein Irrwisch, er drückte sich in der Stadt, das war jedem bekannt, in allen Ecken und Gassen herum und hatte seine Augen überall. Dabei wurde er von den Leuten so gut wie nicht bemerkt. Er galt als ungefährlich oder »unschädlich«, wie er selber mit einem entwaffnenden Lächeln zu sagen pflegte, tauchte auf, und wenn einer ihn wahrnahm, lachte er freundlich und zahnlos und war schon wieder verschwunden.

Er stahl selten, lebte vom Betteln und von Gelegenheitsarbeiten vor allem beim Mergentheimer Volksfest und auf der Königshöfer Messe, wo er den Schaustellern zur Hand ging, und wohnte im Moshammerstift, dem vor einigen Jahren eröffneten und von beiden Kirchen und der Stadt gemeinsam betriebenen Obdachlosenheim.

Seine sicherste Einnahmequelle aber war, dass er dienstags und freitags, wenn Markt war, am Zebrastreifen zwischen Marktplatz und Mühlwehrstraße »den Verkehr regelte«. Er reckte den Autofahrern Halt gebietend die Handfläche entgegen und winkte mit der anderen mit großer Geste die Fußgänger hinüber – eine völlig überflüssige Maßnahme, denn die Mühlwehrstraße war an dieser Stelle höchstens vier Schritte breit. Und irgendwie schien er dabei immer drei Hände zu haben, jedenfalls hatte er immer eine Hand frei, die er den Fußgängern entgegenstrecken konnte. Die drückten ihm dann meist lachend eine Münze hinein.

Er war ein kauziger, im Grund aber gutmütiger Wurzelzwerg, sein feuerrotes, wirres Haar samt Vollbart war von grauen Fäden durchzogen und bedeckte fast vollständig das kleine, faltige Gesicht, das vor allem aus Sommersprossen zu bestehen schien. Schmal, ein Hänfling von einem Mann – er reichte dem Faber nicht einmal bis an die Schulter –, der in einer um zwei Nummern zu weiten, speckigen Lederhose und darüber in einem um drei Nummern zu großen Pullover steckte.

Heute, am ersten Tag im Jahr, an dem es richtig frühlingshaft warm war, saß er dort, wo seit Jahrhunderten das eiserne Eichmaß für die Mergentheimer Elle in die Mauer eingelassen war, an der Wand des Münsters, und eröffnete die diesjährige Bettelsaison.

Der Faber stellte seinen Asinus an eine Hausecke gegenüber und schloss ihn sorgfältig ab. »Hallo Fuzzy, alter Schlawiner, wie geht's? Du lebst also noch, hast den Winter gut überlebt? Unkraut vergeht nicht, oder?«

»Hallo Faber«, mümmelte der – vorne fehlten ihm alle Zähne –, »ich leb noch, weil – ich häng halt ned am Lebe.« Fuzzy sprach eine Dialektmischung, an der das Mainfränkische den überwiegenden Anteil hatte.

»Täusch dich da nur nicht«, lachte der Faber, »wenn es ernst wird, dann gibt keiner gerne den Löffel ab.«

»Ach, gomm«, Fuzzy winkte ab, »ich häng ned am Lebe, weil – 's hat mich scho lang abgehängt, und ich hab gar ned erst versucht, mich widder dranzuhänge.« Er deutete auf die Pappschachtel, die er vor sich auf dem Pflaster liegen hatte. Darin verlor sich eine Hand voll Münzen. Ein einsamer Euro war dabei, ein besonders schöner, den, davon war der Faber überzeugt, Fuzzy selber als Lockvogel hineingelegt hatte, hoffend, er werde viele seiner Eurogeschwister bewegen, ihm Gesellschaft zu leisten und ihn zu wärmen. »Du willst was von mir.« Fuzzys L war sehr weich, fast schon ein J: »Du wijst was von mir.« Seine Handfläche lag immer noch so, dass die Finger mitten in die Schachtel zeigten.

Der Faber zog umständlich seinen Geldbeutel aus der Gesäßtasche, suchte eine Münze zu zwei Euro heraus und warf sie in die Schachtel.

»Gestern!«, sagte der Faber mit einer Stimme und Betonung, beide schwanger von Bedeutung.

Fuzzy sah ihm ins Gesicht und verzog keine Miene.

»Um zehn etwa. Früh«, fuhr der Faber mit der gleichen Stimme fort.

Darauf schob Fuzzy kurz die Lippen vor. Mehr geschah nicht.

»Da hab ich dich im Kaufhaus gesehen. Als die Tür verschlossen war.«

Der Faber, das merken wir schon, machte es absichtlich spannend. Er wusste, Fuzzy wartete die ganze Zeit darauf zu erfahren, welche Rolle ihm bei dem, was folgen würde, zugedacht war, eine als Beschuldigter oder die als Zeuge. Nicht, dass die des Beschuldigten ihm etwas ausgemacht hätte, in der gäbe es für ihn nur nichts zu gewinnen, während in der Rolle des Zeugen sehr wohl etwas für ihn abfallen konnte. »Seit wann warst du da schon drin?«

Also die Rolle des Zeugen. Sofort begann Fuzzy zu feilschen. Er hob den Kopf, dass sein struppiger Vollbart fast zum Himmel zeigte, und verzog das Gesicht zu einem wissenden Grinsen: »Jetz ned, du siehst doch, ich abbeid.«

»Also gut«, gab der Faber zu, »ich sehe ein, dass du deinen Platz verteidigen willst. Sagen wir einmal so: Kann ich dich nachher zu etwas einladen? Sagen wir, auf ein Eis?«

Dabei zeigte er auf die Eisdiele schräg gegenüber, wo gerade an diesem Wochenende die Familie Doménico Messina, nach der Winterpause aus Sizilien zurück, ihren Betrieb wieder aufgemacht hatte. Aber Fuzzy schüttelte nur stumm den Kopf.

»Hast du was gesagt?« Der Faber zog die Augenbrauen hoch.

»Mö.« Fuzzy schien gewissenhaft das Pflaster um ihn herum zu studieren, vielleicht auch Ausschau zu halten nach einem halben Euro, der möglicherweise versuchte, sich aus seiner Schachtel davonzuschleichen. Plötzlich stand er auf und fasste sich an sein mageres Hinterteil. Er steckte das Stück Pappe, auf dem er gesessen hatte, unter seinen Pullover. Das Stück zusammengefalteter Alufolie, das darunter verborgen gewesen war, steckte er in seine speckige Lederhose.

Der Faber schaute mit großen Augen zu. Das Steinpflaster schien doch noch voller empfindlicher Winterkälte zu stecken. Und »mö«, das hieß bei Fuzzy, so gut kannte er ihn, »nein«.

Eben, als der Faber wieder zum Reden ansetzte, zeigte Fuzzy mit der Hand auf das Fischgeschäft direkt neben der Eisdiele, wo man an sauberen Tischen auch recht gute Fischgerichte essen konnte. Das war klar verständlich und hieß: »Dahin.« Er hatte sich also entschlossen, Fabers Angebot über »Mahlzeit gegen Aussage« anzunehmen. Eifrig verstaute er seine Münzen und die Schachtel. Die faltete er und schob sie so ineinander, dass sie in seine Hosentasche passte.

Der Faber staunte. »Du meinst, ich soll dich da hinein einladen? Zu Fisch?«

Fuzzy schob wieder seine Lippen vor: »Hm-hm!« Aber als der Faber Einverständnis nickte: »Gut, dann komm«, da sah Fuzzy zweifelnd an sich herunter.

»Komm schon, macht nichts. Das geht schon. Ist ja einigermaßen sauber«, sagte der Faber. Er sagte es, obgleich man das, genau besehen, so nun wirklich nicht sagen konnte, vor allem nicht von der Hose, und da wiederum besonders nicht von deren Boden.

Drinnen im Geschäft war es um diese Tageszeit noch fast leer. Der Faber ließ Fuzzy einen Tisch aus den sieben oder acht links neben der Verkaufstheke wählen. Der wählte den zweiten und setzte sich an den so, dass er die Tür im Auge hatte. Der Filialleiter kam sofort nicht nur gerannt, sondern regelrecht gesprintet und beäugte kritisch den struppigen, kleinen Mann in Begleitung des zwar hoch gewachsenen, aber auch nicht gerade übermäßig eleganten Herrn mit dem langen Haar und den grauen Schläfen.

»Lassen Sie nur«, beruhigte der Faber, während er sich setzte, den Mann, dem alle möglichen Befürchtungen ins Gesicht geschrieben standen. »Ich lade ihn ein. Er wird sich anständig benehmen, das verspreche ich Ihnen. Und wir sind ja auch bald wieder fort.« Und zu Fuzzy gewandt: »Was möchtest du? Sie haben hier eine gute Bretonische Fischsuppe, und das gebackene Barschfilet ist auch nicht schlecht.«

Fuzzy schüttelte nur den Kopf, wandte sich dem Filialleiter zu und sprach mit dem, als wäre dieser der Kunde und er selber der Chef: »Habt Ihr Bratkartoffeln?« Dabei rollte er nicht das R, sondern er schlug es nach unterfränkischer Art nur einmal mit der Zungenspitze; es klang wie »B'datgadofel«. Der Filialleiter sah den Faber fragend an. Der nickte nur.

»Haben wir selbstverständlich«, bestätigte der Mann erst danach.

»Un' dazu Heringsstipp?«

Wieder die Zeremonie: fragender Blick, Faber nickte: »Von mir aus, wenn es das gibt.«

»Drüben, an der Verkaufstheke«, bestätigte wieder der Filialleiter. »Wie viel davon?«

Da legte der Fuzzy seine beiden schmalen, gichtig wirkenden Hände zu einer Art Schale zusammen. »So vill ungefeäh'.« Wieder das superweiche L.

Erneut sah der Filialleiter erst den Faber an. Der nickte.

»Dazu ein' Weißen!« sagte Fuzzy.

»Aber nur ein Achtel!«, bremste der Faber.

»Vom Chablis!«

»Ha! Jetzt komm aber!« Der Faber legte deutlich sichtbar seine flache Hand auf den Tisch, eine richtige Pratze. Das sollte heißen: Jetzt reicht es, übertreib's nicht! »Ein Blanc de blanc tut's auch.«

»Gomm, du waißt ned, was ich waiß«, grinste Fuzzy ihn an.

»Und Sie?«, fragte der Filialleiter den Faber.

»Mir nur ein Achtel Weißen, aber ganz trocken. Essen kann ich so kurz nach dem Frühstück noch nichts.«

»Wir haben nur Chablis und Blanc de blanc.« Und das sagte der Filialleiter ohne eine Spur von Bedauern in der Miene, was den Faber zu der Bemerkung: »Sie könnten ruhig einen Silvaner hier aus der Gegend dazunehmen!« veranlasste. »Also gut«, entschied er, »dann eben vom selben wie dieser Herr hier.« Und Fuzzy, als er so mit »dieser Herr hier« tituliert wurde, da zuckte der doch tatsächlich mit keiner Wimper.

Der Filialleiter eilte, mehr gemächlich als flink, hinter die Verkaufstheke. Er stellte einen Teller, einen richtigen, großen und schönen, weißen Porzellanteller, auf die Waage, stellte das Gewicht auf null, löffelte Heringsstipp aus einem der vielen Behälter auf den Teller und tippte in die Kasse ein. Dann häufte er eine große Portion Bratkartoffeln dazu und brachte den Teller zu ihnen an den Tisch mit den Worten: »Der Wein kommt sofort.«

»Das habe ich auch noch nicht gesehen«, der Faber schaute interessiert zu, wie Fuzzy seine Nase fast in die weiße Heringsstipp hineinsteckte, um zu prüfen, ob sie auch frisch war, »dass ein echter Mainfranke einen so norddeutschen Geschmack hat.« Er sah weiter zu, wie Fuzzy mit der Gabel in dem Berg Bratkartoffeln stocherte und schließlich nickte; offenbar war genügend Speck darin. Wie viel Menschen in Deutschland südlich der Mainlinie wussten schon, dass Fisch und Speck zusammengehörten?

»Mer is halt vill rumgegomm«, antworte Fuzzy.

Inzwischen standen auch die beiden Gläser Wein auf dem Tisch, und Fuzzy ließ es sich schmecken.

»So«, sagte der Faber, lehnte sich zurück und sah zu, wie der kleine Mann den verborgenen Dreiklang von Heringsstipp, Weißwein und Bratkartoffeln mit Speck genoss. Er sagte es, als wollte er damit einen wichtigen Satz beginnen, aber dann ließ er das »So« eine Weile in der Schwebe, bevor er den Satz abschloss: »Jetzt also!«

Fuzzy, der sehr gut verstand, dass jetzt die Frage kommen würde, derentwegen der Faber ihn aufgesucht hatte, nickte Einverständnis, ließ sich dadurch aber nicht vom Essen ablenken.

»Du warst gestern im Kaufhaus«, eröffnete der Faber die Verhandlung. »Was hast du gesehen?«

Das war so ungeschickt, um nicht zu sagen: dumm gefragt, wie einer nur ungeschickt fragen konnte. Der Faber merkte es sofort. Aber es war zu spät; Worte, die das Licht der Welt erblickt haben, kann man nicht zurück ins Dunkel rufen. Er wusste im Voraus, wie die Antwort lauten würde: Fuzzy würde den Spieß umdrehen. Und so geschah es.

»Du selber warst doch au do! Sag du mir erst, was du waißt.«

»Die Frau, die ums Leben gekommen ist.« Er brach den Satz ab. Fuzzy nickte, und der Faber wartete einen Augenblick, bevor er weiter sprach: »Da hat einer nachgeholfen.«

Ruckartig ging Fuzzys Kopf nach oben: »Jou wergli! Nachg'holf'! Un des is sicher? Wie denn?«

»Ganz sicher. Und wie, das erzähle ich dir später.«

»Mit der Bolizei will ich nix zum dun ham!«

»Du hast es nur mit mir zu tun«, versicherte der Faber.

Fuzzy zog die Stirn in Falten und den rechten Mundwinkel nach oben. ›Und was soll das bedeuten?‹ hieß das.

»Ich untersuche das.« Wie man daraus ersehen kann, saßen und trabten Fabers Gefühle gerade hoch zu Pferde. »Also, mein Vorschlag«, sagte er, »keine Namen. Ich beschreibe dir jemanden, und du sagst mir, ob du so jemanden dort gesehen hast. Einverstanden?«

Fuzzy kaute weiter, nickte und schluckte Hering. Der Faber wartete, bis auch der dazu gehörende Schluck Wein unten war und Fuzzy sich aufrichtete und ihn ansah.

»Ein Mann«, begann der Faber seine Beschreibung. »Alter so zwischen sechzig und fünfundsechzig. Etwas mehr als mittelgroß, also viel größer als du, aber kleiner als ich. Leicht korpulent, aber immer vornehm und teuer gekleidet. Maßanzüge. Eventuell grüner Lodenmantel. Brille mit Goldrand.«

An dieser Stelle der Beschreibung schob Fuzzy seine Lippen vor, und er sah in diesem Moment aus, als würde in seinem Kopf ein Stapel Lochkarten durch eine Maschine rattern. Mit dieser Beschreibung war die Auswahl schon auf weniger als ein halbes Prozent der Einwohner eingeschränkt. Wohlhabende Männer in der Stadt gab es zuhauf, aber nur wenige von ihnen trugen Maßanzüge oder zeigten auf andere Weise ihren Wohlstand nach außen. Zu sehr fürchtete man den Neid der Nachbarn. Nur, wenn einer sein eigenes Schaufenster war und deshalb beruflich Wohlstand demonstrieren musste, weil er angeblich Wohlstand verkaufte, trat er so auf. Bankmenschen beispielsweise.

»Bart?«, fragte Fuzzy und zeigte damit, dass er schon Spur aufgenommen hatte.

»Ja«, bestätigte der Faber. »Hier unten um das Kinn, einmal ganz rum. Von einem Ohr zum andern.«

»Affenbart«, stellte Fuzzy fest.

»Fischerbart heißt das«, korrigierte der Faber. »Ein Vollbart ohne Schnauzer. Silbergrau mit ein bisschen Schwarz drin. Gut gepflegt. Haare grau, nicht mehr viel, aber keine Glatze. Kurz geschnitten.«

Fuzzy schluckte schnell und unterbrach ihn, indem er mit der Hand Einhalt gebot: »En Hut! En Drachtenhut hat er auf'm Gopf g'habt. Mit dobbelder Gordel. Und die Nas so hoch, dass's 'neirengt. Un der Lodenmantel war grau, ned grün. Ich waiß, wen du mainst.«

»So? Und wen mein ich?«

»Du hast gesagt: Gain' Nam'!« Fuzzy stand von seinem Tisch auf und ging, noch kauend, ein paar Schritte hin und her. Den Kopf hoch, die Schultern zurück, so stolzierte er leicht sich wiegend und die Sohlen abrollend im Bärengang auf und ab. Dann, nachdem er seinen Hering geschluckt hatte, streckte er die Nase in die Luft und zog seine untere über seine obere Lippe hoch bis an die Nase, wobei der Mangel an Zähnen im Oberkiefer sich als Vorteil erwies. Das Kinn mit dem struppigen, roten Bart zeigte jetzt steil nach oben.

Diese Parodie auf den Bankchef Müller-Licht, obwohl clownesk und weit überzogen, war doch so treffend, dass der Faber nicht anders konnte als laut herauszulachen.

Der Filialleiter hinter der Verkaufstheke äugte erst misstrauisch herüber, dann musste auch er lachen. Der Faber winkte ihm sicherheitshalber beruhigend mit der Hand zu.

Fuzzy setzte sich wieder. »Du hast gesagt: Gain' Nam'!«

»Ich denke, wir meinen den Gleichen.« Der Faber lachte immer noch.

»Den Gleichen oder den Selben?«

»Den Selben. Den gibt es nur einmal, einen Gleichen gibt es nicht«, musste der Faber seinen sprachlichen Fehler eingestehen, aber er tat es immer noch lachend.

Fuzzy wartete, bis der Faber sich beruhigt hatte. »Der war da«, sagte er dann leise, aber klar verständlich.

»Da bist du dir sicher?«

»Hunnerdbrozendich. Den genn ich. Schon lang.«

»Du kennst ihn? Tatsächlich? So richtig persönlich oder nur vom Sehen wie jedermann?«

»Eigenhöchstselbst persönlich. Von früher. Is aber schon lang her.«

»Stimmt ja!« Der Faber meinte, sich zu erinnern. »Du warst ja früher mal Bänker oder so was, gell?«

»Bängger ned. Nur Angestellder. Aber ned bei dem. Der meint, er wär was Besonderes.«

»Jeder Mensch, Fuzzy, jeder Mensch ist etwas Besonderes.«

»Das mag sein. Aber der dengt, er wär was besonders Besonderes un kann sich alles erlaum.«

Der Faber schaute den seltsamen, kleinen Mann sinnierend an. Alle möglichen Bilder gingen ihm plötzlich durch den Kopf, darunter eines, wie Manfred Wiesinger, genannt Fuzzy, an einem Bankschalter stand mit kurz geschnittenem, rotem Haar und glattem Gesicht, im Mund alle Zähne, gekleidet in Anzug mit weißem Hemd und Krawatte. Dann – Scheidung, Schulden, Alkohol, Entlassung, Hartz vier samt Arbeitslosengeld zwo, die ganze, übliche Abwärtskarriere erschien vor seinem inneren Auge.

Ob sie so auch auf Fuzzy zutraf, wusste er nicht, und ihn zu fragen getraute er sich nicht. Aber wenn einer einmal auf die Rutschbahn geraten war ...

Er blickte auf und sah, dass der andere ihm die ganze Zeit ins Gesicht geschaut und seine Gedanken offenbar erraten hatte. Dem Faber war das ein wenig peinlich, aber Fuzzy lachte nur: »Ein Mensch, der braacht ned so vill, als wie er glaubt. Lang ned. Vill wenicher.«

Dem Faber fiel auf, dass seine Stimme dabei anders klang als sonst, deutlich tiefer und irgendwie normaler, so, als hätte der andere sich bisher immer nur verstellt. Er war dadurch für einen Augenblick ganz verwirrt und hatte Mühe, zum Gespräch zurückzufinden.

»Wo genau hast du ihn gesehen?«, fragte er schließlich.

»Oben.« Fuzzy war schon wieder in seiner Clownrolle.

»Wo oben? Erster oder zweiter Stock?«

»Erster.«

»Was hat er gemacht?«

»Du meinst doch ned etwa, dass der ...«

»Ich meine gar nichts. Also?«

Da schob Fuzzy seinen leeren Teller von sich weg und schwieg listig. Er schob das leere Glas zum Faber hinüber, und dem blieb nichts anderes übrig, als zu verstehen. Also rief er dem Filialleiter, der in einer Ecke stand, zu: »Noch ein Achtel bitte!« Und zu Fuzzy: »Also, nun red schon!« Und als der immer noch nichts sagte: »Weißt du, was? Mir wird das hier zu bunt. Ich wette, du hast ihn überhaupt nicht gesehen. Du wolltest hier nur was zu essen aus mir rausleiern, aber in Wirklichkeit weißt du gar nichts! Gesehen hast du ihn vielleicht - irgendwo und irgendwann einmal, aber nicht gestern Morgen und nicht im Kaufhaus Belleim.«

Fuzzy wartete den Ausbruch ruhig ab, wartete, bis der Filialleiter das Glas Wein vor ihn gestellt und sich wieder hinter seine Theke zurückgezogen hatte. Dann ließ er heraus: »Er war da, und ich hab ihn geseh', wie er im ersten Stock ganz eilich zum Aufzug g'rennt ist.«

»Zum Lift?«

»Hm – hm.« Fuzzy nickte.

»Wann genau?«

»Ganz genau, wie sie obe' g'schrau' ham.«

»G'schrau'? Geschrien? Hat oben jemand richtig geschrien?«

Fuzzy nickte wieder bestätigend. »Glei drauf is's Licht ausgang', alle Leut', wo drin warn, warn ei'g'sperrt, und mer sollt ned an die Rolltreppe komm'. Wegen Lebensgefahr.« Fuzzy wurde plötzlich unruhig und sah ängstlich umher.

»Und da war der, der Dings, schon weg?«, fragte der Faber. Aber Fuzzy antwortete nicht darauf, sondern presste zwischen seinen zahnlosen Kiefern hindurch: »Ich hab g'sagt: Gaine Bolizei!«

»Ja, klar. Warum? Was ist denn?«, wunderte sich der Faber.

»Da drauß', da steht der Schwindling!«

Der Faber drehte sich um und sah Kommissar Schwindt vor dem Geschäft stehen. Er wandte ihnen den Rücken zu und schien nach irgendetwas auf dem Marktplatz Ausschau zu halten. Aber er stand genau vor der Tür.

»Bleib still sitzen«, flüsterte der Faber, »ich zahle erst noch. Was meinst du, hat er uns belauscht?«

Fuzzy zuckte nur mit den Schultern. Der Faber machte, während er aufstand, unter dem Tisch schnell eine unanständige Geste mit seinem Mittelfinger und flüsterte ihm zu: »Denk dir schnell was aus!«

Von der Kasse aus sah er, dass Fuzzy sich nicht rührte, sondern locker und entspannt auf seinem Stuhl saß und scheinbar interessiert aus dem Fenster nach den Spatzen guckte. Als sie dann miteinander langsam, so als hätten sie alle Zeit der Welt, aus der Tür traten – der Faber zuerst und eifrig und konzentriert seinem Gesprächspartner zugewandt, als erwartete er von dem die Antwort auf alle Fragen der Welt in einer einzigen Weisheit. Und da sagte Fuzzy zu ihm, als gäbe es den Polizisten nicht, aber doch laut genug, dass der und alle anderen es hören konnten: »Un ich sag's Ehne noch emal, Herr Faber, mir Frangge, mir genne gai De un gai Be un gai Ga. Dodemit, do muss mer aifach lebe.«

Der Faber, obgleich er keine Ahnung hatte von dem, was Fuzzy damit vorhatte, spielte sofort mit: »Ha, ha. Kein Pe, kein Te, kein Ka; klar, dass das jeder weiß. Jeder außer den Franken selber.« Er wartete gespannt, in welche Richtung Fuzzy den Ball weiterspielen würde. Klar war nur, dass es gegen den Polizeibeamten Schwindt ging. Das reichte, ihn auf jeden Fall mitspielen zu lassen.

»Un Sie«, redete Fuzzy laut und klar, »Sie sin gain Frangge. Sie sin doch einer von dene, äh, wie noch glei, von dene Badenser, gell?«

»Badener heißt das, Fuzzy. Badener bin ich ursprünglich, aber schon zwanzig Jahre in Merchde. Badener heißt das, und nicht Badenser.«

Fuzzy, immer noch sehr laut und klar, als stünde er auf der Freilichtbühne von Jagsthausen, und mit einem heimlichen Blick auf Schwindt, der ihnen immer noch den Rücken zukehrte, redete nun und sprach: »Ach! Und warum das?!«

Da fiel es dem Faber wie Schuppen von den Augen, und er erkannte, was Fuzzy vorhatte. Das hier war sein Stichwort! Wie ein kurzes Aufleuchten huschte noch die Frage durch seinen Innenraum: Woher konnte Fuzzy wissen, dass Schwindt aus Heilbronn stammte? Doch dann war er mit seiner Rolle an der Reihe: »Weil es ja auch Frankfurter heißt und Heilbronner, und nicht Frankfurtser oder Heilbronnser.«

Wie von der Tarantel gestochen fuhr Schwindt herum, das Gesicht vor Wut verzerrt, und bohrte dem Faber seinen dicken Zeigefinger in die Leber. Wieder hatte Faber ein inneres Wetterleuchten: Er kennt sich aus, dachte er, er sticht dahin, wo es bei ihm selber wehtut.

»Du mieser Drecksack«, zischte Schwindt zwischen den Zähnen hindurch, »wenn du deine dreckigen Finger nicht von der Sache ...«

»Aua!«, schrie der Faber so laut, dass die Passanten am Münster sich umdrehten. »Der Schwindling schleicht jetzt schon herum und belauscht die Leute beim Essen! Wenn der hier was zu sagen bekäme, dann wären wir bald wieder da, wo wir schon *einmal* waren!«

Wie wir unschwer erkennen können, war der Faber geübt darin, Beleidigungen zwar verständlich, aber zugleich doch so unklar auszusprechen, dass er vor Gericht dafür nicht belangt werden konnte, etwas, was man, wie man hören kann, auf jeder Journalistenschule mit als Erstes lernt. Dieses Beispiel: »Da, wo wir schon einmal waren« – wo, meine Damen und Herren, sind wir nicht schon überall gewesen!

Fuzzy versuchte inzwischen, sich hinter dem Faber zu verstecken und von da heimlich hinter dem Münster herum in Richtung auf den Marktplatz davonzuschleichen. Aber: »Halt!«, schrie Schwindt, und: »Hiergeblieben! Wiesinger, ich nehme Sie fest!«

»Wieso das denn?!«, rief der Faber aufgebracht. »Machen Sie sich nicht lächerlich! Was soll der denn getan haben?«

»Irgendein Grund fällt mir schon rechtzeitig ein. Irgendwas hat der immer gemacht!«

»Tut mir Leid«, versuchte der Faber sich bei Fuzzy zu entschuldigen, »der macht das alles nur, um mich zu ärgern.«

Aber Fuzzy lachte nur: »Macht nichts, Faber. Du waißt doch: En Mensch braacht wenicher, als wie er glaabt.«

Da packte Schwindt den kleinen Mann am Pullover, hob ihn ohne Mühe hoch und schlenkerte ihn herum in die Richtung, wo am Gänsmarkt der Streifenwagen neben dem Wegweiser »Schloss-Polizei« stand. Fuzzy ließ Arme und Beine baumeln wie eine tote Katze und rief noch: »Und danke für den Fisch!«

14

Samstag, 9.50 Uhr

Schwindt, so befand der junge Polizeimeister Kirchofer nach kurzem Überlegen, den Kommissar Schwindt konnte man nicht anders bezeichnen als eine wandelnde Katastrophe. Allerdings hütete er sich, auch nur ein Wort zu verlieren, das in der Nähe von Kritik angesiedelt sein könnte, er schüttelte nur innerlich den Kopf, schwieg und bemühte sich, unbeteiligt auszusehen. Fuzzy, der Stadtstreicher, saß hinten im Streifenwagen auf einer alten Decke, die für solche Fälle im Wagen immer bereit lag. Schwindt saß am Lenkrad. Er selber, Kirchofer, behielt den Festgenommenen im Auge für den Fall, dass der einen Fluchtversuch starten oder sonst wie randalieren sollte. Einfach die Tür aufzureißen und zu fliehen, das wäre Fuzzy freilich ganz unmöglich gewesen, denn dank einer sinnreichen Vorrichtung, die vom Werk in Sindelfingen ursprünglich als Kindersicherung eingebaut worden war, konnten die hinteren Türen nur von außen geöffnet werden.

Fuzzy jedoch schien zufrieden, ja, fast hätte man sagen können, er sah glücklich aus. Er schaute nach links und rechts und sogar nach hinten aus dem Fenster, besah sich die bunten, alten und neuen Giebelhäuser erst am Gänsmarkt, dann in der Härterichstraße, als hätte er sie noch nie gesehen, und als wäre er zu einer Stadtrundfahrt in einem Taxi eingeladen worden.

Kirchofer wartete geradezu mit Sehnsucht auf den Montag. Nicht nur, weil da sein Wochenenddienst vorüber war und er seinen freien Tag hatte, sondern auch, weil da der Chef, der Erste Hauptkommissar Lustig, wieder im Dienst sein und alles in die Hand nehmen würde. Dessen Stellvertreter, der junge Hauptkommissar, der in den letzten drei Wochen das Revier geführt hatte, gegen den war zwar, außer, dass es ihm hier und da an Erfahrung fehlte, nur wenig zu sagen, wenn er auch an den Ersten Hauptkommissar Lustig mit seiner menschlichen Art und seinem kooperativen Führungsstil lange nicht heranreichte. Schwierig konnte es, je nachdem, was vorfiel, an den Wochenenden werden, wenn die Mannschaft reduziert und nur eine Streife im Dienst war. Aber, ehrlich, richtig schlimm wurde es nur, wenn Kommissar Schwindt diese Streife führte.

Im Streifenwagen stand ein Duft, der von den beiden Beamten zunehmend als unangenehm und aufdringlich empfunden wurde. Fuzzy dagegen schien ihn gar nicht zu bemerken. Dass der Stadtstreicher ganz sauber war, das konnte man auch mit gutem Willen nicht behaupten, und das gleich in der mehrfachen Bedeutung des Wortes. Denn so lieb seine graublauen Augen auch dreinschauen mochten, seinem Duft konnte das die Strenge nicht nehmen. Es gab zwar Duschen im Moshammerstift, und die wurden auch genutzt, aber ihre Benutzung war durch eng gefasste Vorschriften eingeschränkt. Am Münster, in der frischen Luft, da mochte das nichts ausmachen, aber in dem engen Wagen, da staute sich der Duft. Und, so hätte man meinen können, Fuzzy schien aus dem Inneren seines Leibes auf ungeklärte Weise noch zusätzlich und durch alle Poren kräftig zu drücken und zu pressen und seine persönliche Geruchsmischung in das Fahrzeug zu entlassen.

Schwindt lenkte den Streifenwagen durch die Münzgasse über den Parkplatz am Schloss und durch die enge Zufahrt in den Schlosshof. Die Beamten stiegen aus. Fuzzy, weil ohnehin im Wagen eingesperrt, beschloss auszuprobieren, wie einer sich fühlt, wenn er sich wie ein hoher Staatsgast verhält. Er blieb gelassen sitzen, bis man ihm die Tür öffnete, und wählte für den Ausstieg einen fließenden Bewegungsablauf, der seine innere Souveränität zur Schau stellen sollte. Dann blinzelte er in die Sonne, streckte seinen mageren Körper und sah sich um. Sofort stand Kirchofer neben ihm, berührte ihn mit den Fingerspitzen an der Schulter und zeigte einladend auf die Fuzzy von früheren Besuchen her wohlbekannte Tür. Das in altdeutscher Schrift biedermeierlich verzierte Schild »Polizei« über ihr war unübersehbar.

Sie betraten die Räume des Polizeireviers, Schwindt von links, Kirchofer von rechts Fuzzy bewachend, und der, souverän, in der Mitte. Dann, weil er keine andere Chance für sich sah, und Angriff ohnehin die beste Verteidigung war, beschloss der, den Spieß umzudrehen, indem er den Eulenspiegel mimte.

»Ich will einen Anwalt!«, verkündete er laut, kaum dass er auf dem Hocker, den man ihm zugewiesen hatte, Platz genommen hatte.

Schwindt, der gerade dabei war, sich dem Festgenommenen gegenüber an den Tisch zu setzen, hielt verblüfft mitten in der Bewegung inne und schwebte für einen Augenblick mit seinem Hinterteil in der Luft.

»Was war das gerade!?« Der Kommissar begriff sofort, was Fuzzy vorhatte, nämlich ihn zu provozieren, und er stierte ihn wütend an.

»Main'n Anwalt will ich anruf'n«, wiederholte Fuzzy, dem die Wut von der anderen Seite des Tisches wie ein Sturm ins Gesicht blies. Seine struppigen Haare samt Bart – fast glaubte man sehen zu können, wie sie ihm unter diesem Sturm davonwehten, und er verzog das Gesicht und kniff die Augen zu.

»Du hast einen Anwalt?«, fragte Kirchofer von der Stirnseite des Tisches her, um seinem Vorgesetzten ein paar Sekunden Zeit zu verschaffen, damit der sich beruhigen konnte.

»Ja.« Fuzzy machte sich aus der geistigen Umklammerung frei. »Den Bozzi. In München.«

»Du willst uns auf den Arm nehmen.« Kirchofer lachte. »Komm, Fuzzy, zieh die Stacheln ein. Es will dir keiner etwas antun.«

Fuzzy bedachte ihn als Antwort nur mit einem Hundeblick, der besagte: Ach, wenn das doch nur wahr wäre!

»Sie brauchen keinen Anwalt, Wiesinger«, verlautbarte Schwindt, »Sie sind nicht als Beschuldigter hier, sondern als Zeuge. Und das hier ist keine Vernehmung, sondern eine Zeugenbefragung.«

Fuzzy antwortete nicht darauf. Er spitzte nur seine Lippen, schob sie vor und zog sie gleich wieder zwischen seine zahnlosen Kiefer zurück, immer im Wechsel, bis Schwindt aufsprang und ihn anbrüllte:

»Hören sie auf damit!« Fuzzy hielt mitten in der Bewegung inne und ließ seine Mimik so stehen.

»Was hat der Faber von Ihnen gewollt?«

Aber Fuzzy saß nur da mit bewegungsloser Miene, die Lippen so tief zwischen die Kiefer gezogen, dass es aussah, als besäße er in dem Urwald aus roten Haaren gar keinen Mund zum Reden.

»Was der Faber von Ihnen gewollt hat. Wollen Sie mir das nicht sagen?« Schwindt mühte sich um eine sanfte Stimme, aber was herauskam, klang nur wie der Wolf, der die Geißlein locken will, nachdem er Kreide gefressen hat.

»Gewollt hat der von mir gar nichts.« Fuzzy hatte sich entschlossen, nun doch zu reden, oder einfach irgendetwas von sich zu geben, jedenfalls, es nicht zu weit zu treiben.

»Ach kommen Sie, erzählen sie mir doch keine Märchen! Klar hat der von Ihnen was gewollt!«

»Aber's ist, wie ich's sag, Herr Hauptkommissar!« Fuzzy wusste sehr gut, dass Schwindt kein Haupt-, nicht einmal ein Ober-, sondern nur ein einfacher Kommissar war, und das auch schon seit vielen Jahren, in denen seine Beförderung irgendwo verloren gegangen war. Und selbstverständlich wusste das auch Kirchofer und merkte, dass auch Fuzzy es wusste, aber er hütete sich, auch nur eine Miene zu verziehen. Schwindt nahm nichts wahr von der Ironie, in die Fuzzy ihn einspann, sondern spielte den Hauptkommissar, so, wie es ihm nach seinen Dienstjahren, davon war er überzeugt, längst zustand. Das tat er immer gern.

»Nun, sagen wir mal so.« Aus Schwindts Äuglein glitzerte die reine Tücke. »Gewollt vielleicht nicht. Aber er hat Sie doch bestimmt etwas gefragt, oder?«

»G'fragt, Herr Hauptkommissar? Ja, g'fragt hat er mich.«

»Na also!« Schwindts Faust knallte auf den Tisch. »Und wonach hat er gefragt?«

»Ob er mich zum Essen einlad' kann, hat er gefragt.«

»Du Dreckskerl! Wenn du mich hier verarschen willst ...«

»Ich schwör's Ihnen, Herr Hauptkommissar, genau so war es! Er hat gefragt, ob er mich zu was einlad' kann, und da hab ich gesagt, gern ...« Fuzzy mümmelte jetzt fast unverständlich und spielte den Überängstlichen. Er duckte sich und hob die Arme über den Kopf, als müsste er sich schützen.

»Wiesinger, seien Sie doch vernünftig und spielen Sie hier nicht den Clown.« Schwindt dachte sich, wenn er Erfolg haben und Fuzzy zum Reden bringen wollte, dann könnte daraus, wenn überhaupt, nur auf die gütliche Tour etwas werden.

In diesem Augenblick wurde kräftig an die Tür geklopft, die Tür wurde aufgerissen: »Unfall auf der B 19 bei Stuppach!«, schrie jemand, der sich schon wieder entfernte.

Schwindt sprang auf. Er rief noch: »Kirchofer, du machst weiter! Du bleibst hier und machst den Revierdienst!« Dann war er schon fort.

Kirchofer stand, während draußen sich das Tatütatü entfernte, betont gemütlich von seinem Platz an der Stirnseite des Tisches auf und setzte sich Fuzzy gegenüber.

»Nur die Ruhe, Fuzzy«, sagte Kirchofer. Der hörte abends in seinem Zimmer immer die Beruhigungs-CD »Tor zur Kraft«, und so, wie die Stimme dort sprach, bemühte er sich jetzt auch zu sprechen: einschläfernd, melodisch, hypnotisch, freundlich.

»Es wird alles nicht so heiß gegessen, wie es gekocht wird«, sang er. »Sie wissen doch: Die Polizei, dein Freund und Helfer. Lassen Sie sich nur Zeit.«

Die ruhige Stimme des jungen Mannes tat Fuzzy gut, und er beschloss, ab sofort alles zu tun, damit er hier wieder herauskäme. Ein bisschen Abwechslung, ruhig auch ein bisschen Aufregung dann und wann, das hatte er zwar ganz gerne, weil so etwas das tägliche Einerlei unterbrach. Aber es musste ja nicht unbedingt die Polizei sein. Also setzte er sich gerade hin, schaute den jungen Polizeimeister aufmerksam an und beschloss, zu reden, damit er wieder frei käme, dabei aber so wenig wie möglich zu verraten.

»Was gestern passiert ist, hat er mich gefragt«, nuschelte er.

»Der Faber? Der hat Sie gefragt, was gestern, also am Freitag, passiert ist«, notierte Kirchofer auf einen Zettel. »Wann gestern?«

»Gestern Morge, so gegen zehn.«

»Und wo?«

»Im Kaufhaus Belleim.«

»Aha. Weshalb hat er Sie das gefragt? Waren Sie dort um diese Zeit?«

Fuzzy nickte.

»Und was *ist* passiert?«

»Der Krankenwagen hat eine Frau abg'holt.«

»Das wissen wir. Die Frau ist tot, auf dem Weg ins Krankenhaus gestorben. Was wollte der Faber dazu von Ihnen wissen?«

»Ob ich dort jemanden geseh' hab.«

»Jemand Bestimmten?«

»Ja, aber ich kenn' den net.«

»Nach wem hat er gefragt? Der Name?«

»Hab ich vergess', ich sag doch, ich hab den noch nie gehört.«

»Und Ihre Vorstellung im Fischgeschäft? Haben Sie sich da als Schauspieler aufgespielt? Wen haben Sie nachgemacht? Wir haben Sie nämlich gesehen, Kommissar Schwindt und ich.«

»Das war nur so zum Spaß, das sollte nicht jemand Bestimmtes sein.«

»Fuzzy, ich sage es Ihnen im Vertrauen«, sagte Kirchofer in seinem freundlich hypnotischen Singsang, »der Faber behauptet, die Frau auf der Rolltreppe, die wäre *kein* Unfall und *kein* Herztod gewesen. Unfall scheidet tatsächlich aus. Wir, also die Kripo, war gestern Nachmittag dort mit der Technischen Überwachung, und es war alles in Ordnung. Aber warum behauptet der Faber, es würde sich um einen Mord handeln? Was weiß er? Und woher hat er seine Weisheit?«

Aber dazu konnte Fuzzy nur demonstrativ die Schultern hoch ziehen und den Kopf schütteln. »Warum fragt ihr ihn nicht selber?«

Derselben Meinung war freilich der junge Polizeimeister Kirchofer auch, dass man den Faber, als er am Morgen angerufen hatte, gleich hätte einbestellen und befragen müssen.

Das hatte Kommissar Schwindt versäumt.

Schwindt, dachte Kirchofer, war eine Katastrophe.

»Ist gut, Fuzzy«, sagte er, jetzt wieder mit seiner normalen Stimme, und stand auf. »Sie können gehen.«

Fuzzy war mit einem Mal überhaupt nicht mehr ängstlich. Sprang vielmehr von seinem Hocker mit *einem* Satz bis zur Tür und mit der Tür hinaus in den Schlosshof. Zack! Weg war er.

Genau in diesem Augenblick schrillte im Raum nebenan mit seinem gefürchteten Polizeiton das Telefon.

Kirchofer ging ohne Eile hinüber, hob den Hörer ab und meldete sich mit Rang und Namen. Die Stimme am anderen Ende meldete sich ebenfalls. Dort sei der Kriminalhauptkommissar Vierneisel von der Kripo Tauberbischofsheim, teilte die Stimme mit, und soeben sei der Obduktionsbericht aus Heilbronn eingetroffen. Per E-Mail.

Kirchofer wusste nicht, wovon die Rede war: »Welcher Obduktionsbericht?« Und gut, dass niemand dabei war, denn sowohl der Klang seiner Stimme als auch der Ausdruck seines Gesichtes waren für den Moment alles andere als geistreich.

»Die Frau auf der Rolltreppe, was sonst?« wunderte sich der Kommissar am anderen Ende. »Oder habt ihr sonst noch einen Mord in Merchde? Wo ist Lustig?«

»Unser Erster Hauptkommissar befindet sich in einer Gesundungskur.« Das Wort »Genesungskur« fiel ihm gerade nicht ein, dem Kirchofer. War eben aufgeregt, da kommt es schon mal vor, dass einer haarscharf daneben redet.

»Und wer hat Wochenenddienst?«

»Kommissar Schwindt.«

»Au weia! Und wo ist der?«

»Verkehrsunfall.«

»Na gut. Wenn er wieder da ist, soll er mich sofort zurückrufen. Es gibt Arbeit!«

Bums – aufgelegt.

Polizeimeister Kirchofer sprang gleich zur Tür, um Fuzzy zurückzurufen. Jetzt, auf einmal, hatte er an den noch eine Menge Fragen.

Aber Fuzzy war verschwunden.

15

Samstag, 10.00 Uhr

Der Faber stand noch lange am selben Platz, eine Hand am Sattel, die andere am Lenker seines Asinus, und sah dem Polizeiauto nach, wie es in der Härterichstraße verschwand. Sein Zorn wollte sich einfach nicht legen.

Dann endlich machte er sich auf den Weg. Er ging zu Fuß, im Tino-Schritt. Einmal, weil er sich beruhigen wollte, und zum anderen, weil er fürchtete, der Schwindling könnte Kirchofer oder sonst einen seiner Weisungsgebundenen angewiesen haben, ihm hinter einer Ecke am Gänsmarkt oder aus dem Reichengäßle aufzulauern und eine »zufällige« Routinekontrolle an seinem Fahrrad vorzunehmen.

Obgleich die Straßen und Gassen größtenteils noch im Schatten lagen, zeigte das Thermometer an der Apotheke schon 17 Grad. Aus lauter Gewohnheit warf er einen Blick hinauf zu dem Fenster der Sparkasse, hinter dem sonst, an den Werktagen, seine Weiche in der Kreditabteilung zu sitzen pflegte, um Geld unter die Menschen zu bringen. Einmal, vor Jahren schon, hatte er ihr gesagt, er würde sie und mit ihr alle, die in der Sparkasse arbeiteten, beneiden, und als sie erstaunt gefragt hatte, warum er das täte, ob wegen der Nähe zum Geld, da hatte er geantwortet, nein, da drinnen sei so ziemlich der einzige Ort in der Stadt, an dem man den scheußlichen Kasten nicht vor Augen hätte, und sie hatte ihn nur verständnislos angeschaut.

Inzwischen gab es anderwärts noch viel gräulichere Beispiele mammonistischer Tempelarchitektur, und es machte ihm nichts mehr aus. Er war es gewöhnt und sah nicht mehr hin.

Am Bahnübergang waren die Schranken geschlossen, und er musste warten. So stand er da, das alte, lila Fahrrad neben sich, die Hosenbeine unten, damit sie an der Fahrradkette nicht schmutzig wurden, durch ein sportlich wirkendes Band mit Klettverschluss und Leuchtstreifen zusammengebunden. Ihm machte das nichts aus, wenn er damit eine komische Figur abgab, es war ihm nur recht. Er hatte sich noch immer nicht ganz beruhigt, Zorn und Trotz standen ihm noch bis hier; der Faber machte eine Bewegung mit der Hand an seinen Hals. Bei seinem Gespräch mit Frau Müller-Licht, er warf einen Blick auf die Uhr – er war schon zu spät dran –, da musste er seine Gedanken beieinander haben und konzentriert vorgehen.

Ihr Mann würde sich aller Voraussicht nach nicht zu Hause, sondern bei einer seiner liebsten Freizeitbeschäftigungen aufhalten. Trotzdem, oder gerade deswegen, er musste es richtig anfangen. Von seiner Frau konnte er möglicherweise über Müller-Licht, der, wenn Fuzzy als sicherer Zeuge anzusehen war, gestern zur Mordzeit am Tatort gewesen war, mehr erfahren, als von dem Bankchef selber.

Der Zug kam, der Zehnuhrzehn über Lauda nach Würzburg – heute, am Samstag, war er fast leer – und die Schranken gingen wieder hoch. Er stieg auf seinen Asinus und fuhr die Wolfgangstraße hinab zur Tauber, aber kurz vor der Brücke hielt er schon wieder an und stieg ab.

Er lehnte das Rad gegen die dicke Brüstungsmauer und sah hinunter in den Fluss. Das an anderen Tagen so zahm und harmlos wirkende Flüsschen war heute reißend; richtig bedrohlich sah es aus, wie das Wasser erst auf ihn zu und dann unter seinen Füßen zwischen den schweren Pfeilern hindurchschoss. Seit das Wetter warm geworden war, schmolz auf den umliegenden Höhen und weiter hinauf um Rothenburg und im Hohenlohischen der restliche Schnee, und der Fluss, der gewöhnlich hier, an der alten Furt, so flach war, dass sogar die Enten darin stehen mussten, führte heute so viel Wasser, dass er über die Flusswiese den halben Deich hinaufreichte und die fünf Bögen der alten Brücke zu einem guten Teil ausfüllte. Die freilich hatte über die vielen Jahrhunderte, seit es sie gab, auch unter den höchsten Fluten keinen Schaden genommen. Sie würde auch dieses Mal standhalten, wo man doch von einem gefährlichen Hochwasser bisher nicht sprechen konnte, höchstens von einem gewöhnlichen. Es würde keinen Alarm in der Stadt geben, nur wer über die Brücke eilte, der würde überrascht ausrufen: »Da schau! Die Tauber steht hoch!«, aber keiner würde sein Alltagsgeschäft deswegen unterbrechen. Nur weiter unten, in Wertheim, da, wo Tauber und Main zusammentrafen, da würden sie morgen möglicherweise schwimmen müssen.

Neben dem Fluss, an gewöhnlichen Tagen am Ufer, heute mitten im tosenden Wasser, stand eine alte Kastanie. Sie war so hoch, dass sie die Wolfgangkapelle auf dem gegenüber liegenden Steilufer überragte. Der Faber liebte sie, einmal als Frühlingsbotin, weil sie schon jetzt, mitten im März, im Gegensatz zu anderen Bäumen erkennbar zum Leben erwachte, und außerdem, weil sie, wie man es heute besonders gut sehen konnte, ein Symbol für Standhaftigkeit, Aufrichtigkeit und Ruhe war. Während rings um sie das Wasser toste, stand sie in der Frühlingssonne, reckte ihre Äste dem Himmel entgegen und trieb Leben in ihre Knospen, so dass sie schwollen und die ersten grünen Spitzen zeigten. Dieser Anblick gab dem Faber endlich seine Ruhe wieder. Er stieg auf sein Fahrrad und bog in die Edelfinger Straße ein.

Dort brauchte er nicht lange zu suchen. Wo die Weinsteige abzweigte, waren es nur noch wenige Häuser bis zur Villa Müller-Licht. Sie lag den steilen Hang hinauf, zwar versteckt hinter Mauer, Buschwerk und Bäumen, aber gerade daran war sie leicht zu erkennen. Haus und Anlagen waren teuer, geschmackvoll und gut gepflegt. Niemand sonst in der Gegend konnte so ein Haus haben.

Das Namensschild unter der Klingel war leer. Bevor er auf den Knopf drückte, betrachtete der Faber die Gartentür, bei der einem erst bei genauem Hinsehen auffiel, wie kunstvoll sie gestaltet war. Handarbeit von einem Kunstschmied, dachte er, und mindestens fünfzig Jahre alt. Heute bekam man so etwas nicht mehr. Schon lange nicht mehr.

Er meldete sich durch die Gegensprechanlage auf das »Ja, bitte?« mit seinem Namen und erhielt die Erlaubnis, sein Fahrrad hinter der Tür – eigentlich, so dachte er, schon mehr ein Portal –, aber unten an der Treppe abzustellen; Fahrräder, selbst so alte und auffällige wie seines, verschwanden heutzutage leichter von allein als Autos.

Bis zu Haustür hinauf waren es mehr als vierzig Stufen. Neben der Treppe blühten Schneeglöckchen, Märzbecher und Krokusse in großen Feldern, und hier, am Fuße des Südhanges, in den Hecken und Gebüschen gleich hinter der Mauer sogar die ersten Feuerröschen und Forsythien. Vor der hellen Hauswand blühte schon ein Mandelröschen, wahrscheinlich, so dachte der Faber, das erste im ganzen Tal. Er hatte bis hier die Hälfte der Treppe geschafft und hielt einen Augenblick an. Die kleine Krone war kugelförmig geschnitten und, um das zu erkennen, musste er ganz genau hinsehen, auf den dünnen Stamm einer Wildkirsche gepfropft.

Auf der großen, schrägen Rasenfläche vor dem Haus stand eine große Blauzeder, die zur ganzen Anlage überhaupt nicht passte. Vor Jahrzehnten war sie Modebaum der Wirtschaftswunderzeit gewesen. Jetzt war sie fehl am Platz.

Das große Haus selber mit seinen Ziergiebeln und Erkern war eine typische Villa aus den dreißiger Jahren des 20. Jahrhunderts. Oben erwartete ihn Frau Müller-Licht an der Haustür. Sie bat ihn gleich in das erste Zimmer rechts, so dass er das Innere des Hauses so gut wie gar nicht zu sehen bekam. Dort bot sie ihm einen Platz auf der gepolsterten Bank im Erker an, von dem aus man einen bezaubernd schönen Blick über die Stadt mit ihren Türmen hatte – wohl die Frühstücksecke, zumindest dürfte sie das gewesen sein in Zeiten, in denen die Familie noch miteinander gegessen hatte.

Der Faber wusste, dass er sich verspätet hatte, und bat sie, ihn dafür zu entschuldigen, aber sie winkte nur ab und bot ihm etwas zu Trinken an: Whisky, Cognac, Orangensaft, Kaffee. Das Angebot kam in dieser Reihenfolge und ließ ihn schmerzlich erkennen, in welchem Ruf Zeitungsleute in diesen Kreisen standen. Er entschied sich für Kaffee, hätte es auch ohne den Stich getan, den sie ihm versetzt hatte.

»Sahne?«, fragte sie. »Milch? Zucker?«

»Ein bisschen Milch«, sagte er nur, »sonst nichts.«

Sie verschwand durch eine Tür, kam aber sofort wieder mit einem kleinen Tablett, darauf die einfache Isolierkanne einer Kaffeemaschine, zwei hübsche Tassen und ein Milchkännchen; es sah so aus, als hätte sie alles fertig in der Küche bereitgehalten.

Diese Minuten nutzte der Faber, um sich die Bankiersgattin Olga Maria Müller-Licht genauer anzusehen. Sie war eine schlanke und elegante Frau; ihr Alter war schwer zu schätzen, vielleicht ein wenig über die Fünfzig, jedenfalls nicht viel mehr. Ihr Haar trug sie halb lang mit geradem Mittelscheitel und ein paar Fransen, die ihr in die Stirn fielen. Ursprünglich wohl dunkel, war es jetzt grau, an Scheitel und Stirn schon weiß mit einem silbrigen Schimmer darüber, was sie zu einer richtigen Grande Dame machte und viel besser aussah, als jede »naturidentische« Färbung. Sie war ein brünetter Typ mit einem schmalen Gesicht, mit Augen in einem warmen Braun, einer geraden, schmalen und vielleicht ein klein wenig zu langen Nase. Ihr Gesicht war sorgfältig, aber unauffällig geschminkt, und sie trug eine so selbstverständlich erscheinende Lässigkeit zur Schau, wie man sie normalerweise nur von mehreren Generationen privilegierter Vorfahren mit hohem Elitebewusstsein vererbt bekam.

Sie trug ein hellgraues, genau auf ihre Haarfarbe abgestimmtes Strickkleid mit weitem und üppigem Rollkragen, darüber nur eine einfache Perlenkette. Was für ein Parfüm sie benutzte, das hätte er nicht zu sagen gewusst; wie viele Männer besaß der Faber keine gut funktionierende Nase. Wenn er in dieser Hinsicht überhaupt etwas wahrnahm, dann war es ein Hauch von Tragik, der sie umwehte. Weil es aber, soweit er wusste, kein Parfum namens »tragique« gab, dürften, so dachte er, die Quellen dafür woanders zu suchen sein. Er tippte auf: zum einen die vom Zusammenbruch bedrohte Privatbank, die eigentlich doch wohl gar nicht ihrem Ehemann, sondern ihr gehörte, und zum anderen auf Hanns Heiner Müller-Licht selber, über dessen Eskapaden im dritten Frühling sie sich in der Stadt die Mäuler zerrissen. In welcher Reihenfolge, das wagte er nicht zu entscheiden.

Neben ihr wurde der Faber, was selten vorkam, sich seiner vernachlässigten Erscheinung bewusst. Sein altes, blaues Sakko mit den Nadelstreifen war ausgebeult, dazu trug er eine dunkelbraune Hose, schwarze Socken und braune Schuhe. Luise Blaustein hatte ihn schon darauf angesprochen, und ob er sich nicht beim Augenarzt einmal untersuchen lassen wollte auf »eine gewisse Schwäche, Farben zu erkennen«, so hatte sie es ausgedrückt. Aber seine – zugegebene – Rot-Grün-Schwäche war gar nicht die Ursache für seine auffällige Nachlässigkeit in der Kleidung, vielmehr war es ihm einfach egal, wie er auf andere Menschen wirkte. Dass er ein sauberes, weißes Hemd angezogen hatte, dafür hatte seine Weiche gesorgt – das tat sie immer – und auch dafür, dass er, wie sie es von den Bankmenschen her gewöhnt war, eine seiner drei Krawatten umband. Heute die dunkelrote für alle Tage. Wie die aber im Verlauf des Tages gebunden blieb – im Augenblick war der Knoten verrutscht – und ob das Hemd am Kragen geschlossen blieb – jetzt stand es am obersten Knopf offen –, das konnte die Weiche, wie sich von selbst versteht, nicht kontrollieren. Und bei einem Friseur war der Faber schon seit Jahren nicht mehr gewesen. Zum letzten Mal hatte die Weiche ihm im vergangenen Juni, also zur Schafschurzeit, als es heiß und die Wolle auf seinem Kopf ihm zu unbequem geworden war, mit einer Haarschneidemaschine das ganze schwarze Zeug auf einmal bis auf einen Rest von wenigen Zentimetern Länge heruntergeschoren mit der Bemerkung: »Alleweil schaust echt g'schert aus!« Miriam, damals noch nicht ganz zwei Jahre alt, hatte zuerst erschrocken geweint; aber als sie ihn danach doch noch als ihren Papa wieder erkannt und für unversehrt befunden hatte, da hatte sie erlöst gelacht. Seither waren neun Monate vergangen, und bis Ostern würde es ihm zu einem Zopf reichen. Einstweilen musste er sich mit dem bunten Stirnband begnügen, das die Weiche zusammen mit den beiden Hosenbändern in einem Fahrradgeschäft gekauft und ihm zu seinem letzten Geburtstag geschenkt hatte.

Frau Müller-Licht setzte sich ihm gegenüber, so, dass er, wenn er sie ansah, sein Blick zugleich auf die beiden Vitrinen fallen musste, die schräg hinter ihr an der Wohnzimmerwand standen. In einer von ihnen, der rechten und etwas weiter entfernt, sah er eine Reihe von Pokalen und Meisterschalen, alle miteinander Siegestrophäen von zum Teil großen und bedeutenden Fechtturnieren. In der näheren, linken stand nur ein einziger Pokal. Der Faber verstand, was sie ihm damit zeigen wollte: Sie war ebenfalls eine gute und berühmte Sportlerin gewesen, die sich hinter den Erfolgen ihres Ehemannes nicht zu verstecken gedachte. Er stand auf und betrachtete den einzeln stehenden Pokal genau. »Budapest Mai 1964« stand am oberen Rand, darunter ungarische Worte, die er nicht verstand, dann: Olga Licht, darunter:

Germany. Daneben stand in einem Rahmen ein Foto: Eine jugendliche Olga Licht in Fechtermontur. Im Ausfallschritt hielt sie die Fechtmaske im rechten Arm; ihre Augen folgten dem in der Linken weit vorgestreckten Florett.

»Alle Achtung«, sagte der Faber, »was war das für ein Turnier?«

»Die Jugendnationalmannschaften. Der Nachwuchs bis achtzehn Jahre, Mannschaft und Einzel.«

»Und das haben Sie gewonnen?«

»Ja. Ich war Erste im Einzel. Mit der Mannschaft waren wir Dritte. In der rechten Vitrine die Schale ganz links.«

»Welchen Rang hatte das Turnier? Ich meine: Wer war alles dabei?«

»Alle waren dabei. Es war so etwas wie die inoffizielle Europameisterschaft der Jugendmannschaften. Offizielle Europameisterschaften gab es nicht.«

»Dann waren Sie also inoffizielle Jugendeuropameisterin im Florett der Damen?«

»Ja, aber das ›inoffiziell‹ brauchen Sie nicht zu schreiben.«

Der Faber überlegte, wie er mehr über Hanns Heiner Müller-Licht erfahren konnte und versuchte, das Gespräch näher an ihn heranzusteuern. »Das war vermutlich für viele der damals jungen Fechter, ich denke da an Jürgen Hehn oder Alexander Pusch, die ja später so erfolgreich waren, so etwas wie der Sprung auf die internationale Ebene. Für Hanns Heiner Müller auch?«

»Die waren beide nicht dabei. Alexander Pusch war damals noch zu jung, und Jürgen Hehn war schon älter als achtzehn, der studierte zu der Zeit schon.«

»Medizin in Heidelberg, ja, das ist bekannt. Und Hanns Heiner Müller? Ich meine jetzt nicht in dem Jahr, aber früher?«

»Als der in dem Alter war, da waren sie noch nicht gut genug für internationale Vergleiche. Da hatte Anton Prack das Training mit ihnen gerade erst angefangen.«

»Die berühmte Pionierzeit, wo sie im Heizungskeller trainieren mussten zwischen Rohren und ...«

»Genau. Da war er dabei. Aber das war früher. In Budapest, da war ich noch keine achtzehn Jahre alt.«

»Und in Tokio?«

»Wieso Tokio? Meinen Sie die Olympischen Spiele?«

»Ja, da waren doch ...«

»Da gab es noch keine Frauenmannschaften im Fechten.«

Pardauz! Er trank schnell einen Schluck von seinem Kaffee, um die Peinlichkeit zu überbrücken. »Natürlich. Entschuldigen sie. Aber bei den Frauen beherrschte doch in diesen Jahren eine Ungarin die Fechtszene. Die mit dem unaussprechlichen Namen meine ich.«

»Idilko S 'agin 'e-Ujlakin 'eRejtö.« Der für indoeuropäische Zungen schwierige Name kam aus ihrem Mund ohne Stocken. »Von 1960 bis 1968 war sie nicht zu schlagen.«

»Haben Sie die in Budapest getroffen? Sind gar gegen sie angetreten?«

»Nein, ich habe sie nur einmal von weitem gesehen. Sie war zehn Jahre älter als ich.«

»War sie Ihr Vorbild?«

»Nein, dazu waren die Voraussetzungen zu unterschiedlich. Sie war taub, taub geboren. Ihr Auge war dadurch ganz anders geschult, und beim Fechten kommt es in erster Linie auf ein gutes Auge an.«

»Das leuchtet mir ein. Wie lange haben Sie den Fechtsport wettkampfmäßig betrieben? Auf diesem hohen Niveau, meine ich?«

»Ich habe noch im selben Jahr damit aufgehört.«

»Tatsächlich? 1964 haben Sie schon aufgehört?« Und der Faber, der ahnte, was komme würde, fragte trotzdem: »Und warum?«

»Offiziell, also nach außen, hieß es, ich sei zu unausgeglichen und nicht genügend belastbar. Der wahre Grund: Ich war schwanger.«

»Mit siebzehn Jahren«, stellte der Faber fest, und so etwas wie Mitleid schlich sich in seine Gedanken.

»Mit siebzehn Jahren«, bestätigte sie, »und was man mir besonders übel genommen hat: Ich habe mich geweigert, den Namen des Vaters zu nennen. Damals waren die moralischen Vorstellungen noch ganz anders. Völlig anders«, bekräftige sie.

»Gewiss. Aber die so genannte sexuelle Revolution hatte doch schon begonnen«, gab der Faber zu bedenken. »Es gab immerhin die Pille.«

»Woanders ja. Aber nicht hier bei uns. In den Städten vielleicht, aber nicht auf dem Land. Vielleicht erinnern Sie sich selber noch, wie das damals war.«

Mit Staunen wurde dem Faber klar, dass Olga Maria Müller-Licht volle zehn Jahre älter sein musste als er selber. »Ich weiß Dinge aus dieser Zeit nur aus Büchern. Mich hat das damals noch nicht interessiert, ich war erst sieben Jahre alt.«

»Das war alles heftig umstritten«, fuhr sie fort, »die ganz Konservativen haben den moralischen Ausverkauf an die Wand gemalt, und mein Vater war einer der Entschiedensten unter ihnen.«

»Franz Josef Licht, der Gründer der Privatbank«, ergänzte er.

»Nicht Gründer«, korrigierte sie ihn, »sondern Neugründer nach dem Krieg. Gegründet hat die Bank eigentlich mein Urgroßvater, das war noch vor dem ersten Weltkrieg, 1910. Aber wir mussten die Bank 1941 schließen.«

»Ihr Vater war also einer der – Ultrakonservativen? Würden Sie ihn so bezeichnen?«

»Bezeichnungen dieser Art sagen gar nichts aus. Aber er gehörte zu einer Gruppe von einflussreichen Männern, der damalige Bürgermeister gehörte auch dazu, die versuchten, Filme, die in den Kinos der Stadt laufen sollten, verbieten zu lassen. Als ihnen das nicht gelang, versuchten sie sogar, die betroffenen Kinos in der Stadt schließen zu lassen. Vergeblich, selbstverständlich. ›Aktion saubere Leinwand‹, so nannten sie das.«

»Einer der damals am meisten bekämpften Filme hieß wohl ›Das Schweigen‹, wenn ich es noch richtig weiß«, sagte der Faber. »Der zeigte, wie düster und trostlos die Welt ist, wenn Gott schweigt. Ich habe darüber gelesen. Er gilt heute als einer der ausdruckstärksten Filme, die Ingmar Bergmann gemacht hat. Übertroffen höchstens noch von ›Wilde Erdbeeren‹.« Der Faber, der ihrer teilnahmslosen Miene ansah, dass Bergmanns Filme sie nicht weiter interessierten, rief in Gedanken sich selber zur Ordnung: Vertrauen schaffen ist recht und gut, aber nicht zu weit vom Thema abschweifen, alter Junge!

Sie goss ihm noch einmal Kaffee ein. »Soll ich nochmal aufbrühen? Sagen Sie es ruhig, es macht keine Mühe.«

»Nein, nein, danke«, wehrte er ab. »An die Aktion von der sauberen Leinwand erinnere ich mich schwach, aber aus einem anderen Grund. Ich bin in Karlsruhe aufgewachsen, und damals gab es dort als Antwort auf die Aktion ›Saubere Leinwand‹ eine Aktion ›Sauberes Bett‹. Im Ernst!«, versicherte er, als sie ihn ungläubig ansah. »Von einer Wäscherei. Die Leute haben damals darüber furchtbar gelacht.«

»Sehen Sie, da haben Sie den Unterschied«, sagte sie entschieden. »Geändert hat sich das hier erst viele Jahre später.«

Der Faber fand, dass die Stimmung jetzt offen und vertrauensvoll genug war. Er war nahe genug an sie herangekommen und konnte nun anfangen, sie in die Richtung zu ziehen, die *ihn* interessierte, und wo für ihn die eigentlichen Fragen lagen. »Und Sie saßen als junges Mädchen in der Klemme«, sagte er. »Das Kind war unterwegs, und Sie weigerten sich, den Namen des Vaters zu nennen. Der Vater des Kinder war Hanns Heiner Müller, nehme ich an.«

»Richtig. Aber außer ihm und mir wusste das niemand.«

»*Er* wusste es demnach. Sie hatten es ihm gesagt?«

»Ja, aber wir waren übereingekommen, dass wir schweigen wollten, damit er mit nach Tokio fahren und sich in Ruhe darauf vorbereiten konnte.«

Sein Charakter, so musste der Faber da denken, der hat sich somit in all den Jahren seither kaum verändert. »Wie gut war er?« fragte er, »als Fechter, meine ich? War er sehr ehrgeizig?«

Olga Müller-Licht dachte einen Augenblick lang nach. »Er war gut«, sagte sie dann. »Sehr schnell. Manchmal zu schnell, also übereilt. Und ehrgeizig, ja, auch. Aber nicht so ehrgeizig wie ich.«

»In Tokio waren die Herren ja auch nicht sehr erfolgreich«, bog der Faber das Gespräch wieder zurück in die Richtung, in die er es haben wollte. »Sie haben Hanns Heiner Müller dann geheiratet.«

»Ja. Als sie im Oktober aus Tokio zurückkamen, ging dann alles sehr schnell. Inzwischen war ich achtzehn geworden, und mein Vater hatte keine andere Wahl als zuzustimmen. Er hat durchgesetzt, dass ich für mündig erklärt wurde. Damals wurde man sonst ja erst mit einundzwanzig Jahren mündig.«

»Ihr Sohn Johannes ist heute Juniorchef der Privatbank.«

»Ja. Mein Sohn leitet große Teile der Bank völlig selbstständig.«

»Hanns Heiner Müller trat damals als Schwiegersohn in die Privatbank ein. Seither heißt er Müller-Licht. Ist das so richtig?«

»Nicht ganz. Er ist nicht, wie Sie sagen, eingetreten, sondern er musste von der Pieke an alles lernen und durchmachen. Mein Vater hatte sich allein von unten hochgearbeitet, und er verlangte das auch von Hanns Heiner Müller. Er wusste, was das wert war.«

Dem Faber fiel auf, mit welcher Distanz sie die ganze Zeit von Hanns Heiner Müller sprach. Sie sagte nie »mein Mann«, immer nur seinen früheren Namen, als wäre er ein Fremder. Und sie sagte nie »unser Sohn Johannes«, immer nur »mein Sohn.«

»Das alles ist jetzt etwa vierzig Jahre her.« Der Faber lehnte sich vorsichtig zurück, und mit einem tragischen Seufzer holte er das unvermeidliche Verrinnen der Zeit mit in das Gespräch herein. »Um Ihre Bank«, und er griff damit ihre Art auf, die Besitzverhältnisse zu kennzeichnen, »um Ihre Bank steht es, wie man allgemein hören kann, nicht gut. Würden Sie sagen, dass Hanns Heiner Müller sie heruntergewirtschaftet hat?«

»Es steht nicht schlecht«, widersprach sie energisch, »alles andere ist üble Nachrede.« Den angesprochenen Vorwurf gegen Hanns Heiner Müller-Licht schien sie gar nicht gehört zu haben. »Mein Sohn hat einen Investor gefunden.«

»Welchen?« fragte der Faber nur.

»Sie haben mir am Telefon gesagt, sie wollten mit mir über die sechziger Jahre im Fechtzentrum sprechen. Alles andere tut hier nichts zur Sache.«

»Nennen Sie mir nicht den Investor?«

»Nein. Der Name würde Ihnen doch nichts sagen.«

»Ist es nicht die Darmstädter Gruppe?« Der Faber blieb hartnäckig.

»Ich beantworte diese Frage nicht!«

»Die Darmstädter Gruppe steht in dem Verdacht, eine Schneeballfirma zu sein ...«

»Wenn Sie so weitermachen, dann breche ich das Gespräch ab!«

»Entschuldigen Sie. Den Investor hat Ihr Sohn gefunden, sagten Sie. Und Ihr Mann? Was tut der?«

»Der hat sich zurückgezogen.«

»Er hat sich offiziell aus dem Geschäft zurückgezogen?«

»Nein, das nicht. Aber er nutzt mehr Zeit für sich. Zum Privatisieren.«

»Das Gerücht sagt, er habe eine junge Freundin und verbringe die meiste Zeit mit der. In einer kleinen Stadt lässt sich so etwas nicht verbergen.«

»Das geht Sie nichts an!«

»Das mag stimmen«, gab der Faber zu, »und *darüber* werden wir auch nicht schreiben. Aber die Leute haben schließlich Augen im Kopf. Alle wissen, wie er seine Tage, und vor allem, wo er seine Nächte verbringt. Wollen Sie sich von ihm scheiden lassen?«

»Auf gar keinen Fall werde ich das tun!«

»Und Hanns Heiner Müller-Licht? Will er sich von Ihnen scheiden lassen?«, bohrte der Faber weiter.

»Nein, er will es auch nicht. Allerdings«, und unversehens brach sie ein, ihre Mimik zeigte Ekel und ihre Worte wurden bitter, »allerdings nicht aus demselben Grund. *Ich* versuche, damit unsere Bank und unsere Familie zu retten. *Er* hat mir zu verstehen gegeben, der Unterhalt würde dann für ihn zu teuer. Er müsste dann seinen Mercedes verkaufen, und ohne Mercedes könnte er nicht leben. Das hat er mir so mitgeteilt.«

»Wieso sollte er Unterhalt zahlen, wenn doch Ihnen die Bank gehört?«

»Die Bank gehört nicht mir. Mein Vater hat, als er starb, sie an meinen Sohn und an Hanns Heiner Müller je zur Hälfte vererbt.«

»Wie war das? Er hat die einzige Tochter übergangen und den Betrieb – so könnte man ja wohl sagen – an seinen Enkel übergeben?«

»So ist es. Er war der Meinung, eine Frau gehöre an den Herd und nicht an die Spitze einer Bank. Und das gelte vor allem für eine, die nicht zuverlässig sei.«

»Die mit einer ungewollten Schwangerschaft seine Pläne durchkreuzt hatte?«

»Er hat sein Erbe so geregelt, dass die beiden Hauptteile, die Bank und das Haus, getrennt wurden.«

»Das Haus gehört also Ihnen.«

»Ja. Und jetzt möchte ich, dass Sie gehen.«

»Einen kleinen Augenblick noch, bitte. Eine einzige Frage nur noch. Ihr Mann war gestern Vormittag im Kaufhaus.«

»Was soll das? Das ist keine Frage. Oder wollen Sie mir zutragen, Sie hätten ihn dort mit – mit seiner – mit jemandem gesehen?«

»Nein, er wurde dort gesehen, genau zu der Zeit, als dort jemand ums Leben gekommen ist.«

»Na und? So ein Kaufhaus ist voller Menschen!«

»Er wurde gesehen, als dort jemand ermordet wurde.«

»Davon höre ich zum ersten Mal. Wer soll das denn gewesen sein? Und was soll *er* damit zu tun haben?«

»Ermordet, genauer: erstochen wurde jemand mit einer sehr dünnen Stichwaffe. Es könnte ein Florett gewesen sein. Es gibt nicht viele Menschen, die mit so etwas so geschickt umgehen können, wie das in diesem Fall geschehen ist.«

Ihr Gesicht war plötzlich blass. »Sie wollen doch nicht etwa behaupten ...«

»Erstochen wurde eine gewisse Matilde Botterbusch, Olympiateilnehmerin 1964 in Tokio. Und Hanns Heiner Müller-Licht, der Fechter und Florettspezialist, der 1964 ebenfalls in Tokio war, ist zu dieser Zeit ganz in der Nähe, nämlich auf demselben Stockwerk, gesehen worden.«

Ihr Gesicht war jetzt weiß, und er fürchtete, sie könnte ohnmächtig werden. »Ist Ihnen nicht gut?«, fragte er. »Kann ich Ihnen helfen? Soll ich Ihnen ein Glas Wasser ...« Aber dann fiel ihm ein, dass er sich in dem Haus gar nicht auskannte.

»Wir waren beide hier«, flüsterte sie.

»Hier im Haus?«

»Ja. Den ganzen Vormittag.«

»Kann ich Ihnen nicht doch helfen?«

»Ja«, sagte sie mit mühsam fester Stimme. »Gehen Sie. Bitte!«

16

Samstag, 11.05 Uhr

Olga Licht. Der Faber musste auf seinem ganzen Heimweg über vieles nachdenken. Olga Licht war ein junger, begabter und ehrgeiziger Mensch gewesen, dem das Schicksal übel mitgespielt hatte. Dabei hatte das Schicksal die Gestalt des eigenen Vaters gehabt, der war noch kaiser- oder wahrscheinlicher: königstreu erzogen gewesen. Seine einzige Tochter, Spitzensportlerin und Schülerin, knapp zwei Jahre vor dem Abitur, hatte einen Mann kennen gelernt, der ihm, dem Vater, sogar gut in die Pläne gepasst hätte. So jedenfalls konnte man es sich gut vorstellen: Ein Olympionike als Schwiegersohn, der hätte sich gut gemacht auf den Werbeplakaten der Privatbank – Bank fürs Private –, wie er, sagen wir mal, in Fechtermontur die Tausendmarkscheine für die Kunden mit dem Florett aus der Luft holte und aufspießte, oder wie Werbeleute solche Dinge eben sahen. Aber alles selbstverständlich nur schön der Reihe nach, wie es sich gehörte, nämlich zu Anfang zartes Kennenlernen, nach zwei Jahren Verlobung, von den Eltern bekannt gegeben: Wir beehren uns, die Verlobung unserer Tochter mit ... oder so ähnlich.

Und dann plötzlich, wie es so geht, kommt meist jemand, der hat was dagegen. Wer das damals gewesen war? Na, wer schon! Die Natur natürlich. Die Natur in Gestalt der Hormone. Sind eigensinnig, kein Mensch ist so eigensinnig wie diese dämlichen Hormone! Können nur eines, sonst können sie nichts. Wenn die erst einmal mitreden, dann – na ja, ein- oder zweimal ratzfatz und gleich ratschbum!

Klein Olga war schwanger und wurde fallen gelassen wie eine zu heiße Kartoffel. Dabei hätte man es ja auch positiv sehen können, etwa so: »Unsere liebe Olga hat eine kleine Seele eingefangen.« Aber es war niemand da gewesen, der in der Lage gewesen wäre, es so zu sehen. Eine schwangere Schülerin, darin konnte man nur eine Gefahr für die Schule sehen, sie hätte die anderen Schülerinnen ja anstecken oder sonst wie verderben können. Der Faber konnte nur den Kopf schütteln darüber, wie ängstlich diese Menschen gewesen waren und wie wenig Gottvertrauen diese angeblich doch so Frommen in Wahrheit gehabt hatten.

Olga war in dieser vermeintlichen Katastrophe am Ende das einzige Opfer gewesen, alle anderen hatten weitergemacht wie bisher, und das hieß: wie geplant. Für das Mädchen aber hatte es nur eine einzige Möglichkeit gegeben, nämlich die sofortige Ehe. Aus Olga Licht war Olga Müller-Licht geworden, wohl mehr, damit der Schwiegersohn seinen Namen mit dem des Traditionshauses verbinden konnte als ihretwegen. Sie allerdings hatte sich nicht völlig unterkriegen lassen. Sie hatte gekämpft. Das konnte man daran sehen, dass sie Jahre später, aber immerhin noch zu Lebzeiten des Vaters, sich bei der für solche Dinge zuständigen, politischen Partei engagiert hatte. Dort hatte sie für Manager Kurse in »Psychologie des Erfolges« abgehalten unter dem für solche Dinge vorteilhafteren Namen Olga *Maria* Müller-Licht. So war es ihr am Ende doch noch gelungen, Ansehen und Anerkennung in der Öffentlichkeit zu erwerben, freilich erst, als Gras über die Sache gewachsen war, die Meinung in der Öffentlichkeit über solche Dinge sich geändert hatte, der Vater gestorben und der Sohn zum Studium aus dem Haus gegangen war.

Der Faber hielt noch einmal an der Wolfgangbrücke bei seiner Kastanie. Die Tauber war in der einen Stunde noch ein Stück gestiegen. Trotzdem bestand keine Gefahr. Bis morgen würde sie wieder fallen, und der riesige Christophorus an der Wand der Wolfgangkapelle würde keine wirklich nassen Füße bekommen.

Olga Maria Müller-Licht, so dachte der Faber, hatte ihn wahrscheinlich belogen. Das Alibi für ihren Mann war viel zu schnell gekommen. Oder war es noch etwas anderes, was ihn daran störte?

Er konnte sich freilich auch irren – es gab auch die Möglichkeit, dass Fuzzy nicht die Wahrheit gesagt hatte. Sondern vielleicht gelogen hatte, um ihn, den Faber, auf eine falsche Fährte zu schicken, weil er, beispielsweise, eigene Interessen in dem Fall hatte, oder er hatte ihm einen Bären aufgebunden, um zu seinem Fisch zu kommen, oder auch nur aus reiner Bosheit. Auch das wäre möglich gewesen, allerdings würden die beiden letzten Möglichkeiten nicht zum Charakter des Fuzzy passen, wie der Faber ihn bisher gekannt hatte. Aber der Alkohol veränderte bekanntlich die Menschen, und er tat das eigentlich nie zum Besseren.

Dem Faber war eingefallen, wie er – vielleicht – kontrollieren konnte, was Fuzzy behauptet hatte, und er stieg wieder auf sein Fahrrad. Er kannte die kürzesten Wege durch das Wirrwarr der Einbahnstraßen und wusste, bei welchen man mit dem Rad gegen die Fahrtrichtung radeln durfte und bei welchen nicht. Dort, wo man es nicht durfte, fuhr er immer besonders vorsichtig.

Vor dem Kaufhaus gab es einen brauchbaren Fahrradständer, in welchem der Faber seinen violetten Draht-Asinus richtig anschließen konnte. Er schlenderte ein bisschen im Kaufhaus umher, schaute hierhin und dorthin, nahm hier was weg, legte es da wieder hin, bis er gewahrte, worauf er gewartet hatte, nämlich einen auffällig unauffälligen Herrn, der, bis zum Hals zwischen Damenkleidern stehend, zu ihm herüberäugte. Der Faber schlenderte in seine Richtung, erst in weiten, dann in immer engeren Kreisen sich nähernd. Der unauffällige Herr trat aus der Damenoberbekleidung heraus und stand nun zwischen ein paar Frauen vor der Kasse, kaufte aber nichts, bezahlte nichts und sprach nichts. Stand einfach nur da, anscheinend ein Mann ohne Eigenschaften, mit dunkelroter Weste und sauber gestutztem Schnurrbart, und reagierte auch nicht, als der Faber direkt neben ihm stand.

»Hallo, Schmittinger«, sagte der Faber.

»Der Faber!«, stöhnte der Kaufhausdetektiv Schmittinger, »was willst du?« Und es klang so, als hätte er »du hast mir gerade noch gefehlt« gesagt.

»Info gegen Info«, sagte der Faber.

»Nicht interessiert. – Moment!« Schmittinger reckte den Hals und schaute auffällig in eine bestimmte Richtung. Dann: »Schon gut. Er hat es wieder hingelegt. – Nochmal: Nicht interessiert.«

Schmittinger war ein ehemaliger Polizeibeamter, und zwar Schwindts Vorgänger in Mergentheim; vor drei Jahren, damals sechsundfünfzig, war er in Pension gegangen und verdiente sich seither ein Zubrot – Schmittinger selber pflegte zu sagen: einen *Zu-Trollinger* – als guter und erfolgreicher Kaufhausdetektiv. Gut und erfolgreich deshalb, weil er in der Stadt einfach alles und jeden kannte.

»Die Tote gestern«, sagte der Faber leise, und weil er wusste, dass Schmittinger zwar noch gute Augen hatte, aber nicht mehr so gut hörte, richtete er seine Worte direkt auf dessen Ohr, »die auf der Rolltreppe.«

Schmittinger hielt seinen Kopf ganz still und ließ nur seine Augen wandern. Der Faber wusste, das bedeutete, er hörte genau zu.

»Die ist höchstwahrscheinlich ermordet worden.« Der Faber machte eine kleine Pause, damit bei Schmittinger der Groschen fallen konnte. Als er meinte, es leise klingeln zu hören, fuhr er fort: »Mit einem Stich. Hierhin.« Und er piekte mit seinem ausgestreckten Zeigefinger eine Delle in Schmittingers blutrote Weste. »Was hat gestern bei euch die Kripo dazu rausgefunden?«

Schmittinger sah dem Faber in die Augen, um zu prüfen, ob der ernst meinte, was er sagte. Er kannte den Faber schon lange. Dieser Presseheini war ihm schon immer unsympathisch gewesen. Davon abgesehen kannte er ihn als ernsthaften und zuverlässigen Menschen, der mit solchen Dingen keinen Scherz trieb. Er überlegte noch schnell das Datum von heute, weil er wusste, dass die Tauber-Post sich zum 1. April gerne leicht makaber angehauchte Scherze erlaubte, aber bis dahin waren es noch fast drei Wochen. In Schmittingers Gesicht tauchten nacheinander erst Überraschung, dann Ärger auf, und er sah dem Faber ins Gesicht.

»Meinst du das wirklich im Ernst?«

»Ich habe dir angeboten: Info gegen Info«, bestätigte der Faber.

»Nicht hier«, sagte Schmittinger leise. »Komm mit.«

Er ging voraus und führte den Faber in einen kleinen, nur notdürftig mit einem Tisch und zwei einfachen Stühlen möblierten Raum. Hoch an der Wand fielen dem Faber sofort vier Bildschirme auf, die

Bilder der Überwachungskameras wurden hier her übertragen. Der Faber berichtete knapp, aber genau.

»Das hat uns noch gefehlt«, seufzte Schmittinger, »aber gut, dass du zu mir gekommen bist. Und jetzt also: Was genau willst du?«

»Erst mal eine Frage: Du hast wirklich nichts gewusst?«

»Nein. Nichts. Die haben nichts gesagt, ohnehin hat von denen kaum einer was geredet. Nach einer richtigen Morduntersuchung sah das, was die gemacht haben, aber nicht aus. Bei der Geschäftsleitung haben sie nur was von ungeklärtem Todesfall gesagt. Woher hast du deine Weisheit?«

»Dienstgeheimnis«, antwortete der Faber nur. »Aber du kannst dich darauf verlassen. Der Obduktionsbericht müsste inzwischen schon in Tauber angekommen sein.«

»Du hast die Burschen angezapft?« Schmittingers Miene drückte Hochachtung aus.

»Das Ding da«, der Faber ging auf die Vermutung, er hätte sein Ohr in der Polizeileitung, nicht ein, sondern zeigte nur auf die Bildschirme, »überträgt das nur so hier her, oder zeichnet es auch auf?«

»Es zeichnet auf. Du meinst ... hast du was Konkretes?«

»Hab ich«, nickte der Faber. »Hat die Kripo gestern die Aufzeichnungen nicht mitgenommen?«

»Nein. Sie haben sie angeschaut, etwa zehn Minuten lang. Dann haben sie mit den Schultern gezuckt und sind wieder nach oben an die Rolltreppe ...«

»Für wie lange zeichnet die Anlage auf?«, unterbrach ihn der Faber.

»Achtundvierzig Stunden.«

»Danach wird gelöscht?«

»Danach wird das, was älter ist, gelöscht«, bestätigte Schmittinger.

»Es sind also immer die letzten achtundvierzig Stunden drauf.«

»Genau so ist es.«

»Fahr das mal zurück. Bitte!« Und als Schmittinger zögerte: »Nun mach schon, nur eine Kamera. Die aus der Tiefgarage.«

»Tiefgarage? Nicht auf Vermutung hin. Nur, wenn du einen klaren und genauen Hinweis hast.«

»Den hab ich. Beginnend im ersten Obergeschoss. Von da über den Aufzug zur Tiefgarage.«

Schmittinger hatte sofort verstanden, man sah, dass das, was der Faber mit wenigen Worten schilderte, in lebhaften Bildern vor seinem inneren Auge ablief und ihn in seiner Logik überzeugte. »Also gut«, sagte er, »aber den Platz vor der Rolltreppe im Ersten können wir mit der Kamera so gut wie nicht einsehen.«

»Scheiße!«, zischte der Faber, aber nur ganz leise, so dass außer Schmittinger es niemand hätte hören können, und der war schwerhörig. »Das wäre aber auch zu schön gewesen! Also Tiefgarage. Bitte!«

Schmittinger, durch Fabers Jagdfieber nun doch schon ein wenig angesteckt, zögerte nicht: »Gib Acht, dass nicht gerade jemand reinkommt, sonst krieg ich Ärger!« Er ließ die Aufzeichnung aus der Tiefgarage rückwärts laufen. Oben, in der rechten Ecke, liefen Datum und Uhrzeit der Aufnahme mit. »Wann genau?«, fragte er.

»Schau mal nach bei gestern zehn Uhr oder kurz davor.« Die Aufzeichnung lief rückwärts; bei *fr-03-11-10:02* rief der Faber: »Stopp!« Er zeigte mit dem Finger auf eine Gestalt am Bildschirmrand: »Siehst du den?«

»Der Mann da?« Schmittinger rückte seine Brille zurecht.

»Ja. Kannst du das Bild nicht anhalten?«

»Moment.« Schmittinger drückte eine Taste, und das Bild stand.

»Der sieht doch aus wie Müller-Licht!«, rief der Faber.

Schmittinger bestätigte das zwar, schränkte aber sofort ein: »Typus und Bewegungsablauf, die könnten etwa auf ihn stimmen, aber seine Augen sind ganz im Schatten, und überhaupt ist das Bild zu undeutlich. »

»Wann genau ist das aufgezeichnet?«, fragte der Faber.

»Gestern, 11. März, 10 Uhr 02 Minuten. Siehst du doch, hier oben rechts.«

»Klar, seh ich das, aber was ich meine, ist: Wie genau geht die Uhr in dieser Anlage?«

»Die geht ganz genau«, versicherte Schmittinger.

»Sicher?«

»Ganz sicher. Alle Kameras hängen an derselben Uhr, und die ist funkgesteuert. Und alle haben eine eigene Stromversorgung für den Notfall. Die braucht, bis sie sich einschaltet, nur eine halbe Sekunde.«

»Gut«, sagte der Faber. »Sehr gut sogar! Und jetzt: Ist das Müller-Licht, oder sieht er nur so aus? Wir müssen sicher gehen. Lodenmantel, Hut, Gestalt, auch der Gang, nach all dem könnte er es sein. Aber der Bildschirm zeigt nur schwarz-weiß, und das Licht ist schlecht, da unten ist es ziemlich dunkel. Außerdem sehen wir ihn nur von hinten.«

Schmittinger ließ die Aufzeichnung im Schnelllauf einige Minuten zurück und dann im Normaltempo wieder vorwärts laufen. Der Mann trat aus der Tür des Aufzuges.

»Der Aufzug kann nur von oben kommen, oder?«, fragte der Faber.

»Ja«, bestätigte Schmittinger. Dann aber: »Es sein denn«, fiel ihm ein, »dass er vorher hier unten in der Tiefgarage hineingegangen wäre, sich anders besonnen und gleich wieder herausgekommen wäre. Diese Möglichkeit gibt es auch.«

»Nachprüfen!«, befahl der Faber.

Schmittinger sah ihn überrascht und zugleich unwillig an. »Das geht leider nicht ohne Zauberwort.«

»Wie bitte!?« Der Faber verstand erst nicht, dann aber doch. »Entschuldige. Könntest du das *bitte* nachprüfen?«

»Kein Problem«, sagte Schmittinger und ließ die Aufzeichnung um fünf Minuten zurücklaufen.

»Weiter!« sagte der Faber. »Bitte!« Dieses »Bitte« – es geschah öfter, dass es bei ihm eher wie ein Befehl klang. Daran sehen wir, auch dem Faber passierte es dann und wann, dass er Bitte und Befehl oder Gebot verwechselte. Nun ja – *ich bitte, ich bat, ich habe gebeten* oder *ich habe geboten,* das klingt sehr ähnlich, und das kann einer schon einmal verwechseln, die Geschichte kennt ja dergleichen, im Großen wie im Kleinen.

Schmittinger schaute dem Faber, die Stirne runzelnd, ins Gesicht. »Kerl, bist du misstrauisch! Du meinst, der könnte, um *uns* zu täuschen ... also gut.« Die Aufzeichnung lief weiter rückwärts, bis sie Bewegung sahen. Die Kontrolle in Echtzeit zeigte: Zwei Personen, ein Mann und eine Frau, stiegen aus einem Auto und fuhren aus der Tiefgarage mit dem Aufzug nach oben.

Der Faber nickte zufrieden. »Er ist also von oben gekommen. Jetzt weiter: Wohin geht er?«

Sie sahen, dass der Mann zu einem der Wagen ging. »Heller Mercedes«, dachte Schmittinger laut, »silbergrau, würde ich mal sagen.« Der Mann stieg ein.

»Stop!«, rief der Faber, »kann man das vergrößern?«

»Das geht leider nicht.«

»Er fährt raus!«, rief der Faber. »Gib Acht, wenn er einschlägt – da kommt Licht von der Ausfahrt. Schau mal, ob man die Autonummer lesen kann. – Da, jetzt! – Scheibenkleister! Zu klein. Jetzt ist er weg.«

Aber Schmittinger fuhr die Aufzeichnung zurück, und das Auto kam rückwärts wieder herein. »*Noch* nicht«, sagte er aufgeräumt, und der Faber erinnerte sich, dass Schmittinger früher, bei der Polizei, immer dann, wenn eine Jagd zu Ende gegangen und der Gejagte gefasst war, besonders gemütlich und aufgeräumt gewirkt hatte, wie ein machtbewusster Kater, der mit seinen Krallen die Maus hielt und väterlich zu ihr sprach: »Ja, wir wollten doch erst noch etwas miteinander besprechen, nicht wahr?« Genau so wirkte Schmittinger jetzt. Er stellte die Aufzeichnung so ein, dass am meisten Licht auf das Nummernschild fiel. Dann holte er aus der Schublade am Tisch eine überdimensionale Lupe.

Der Faber wunderte sich: »Geht das damit?«

»Nun, wir versuchen es wenigstens.« Schmittinger stieg mühsam auf einen Stuhl und hielt die Lupe dicht an das Standbild auf dem Bildschirm. »Geht nicht. Das Bild ist zu verschwommen. Zu wenig Pixel.« Enttäuscht wollte er wieder heruntersteigen.

»Halt mal!« rief der Faber. »Von hier könnte es gehen! Geh nochmal dichter ran mit der Lupe!«

Aus zwei Metern Abstand erschien in der Lupe ein wackeliges, aber klares Bild. »Stillhalten!«, schrie der Faber, während er eiligst Schreibblock und Druckbleistift aus seiner Jackentasche zog, die

Nummer aufschrieb und den Block wieder in die Tasche zurücksteckte. »So«, sagte er. »Jetzt du. Zur Kontrolle.«

Schmittinger, der sofort begriffen hatte, holte sich aus der Schublade Papier und Kugelschreiber, und während er den Faber, der mit der Lupe auf dem Stuhl stand, dirigierte: »Bisschen näher – zu nah – etwas nach links – Stopp! Genau so halten!«, schrieb er die Nummer auf, so gut er sie lesen konnte. Erst danach holte der Faber den Block wieder aus der Jackentasche, und sie verglichen, was sie aufgeschrieben hatten. Beide Notizen stimmten genau überein.

Sie sahen einander an.

»Bingo!«, seufzte Schmittinger.

»Tino!«, sagte der Faber, holte tief Luft und ließ sie mit fast geschlossenen Lippen ganz langsam wieder entweichen.

»*Was* meinst du?«, Schmittinger sah ihn erstaunt an.

»Nichts. Ich habe nur laut gedacht«, sagte der Faber. »Ich gehe einmal davon aus, dass du, so wie ich dich kenne, diese Nummer auswendig kennst, also weißt, wessen Auto das war. Du warst schließlich zwanzig Jahre lang Polizist in der Stadt und kennst alles und jeden.«

Schmittinger nickte und schwieg.

»Und dass dir streng verboten ist, mir dieses Wissen weiterzugeben. Beamter ist und bleibt Beamter.«

»So ist es«, bestätigte Schmittinger.

»Und dass du auch nicht vorhast, für mich eine Ausnahme zu machen.«

In Schmittingers Mimik baute sich langsam ein Grinsen auf. »Da denkst du ganz richtig.«

»Aber bei der Wahrheit bleiben musst du. Lügen musst du nicht, und etwas bestreiten, wenn es richtig ist, auch nicht.«

»Hm.« Schmittinger grinste immer breiter.

»Ich sage jetzt laut und deutlich: Das war das Auto von Hanns Heiner Müller-Licht. Ist das falsch?«

»Wenn du selber etwas herausfindest«, sagte Schmittinger, »dann ist das *deine* Sache, dann geht das mich nichts an.«

»Du bestreitest es nicht?«

»Warum sollte ich?«

»Gut. Und jetzt?« Der Faber sah sich um.

»Wir sollten mit den anderen Kameras vergleichen«, schlug Schmittinger vor, vergessend oder in den Wind schlagend, dass er so ein Ansinnen noch vor zehn Minuten also viel zu riskant abgelehnt hätte. »Auch, wenn das wahrscheinlich nicht viel hergeben wird, weil bei denen der Winkel zu weit ist.«

Also ließen sie den silbergrauen Mercedes aus der Tiefgarage hinaus auf die Straße fahren. Die Aufzeichnung lief weiter, aber nichts geschah. Plötzlich war der Bildschirm schwarz und gleich wieder hell.

»War das der Aussetzer?« fragte der Faber.

»Ja. Der Strom ist abgeschaltet worden, und die Notstromversorgung hat sich nach einer halben Sekunde eingeschaltet.«

»Noch einmal kurz zurück«, bat der Faber. »Wann genau ist der Strom angeschaltet worden?«

Schmittinger ließ die Aufzeichnung zurücklaufen, bis nach der kurzen Unterbrechung das Bild wieder da war. Die Uhr zeigte jetzt *10:05.*

»Achtundvierzig Stunden«, so dachte der Faber laut, »bleiben die Aufzeichnungen erhalten. So ist es doch?«, wandte er sich an Schmittinger, »das hast du doch gesagt?«

»Ja.«

»Löscht sich das dann von selber? Oder wie muss ich mir das vorstellen?«

»Da drin«, erklärte Schmittinger ihm, »ist kein Band, sondern ein Chip. Auf dem sind immer genau diese zwei Tage gespeichert. Genau so viel, jetzt als Zeit gesehen, wie in diesem Augenblick hereinkommt, wird, ich sage mal: am anderen Ende, also vor achtundvierzig Stunden, gelöscht. Stell dir das als ein wanderndes Zeitfenster vor.«

»Und wenn man die Kamera abschaltete, dann bleibt genau dieses Zeitfenster stehen?«

»Genau so ist es.«

»Und wenn die Anlage dann nach, sagen wir, zwei oder drei Tagen eingeschaltet wird?«

»Nachdem man die Aufzeichnungen kontrolliert hat. Dann springt alles auf die korrekte Uhrzeit.«

»Und alles, was älter ist als achtundvierzig Stunden, fällt raus?«

»So ist es.«

»Du weißt, dass das hier auf gar keinen Fall gelöscht werden darf. Die Kripo kann jeden Augenblick erscheinen und die ganze Anlage beschlagnahmen. Für den unwahrscheinlichen Fall, dass sie es nicht tun sollte, musst du die Kamera in der Tiefgarage abschalten, damit die Aufzeichnung dort über das Wochenende nicht verloren geht.«

Schmittinger, der wohl überlegte, wie schwierig es wäre, der Geschäftsleitung nachträglich Dinge zu erklären, die man nicht vorher ausführlich mit ihr besprochen und dafür um Genehmigung gebeten hatte, nickte nachdenklich.

»Wahrscheinlich hast du Recht«, sagte er dann zögernd. »Aber jetzt sehen wir uns erst einmal an, was auf den anderen Kameras reingekommen ist.«

Der Bildschirm für das Erdgeschoss zeigte ein völlig anderes Bild als der aus der Tiefgarage. Sehr viel konnte man nicht erkennen, vor allem, weil die Kamera sehr hoch angebracht war und weil sie das ganze Stockwerk in der Totalen zeigte. Der extrem weite Blickwinkel ließ alles sehr verzerrt erscheinen, das Bild schien total verbogen zu ein. Aber es war, wohl wegen der vielen Lampen in der Etage, viel heller als das aus der Tiefgarage.

»Da kann man ja überhaupt nichts erkennen!« Der Faber war sichtlich enttäuscht.

»Mehr, als du denkst«, erklärte ihm Schmittinger, »hier«, er wies mit dem Finger auf eine Stelle, »das ist der Haupteingang, da drüben der Aufzug. Man muss dazu nur das Stockwerk im Kopf haben, dann erkennt man es hier auch wieder. Aber so weit hast du selbstverständlich Recht: Die Anlage ist ungenügend, vor allem, weil der ganze Teil hier um die Ecke, wo der zweite Ausgang, der zum Marktplatz, ist, nicht abgedeckt ist – oder doch nur zu einem Teil. Den Ausgang selber kann man gerade noch sehen, aber alles links davon verschwindet hier hinter dieser Ecke.« Er ließ die Aufnahme zurücklaufen. »Das zeichnet auch jetzt weiter auf«, sagte er dabei. Bei *fr-03-11-09:55* hielt er an und beobachtete den Bildschirm sehr genau. Zuerst sah der Faber gar keinen Unterschied zu der Direktübertragung, die sie bis vor wenigen Augenblicken gesehen hatten. Genau wie vorhin wuselten Menschen durcheinander, ein paar mehr vielleicht, aber das war auch alles. Als die Uhr oben in der Ecke auf *10:01* sprang, schien sich um die beiden Treppen, auf der normalen Treppe, die nach hier zeigte, früher als auf der Rolltreppe, die man von hier nur schlecht einsehen konnte, Unruhe breit zu machen. Menschen, die sich bewegt hatten, blieben stehen und sahen nach oben. Die Unruhe schien sich über das ganze Stockwerk auszubreiten. Dann wurde der Bildschirm schwarz.

»Das reicht«, sagte Schmittinger. »Jetzt das erste Obergeschoss.« Er ließ die nächste Aufzeichnung zurücklaufen. Dort sah es, zumindest auf den ersten Blick, fast genauso aus wie im Erdgeschoss.

»Da läuft er!«, schrie plötzlich der Faber, »da links!«, und er zeigte mit dem Finger direkt auf dem Bildschirm, welche der dort wimmelnden, verzerrten Gestalten er meinte. Er musste sich dazu mächtig strecken. Schmittinger sah die Gestalt nun auch, die da kurz, aber deutlich am Rand aufgetaucht war. Das konnte eigentlich nur Hanns Heiner Müller-Licht sein, die graue Kleidung und die Gestalt, auch wenn sie verzerrt war, und wie er sich bewegte, das war so gut wie eindeutig. Er tauchte aus einer Gruppe von Menschen auf, die dicht beieinander standen. Die Uhr im Bildschirm zeigte *10:01.* Es war deutlich, dass der Mann auf dem Bildschirm es sehr eilig hatte, und er rannte nach links auf den Lift zu. »Der ist trainiert!«, riefen beide gleichzeitig. Vor dem Aufzug blieb der Mann nur kurz stehen, dann öffnete sich dessen Tür und mehrere Personen traten heraus. Die Uhr im Bildschirm sprang auf *10:02.* Hanns Heiner Müller-Licht betrat den Aufzug. Die Tür schloss sich.

»So«, seufzte Schmittinger. »Weg ist er. Das war's erst einmal.«

»Fahr noch einmal zurück«, bat der Faber. »Vielleicht sehen wir doch irgendetwas an der Rolltreppe. Wo ist die genau? Ich meine, der Einstieg? Das ist alles so unübersichtlich!«

Schmittinger musste, um mit seinem Finger die Stelle auf dem Bildschirm zeigen zu können, auf einen Stuhl steigen. »Hier, hinter der Säule.«

»Da sieht man aber so gut wie gar nichts.«

»Warte erst mal ab«, sagte Schmittinger, »vielleicht haben wir Glück.« Er ließ die Aufzeichnung um zwei Minuten zurücklaufen. »Da ist etwas«, sagte er leise, aber konzentriert. »Nochmal zurück. Da, siehst du? Nicht an der linken Säule – hier, an der rechten!«

»Aber die Rolltreppe ist doch links!«

»Das ja. Aber die Bewegung ist an der rechten Säule. Hier, siehst du?«

»Gibt es eine Art Zeitlupe?«

»Nein, nur Normalzeit und Stopp. Aber die würde uns auch nicht helfen.« Er wiederholte die Stelle noch einmal. »Da! Siehst du? Eine kurze, sehr schnelle Bewegung hinter der rechten Säule.«

Der Faber konnte nur den Kopf schütteln. »Ich sehe da nur lauter Kleiderständer. Die stehen anscheinend bis dicht an die Säule heran.«

Doch Schmittinger gab noch nicht auf. »Die Bewegung beginnt rechts daneben und verschwindet hinter der Säule. Du hast Recht, die Kleiderständer stehen dort bis an die Säule heran. Damenmäntel. Die Rolltreppe beginnt etwa zwei Meter weiter links. Jemand könnte sich dort verstecken. Da siehst du? Etwas bewegt sich sehr schnell, aber die Bewegung ist von der Säule und dem Stück Wand neben der Rolltreppe verdeckt.«

Schmittinger wandte sich vom Bildschirm ab. »Aber nichts zu erkennen, was weiterhilft. Vierneisel gestern hat bestimmt nicht mehr gesehen als wir. Kein Wunder, dass er kein Interesse daran hatte.« Er sah plötzlich leidend aus. »Und doch haben wir soeben einen Mord gesehen«, seufzte er. »Das Opfer war verdeckt. Es muss von links oder die andere Treppe heraufgekommen sein. Ein, zwei schnelle Schritte – und ruck-zuck. Keine drei Sekunden dauert das alles miteinander. Dann taucht der Mörder in der Menge unter und setzt eine unbeteiligte Miene auf. So könnte es gewesen sein.«

»Zu dumm!« zischte der Faber durch die Zähne. »Ausgerechnet dorthin kann die Kamera nicht sehen.«

»Es gibt auf jedem Stockwerk nur die eine Kamera. Sie haben halt gespart. Und sie haben sich wohl gesagt, da vorne auf dem freien Platz vor den Treppen, da passiert ja doch nichts. Und mit *passiert* meinten sie, da ist keine Ware, da kann nichts gestohlen werden. Aber – hättest *du* vorgestern daran gedacht, dass da so etwas passieren könnte?«

»Die Waffe«, dachte der Faber laut nach, »ich meine: wohin damit?«

»Das wäre noch der dickste Hammer«, lachte Schmittinger bitter, »wenn der Kerl das Ding da einfach irgendwo liegen gelassen oder im Ärmel von einem Mantel entsorgt hätte! – Aber nein, nein. Einmal denkt heute jeder daran, dass man mit dem genetischen Zeugs so gut wie jeden drankriegen kann ...«

»Handschuhe!« warf der Faber dazwischen.

»Na gut«, gab Schmittinger zu, »das wäre möglich, aber gestern Abend nach Geschäftsschluss – die Mitarbeiterinnen räumen immer alles auf und sehen alles genau durch. Unmöglich. Jedes Stück wird genau angeschaut und an seinen Platz gehängt. Und wenn da irgendetwas gewesen wäre, dann wüsste ich es.«

»Hätten die damals eine anständige Überwachungsanlage installiert«, sagte der Faber und wandte sich resigniert ab, »dann könnten wir jetzt schon so gut wie fertig sein.«

»Wem sagst du das!« Schmittinger jedoch resignierte nicht so leicht. »Jetzt nochmal nach oben, das zweite Obergeschoss, das sehen wir uns auch noch an.«

Für den Faber sah das zweite Obergeschoss nicht viel anders aus als die beiden anderen Etagen. Die beiden Männer starrten wie gebannt auf die Stelle, an der die Rolltreppe in das Stockwerk mündete. Dort tat sich gar nichts. Dann, wie aus dem Nichts, tauchte dort so etwas wie ein großes Bündel auf.

»Notiere dir mal die genaue Zeit«, sagte Schmittinger. Genau 10:00 Uhr.«

»Zehn Uhr null eins«, korrigierte ihn der Faber und deutete mit spitzem Finger auf die Anzeige.

»Also nochmal zurück«, seufzte Schmittinger, als spräche er zu einem unaufmerksamen Kind. Das Bündel verschwand zurück ins Nichts und – »jetzt schau genau hin!« – tauchte wieder auf. Der Faber sah, wie kurz danach die Uhr auf 10:01 umsprang. »Du hast Recht«, musste er zugeben. »Zehn Uhr null null.«

Das Bündel lag oben, es war niemand auf der Rolltreppe oder sonst in der Nähe. Dem Faber schien die Zeit endlos lang, bis jemand aufmerksam wurde. Es war eine Frau rechts vom Bündel.

»Die vordere Kasse«, erklärte Schmittinger.

Dann kam jemand mit der Rolltreppe herauf. Schmittinger erklärte: »Ein junger Mann.«

»Die Rolltreppe läuft also noch«, dachte der Faber laut.

Der junge Mann stieg erst über das Bündel hinweg, dann beugte er sich hinunter und lief schnell die paar Schritte zu einem der Tische links davon. Dort redete er auf jemanden ein. Inzwischen war die Frau von der Kasse zur Rolltreppe gelaufen.

»Der Notknopf«, erklärte Schmittinger. Ob die Treppe wirklich still stand, konnten sie nicht erkennen, dazu waren die Bilder zu undeutlich.

Die Angestellte auf der anderen Seite hatte jetzt einen Telefonhörer in der Hand. Um das Bündel versammelten sich allmählich immer mehr Menschen, einige beugten sich hinunter. Dann kam wieder der kurze Aussetzer in der Aufzeichnung: Zehn Uhr null fünf.

Als das Bild, nun deutlich dunkler, wieder einsetzte, war die Unruhe groß, alles strömte und drängte sich an der Stelle zusammen, und man sah das Bündel deshalb nicht mehr.

Wie Fische um ein Stück Brot, musste der Faber denken. Wieso drängt es die Menschen so sehr, den Tod zu sehen? Dann sperrte jemand die Rolltreppe mit einem Plastikband ab. Mitten in der Menschenmenge erkannte er Hebenstreit, die mit ihrem Blondschopf alle anderen überragte. Sie hatte ihr Telefon am Ohr. 10:08 Uhr. Jemand kam schnell um die Ecke, und das Gewusel teilte sich für ihn. Der Notarzt. Dann gingen die Lampen wieder an. Aus dem Lift kam die Rettungsmannschaft. 10:11 Uhr.

»Lass es noch einen Augenblick«, bat der Faber. »Hier«, er suchte links am oberen Rand mit dem Finger auf dem Bildschirm, »hier muss irgendwo eine Tür sein. Der Notausgang. Die Treppe hinauf zum Restaurant.«

»Das ist hier.« Schmittinger zeigte auf die Stelle mit seinem Kugelschreiber. Der Faber wartete, bis sich dort etwas bewegte. Jemand bahnte sich von außen einen Weg zwischen den Ständen hindurch.

»Bist *du* das schon?«, fragte Schmittinger. »Da warst du aber flott!«

Der Faber nickte und winkte dem anderen zu, es sei nun genug. Auf dem Bildschirm erschien wieder die Jetztzeit: *sa-03-12-11:41.*

17

Samstag, 11.40 Uhr

»Was hast du vor?« fragte Schmittinger, als er sah, dass der Faber sein Taschentelefon in der Hand hielt.

»Ich rufe in Tauber an.«

»Die Kripo?«

Der Faber hatte schon Verbindung und konnte deshalb nur nicken. Er winkte mit der Hand, Schmittinger möge sich doch bitte gedulden. »Hallo? Kripo Tauber? ... Entschuldigung, ich habe Sie so schlecht verstanden. Faber hier, von der Tauber-Post Bad Mergentheim. Habt ihr die Sache aus dem Kaufhaus schon vorliegen? Den Obduktionsbericht meine ich ... Stichverletzung, die zum Tod geführt hat, gut. War mir schon klar. Ist jetzt also sicher ... Nein, ich will von euch auch gar keine Auskunft *haben*, ich will euch Informationen *geben* ... Ach, warum denn so misstrauisch? Also: Wir haben eine Autonummer ... genau, ein polizeiliches Kennzeichen, so heißt das. Aus der Tiefgarage. Schmittinger und ich ... genau, den kennt ihr doch noch.« Er gab das Telefon an Schmittinger weiter. »Hier, er will nur mit *dir* sprechen.«

Schmittinger nahm ihm das Handy ab und schilderte, was sie herausgefunden hatten. Dann hörte er zu und wandte sich an den Faber: »Er will wissen, wieso du auf Müller-Licht kommst, und woher du dessen polizeiliches Kennzeichen für den Pkw kennst.«

Der Faber nahm ihm das Telefon wieder ab und hörte einen Augenblick hinein. »Woher ich dessen Autonummer kenne? Na, hören Sie mal! Ich bin seit zwanzig Jahren in der Stadt, und den privaten Mercedes der Privatbank, den kennt hier jeder. Samt polizeilichem Kennzeichen. Und auf ihn gekommen bin ich, weil er, erstens, das Opfer seit Jahrzehnten kannte, zweitens mit der Frau wegen ihres Vermögens im Streit lag, und weil drittens *diese* tödliche Verletzung auf einen Fechter hinweist. Viertens war er, wie wir gesehen haben, unmittelbar am Tatort, und das genau zur Tatzeit.«

»Die drei ersten Aussagen sind wertlos«, kam die Stimme aus dem Hörer. »Sie sagen so gut wie gar nichts aus.«

»Aber zusammen mit der vierten bekommen sie großes Gewicht«, widersprach der Faber.

»Das könnte sein«, gab der am anderen Ende zu. »Großes Gewicht nicht gerade, aber Gewicht schon. Ich habe es notiert. Wir ermitteln selbstverständlich weiter in alle Richtungen.«

»Selbstverständlich.« Der Faber nickte, obgleich der andere ihn gar nicht sehen konnte.

»In den nächsten Tagen verlassen Sie auf keinen Fall die Stadt!«, kam weiter die autoritäre Stimme vom anderen Ende. »Halten Sie sich zur Verfügung. Redaktion Tauber-Post, das stimmt doch?«

»Stimmt«, bestätigte der Faber, »und das tue ich selbstverständlich«, sagte der Faber und stand innerlich doch tatsächlich ein bisschen stramm. »Ich gebe noch einmal zurück an Schmittinger. Wegen der Aufzeichnungen. Damit die nicht gelöscht werden.« Und indem er dem das Handy hinhielt: »Hier, er will dich nochmal sprechen.«

Schmittinger hörte genau zu und brach dann ohne Gruß das Gespräch ab. Er sah stinksauer aus.

»Na?«, grinste der Faber, »was hat er gesagt?«

»Er sagt, die Überwachungsanlage muss sofort abgeschaltet, und die Aufzeichnungen müssen sichergestellt werden, sonst reißt er mir den Arsch auf.« Während Schmittinger sprach, nickte der Faber bedächtig, Ton und Ausdrucksweise stimmten überein mit dem, was er soeben am Telefon kennen gelernt hatte.

»Er sagt«, fuhr Schmittinger fort, »die seien beschlagnahmt. Vierneisel wäre in einer Stunde hier, um sich die Aufzeichnungen noch einmal genau anzusehen und sie dann mitzunehmen. Das bedeutet: Ich muss sie ihm vorführen, wenn er herkommt.« Er machte mit den Lippen einen Laut der Geringschätzung. »Pfh – telefonisch beschlagnahmen – so etwas gibt es doch gar nicht!« –

»Kann dir doch egal sein«, winkte der Faber ab.

Es war schon immer eine seltsame Sache mit den Männern. Zwei, die sich jahrelang gemieden haben, die einander aus dem Weg gegangen sind und miteinander nur gesprochen haben, wenn es sich nicht vermeiden ließ, die können, sobald eine Jagd sie vereint, zu Kameraden, ja zu Jagdbrüdern werden. Da hat dann mit einem Male jeder von ihnen vier Augen und vier Ohren, oder in diesem Falle drei Ohren, denn das rechte von Schmittinger war so schlecht, dass es nicht mitzählte.

Ist die gemeinsame Jagd aber vorüber, so stellt sich wie von selbst der alte Abstand wieder her. So ging es auch mit dem Faber und dem ehemaligen Polizeibeamten und jetzigen Kaufhausdetektiv Schmittinger. Der brummte, er müsse nach der halben Stunde, die er nicht auf seinem Posten gewesen sei, jetzt unbedingt wieder an seine Arbeit zurück. Der Geschäftsführer pflege gerade jetzt, wo das Kaufhaus nur noch für etwa zwei Stunden geöffnet sei, besonders genau, ja pingelig alles durchzugehen und zu kontrollieren. Damit wandte er sich, als er den Faber aus dem kleinen Raum in die Verkaufshalle zurückgeleitete, grußlos ab und ging fort.

Der Faber stieg langsam die Treppe hinauf und stand damit schon genau an der Stelle, wo es passiert war. Die Steintreppe aus Kunstmarmor, über die er heraufgekommen war, war breit; mit etwa 1,80 m war sie doppelt so breit wie die Rolltreppe, die, wenn man davor stand, rechts davon aufwärts lief. Die Treppen wurden rechts und links eingerahmt von den beiden Marmorsäulen, jede mehr als einen halben Meter dick. Die Überwachungskamera konnte er von dieser Stelle aus nicht sehen, zwei kurze Wandstücke an den Säulen und die Steintreppe zum nächsten Obergeschoss versperrten den Blick. Damit war klar, warum man in den Aufzeichnungen von dem, was an dieser Stelle geschehen war, nichts erkennen konnte. Der Platz hinter ihm war frei, bis zu den nächsten Kleiderständern und Auslagen waren es mehr als drei Meter. Seitlich dagegen reichten die Auslagen und links von ihm die Kleiderständer mit den Damenmänteln bis unmittelbar an die beiden Säulen heran. Von dort waren es bis an den Fuß der Rolltreppe nur zwei schnelle Schritte, und, falls das Opfer mit der tödlichen Verletzung auch nur noch *einen* Schritt hatte tun können, war der ausreichend, und die Rolltreppe entführte das Opfer erst einmal in ein anderes Stockwerk. Und hier unten achtete keiner darauf, wenn jemand in Eile war, egal, in welche Richtung auch immer. Eilige Menschen, dieser Anblick gehörte in einem Kaufhaus zum Alltäglichen, und niemand nahm davon Notiz.

Der Faber stellte sich an das untere Ende der Rolltreppe, sah auf seine Armbanduhr und wartete darauf, dass er seinen Versuch beginnen konnte. In dem Augenblick, in welchem der Sekundenzeiger die Zwölf berührte, startete er an der Marmortreppe und eilte quer durch die Verkaufshalle zum Aufzug. Dort drückte er den Rufknopf und wartete. Er musste lange warten. Dann, als die Tür sich endlich öffnete, fuhr er die zwei Etagen hinunter in die Tiefgarage. Als dort die Tür sich öffnete, sah er wieder auf die Uhr: Drei Minuten und zehn Sekunden hatte er für die Strecke gebraucht. Er war unzufrieden: So ging es nicht.

Also fuhr er wieder hinauf und wiederholte den Versuch. Dieses Mal maß er nur die Zeit von der Treppe bis zum Lift. Dort wartete er etwa so lange, wie Müller-Licht in der Aufzeichnung gewartet hatte und schätzte diese Zeit auf sechs Sekunden. Dann fuhr er hinunter. Das ergab zusammen sechsundvierzig Sekunden. Ein großer Unterschied zu seiner ersten Fahrt.

Er kehrte zur Treppe zurück. Schließlich, als er alles, was ihm eingefallen war, durchprobiert hatte, setzte er sich auf die oberste Marmorstufe und notierte in seinen Block:

Treppe → Lift 21 s / Warten 6 s / Lift → Tiefgarage 19 s = 46 s.
Zu Fuß über die Marmortreppe → Hauptausgang = 20 s;
dasselbe → Nebenausgang = 38 s;
Rolltreppe einmal von unten nach oben = 18 s.

Er steckte den Block zurück in seine Jackentasche und ging hinüber in den Anbau, wo, nicht weit von dem zweiten Ausgang, der hinaus auf den Marktplatz führte, der Handwerker vom Schuh- und Schlüsseldienst seinen Stand hatte. Der Mann stand an einem seiner Schleifgeräte und war dabei, an einem braunen Damenschuh den Absatz rund zu schleifen. Er sah den Faber kommen und nickte freundlich: »Na, was darf's denn sein?«

»Ich habe mein zweites Paar Schlüssel verloren.« Der Faber konnte genauso freundlich sein, selbst wenn er log. Die Harmlosigkeit, die er sich ins Gesicht geschrieben hatte, breitete sich auch in seinem Innern als ein wohliges Gefühl der Unschuld aus. Er war schnell überzeugt, der Zweck würde auch dieses Mittel heiligen.

»Zeigen Sie mal her«, sagte der Mann und rieb sich die Hände an seiner blauen Schürze sauber. Er nahm das hellblaue, gehäkelte Schlüsselmäppchen in die Hand und warf dem Faber einen fragenden Blick zu.

»Die Ersatzschlüssel«, erklärte der Faber schnell, »die von meiner Mutter.« Der Mann nickte wieder. »Der da, der eckige, ist für die Haustür«, der Faber zeigte eifrig mit dem Finger, »und der andere für die Wohnung. Beides einfache Zylinderschlösser.«

»Ja, ich sehe es schon. Je einen? Oder wie viele?«

»Je einen, ja. Wie lange brauchen sie dafür?«

»Nur ein paar Minuten.« Der Mann besah sich beide Schlüssel ganz genau. »Der hier ist schon eine Kopie. Vielleicht sogar von uns hier«, sagte er und hielt den Wohnungsschlüssel gegen das Licht.

»Das kann gut sein«, sagte der Faber, »ich meine, meine Mutter hat mal einen bei Ihnen nachmachen lassen.«

»Ich sage das deshalb, weil es sein kann, dass eine Kopie von einer Kopie nicht mehr ganz genau passt. In dem Fall müssten Sie nochmal herkommen. Notfalls müsste ich dann zu Ihnen nach Hause kommen und den Schlüssel an Ort und Stelle nachfeilen und einpassen.«

Dem Faber lief es bei diesem Gedanken eiskalt den Rücken herunter.

»Dazu würde es aber vor Montag nicht mehr reichen«, fügte der Mann mit der blauen Schürze hinzu, »das Kaufhaus schließt bald – in zwei Stunden etwa. Aber ich mache am Montag erst um neun Uhr auf, da könnte ich, falls nötig, um acht Uhr bei Ihnen vorbeikommen. Ich kann anfangen, wann ich will, bin mein freier Herr. Nicht vom Kaufhaus angestellt, sondern Ich-AG. Nur – wie gesagt: Sie müssten mir nur dafür in der nächsten Stunde noch Bescheid geben.«

»Nein, nein«, wehrte der Faber ab, »das geht schon, ich habe ja die Schlüssel von meiner Mutter.«

Inzwischen hatte der Mann mit der Schürze unter den zahllosen Schlüsselrohlingen, die, sauber aufgereiht und nummeriert, die ganze Wand bedeckten, die richtigen gefunden und in das Kopiergerät eingespannt.

»Ich war kürzlich schon einmal hier«, sagte der Faber und sah den Mann aufmerksam an, »aber da waren Sie nicht da. Es war zwar offen, aber ...«

»Ja«, unterbrach ihn der andere, das kann schon mal vorkommen. Ich muss ja auch dann und wann aufs Klo. Oder ich gehe einen Kaffee trinken, morgens, wenn noch keine Kundschaft da ist.«

»Gestern Morgen war das«, sagte der Faber. »Freitag. So um halb zehn oder kurz danach.«

»Ja, da war ich geschwind auf einen Kaffee fort. Das mach ich um diese Zeit immer. Tut mir Leid, dass Sie umsonst hier waren, aber ich konnte ja nicht wissen ...«

»Schon gut.« Der Faber winkte ab.

»Wenn Sie ein paar Minuten gewartet oder im Hause erst was anderes erledigt hätten, und dann noch einmal gekommen wären ...«

»Schon gut, lassen Sie es nur. Es macht gar nichts.«

»Sie sind nicht sauer?«

»Überhaupt nicht«, wehrte der Faber ab. Während der Mann ihm die erste, fertige Schlüsselkopie auf den Tresen legte und den zweiten Rohling einspannte, sah der Faber ihm zu. Ihm kam ein Gedanke. »Darf ich Sie etwas fragen?«

»Fragen Sie nur.« Der Mann lachte ihn ermunternd an.

»Diese Schleifgeräte dort. Was kann man damit schleifen?«

»Mit denen da? Alles. Die Scheibe da drüben ist vor allem für Leder, also für die Sohlen und Absätze an den Schuhen, aber schleifen kann ich damit auch Holz, zur Not sogar Kunststoffe. Und die andere hier, die ist für alle Metalle. Bis zum härtesten Stahl. Soll ich Ihnen aus Ihrem Taschenmesser mal eine Mordwaffe machen? Dafür würde ich nicht einmal zwei Minuten brauchen.«

»Nein danke, ich könnte mich selbst verletzen.«

Der Mann legte die zweite Schlüsselkopie auf den Tresen. »So, das macht viereinhalb Euro pro Stück.«

Am Deutschordensplatz stieg der Faber vom Rad und setzte sich auf eine Bank, so, dass er das gewaltige Schloss im Rücken hatte. Er sah hinüber auf das Haus des Ordenskanzlers, wo seinerzeit der junge Beethoven mit seinen revolutionären Klavierimprovisationen die Zuhörer erschreckt und gleichzeitig zum Staunen gebracht hatte. Zumindest erzählten das die Stadtführer voller Stolz. »Hallo, Louis!«, dachte er laut und winkte dem Olympier auf seiner Gedenktafel zu. Er lehnte sich auf der Bank zurück und dachte nach. Er musste genauer herausfinden, welche Verbindung zwischen Rotkäppchen und Müller-Licht bestanden hatte. Es musste etwas geben, was zwischen denen passiert war.

Er zog sein Telefon aus der Tasche und wählte aus dem Speicher. Sofort schalteten Körper und Geist wieder auf Turbo. »Hebenstreit? Unser Fall ruft ... Nein, nicht irgendwann. Jetzt sofort ... Frei machen können Sie ein andermal ... Was tun Sie? ... Verschieben Sie es! ... Was für ein Freund?! Schmeißen Sie ihn raus! Wir haben neues Material. Wenn Sie eines Tages zum Spiegel wollen oder zur Zeit, dann müssen Sie auch immer und jederzeit ... Ja, die Schlinge zieht sich zusammen. Nur das Motiv ist noch nicht ganz klar, und genau dafür werden Sie gebraucht ... In zwanzig Minuten in der Martinsgasse. Einverstanden. Bis dann.«

Der Faber steckte sein Telefon wieder in die Tasche. Hebenstreit hatte gesagt, dass sie ihren freien Tag, »heute den ganzen Tag« hatte sie betont, mit ihrem Freund im Bett verbringen wollte.

Überrascht stellte der Faber fest, dass er sich darüber ärgerte. Er winkte Beethoven auf der Gedenktafel zum Abschied zu und stieg wieder auf sein Fahrrad.

18

Samstag, 12.05 Uhr

Der Faber war schon in Rotkäppchens Wohnung, als Hebenstreit auf ihrem Roller Marilyn in der Martinsgasse eintraf. Um beim Suchen Ruhe zu haben, hatte er sein Taschentelefon abgeschaltet. Als er ihr die Wohnungstür öffnete, hielt er in der Hand das gerahmte Foto von dem deutschen Soldaten.

»Hallo«, grüßte sie. »Wie lange werden wir brauchen?« Sie hängte ihren Helm an die Garderobe, als wäre sie hier schon zu Hause.

»Die Kripo ist schon unterwegs, erst ins Kaufhaus, dann wird sie hierher kommen. Wir müssen also aufpassen und in allerspätestens einer Stunde wieder draußen sein. Beeilung also«, und er klatschte kurz in die Hände, als wollte er sagen: »Hopphopp!« oder auch »Flink ans Werk!« Oder was man in so einer Situation halt so daherredet. »Was haben Sie denn heute noch vor?« Na also, jetzt war er auch noch neugierig, der Faber, das muss man schon sagen!

»Ich gehe heute Abend zum Essen. Nach Markelsheim, da soll es angeblich den besten Lammbraten geben.«

»Das stimmt«, bestätigte der Faber.

»Und ich muss vorher noch unter die Dusche«, sagte sie. »Michael Weis hat mich eingeladen.«

»Unser Kollege Weis?«, staunte er. »Sieh an! Ist der das, mit dem Sie ... hm ... Ihre Freizeit verbringen?«

»Sie meinen: im Bett?«, lachte sie. »Nein. Keine Sorge. Aber diese Gegend, und was man in ihr so kennen muss, das lasse ich mir von ihm gerne zeigen.«

»Dann gleich an den PC.« Er zeigte auf den Schreibtisch in Rotkäppchens Schlafzimmer.

»Nichts sagen!«, unterbrach Hebenstreit ihn, als er zum Erklären ansetzte, und streckte ihm beide Handflächen entgegen. »Also: erst die Tür zu. Dann Schuhe aus und mit dem Fuß an der Steckerleiste hinter dem Wandbehang einschalten.«

Als das Bild sich aufgebaut hatte, erschien ›Kennwort eingeben‹ und darunter ›Abbrechen‹.

»Wenn ich jetzt abbreche«, erläuterte Hebenstreit, »dann schalte ich nicht etwa aus, sondern ich lande in der ersten Ebene mit allem, wofür ich das Passwort nicht brauche. Für die nächste Ebene brauche ich es.«

»Probieren Sie mal das hier.« Er setzte sich auf einen Schemel und legte ihr das Foto mit der Rückseite nach oben auf den Schreibtisch: »Klaus 1944 †«.

Sie tippte es ein. Ein Musiksignal kam aus dem Lautsprecher und ein anderer Hintergrund erschien auf dem Bildschirm. »Bingo!«, rief Hebenstreit, und der Faber sagte: »Da kann man sehen, mit welchem Problem sie ihr Leben lang zu kämpfen hatte. So. So weit wären wir.« Er ging mit den Augen die Dateien durch.

»Sehen Sie etwas von einem Internetzugang?«, fragte er. »Ich sehe noch nichts.«

»Ich auch nicht.« Sie öffnete die Liste der Programme. Dort fanden sie den *Internet Explorer,* aber als das Bild sich aufbaute, stand dort ›Seite nicht gefunden‹. »Sie hat ihn versteckt. – Moment! Hier unten in der Ecke das kleine Ding. Das ist das Zeichen von einem Anbieter.«

Sie klickte mit der Maus auf das Zeichen, und der Schriftzug ›Starten‹ erschien, baute sich dann weiter auf und wechselte, und plötzlich stand da ›Willkommen, Rotkäppchen‹. Wieder wurde ein Passwort verlangt.

»Wenn sie jetzt ganz gemein war«, brummte der Faber, »dann haben wir Pech gehabt. Aber ältere Menschen benutzen gern immer dasselbe Passwort. Probieren Sie es!«

»Also noch einmal: ›Klaus 1944‹. *Wow!* Wir sind durch!«

»Heureka!«, schrie gleichzeitig der Faber. »Jetzt sehen wir erst einmal da oben nach, welche Internetseiten sie zuletzt aufgerufen hat.«

Hebenstreit öffnete die Liste. »Dor kiek!«, entfuhr es ihr, »Privatbank – InternetBanking! Die alte Dame hat ihre Bankgeschäfte über das Internet erledigt.«

»Da kommen wir nicht rein, oder?«

»Keine Chance.« Hebenstreit schüttelte ihr gestrubbeltes, strohfarbenes Haupt. »Das ist bestimmt zu gut gesichert. Es wird auch nicht allzu viel auf dem Konto gewesen sein.«

»So vermuten Sie«, sagte er, »aber wissen können wir es nicht. Das Rotkäppchen hat uns schon eine ganze Reihe von Überraschungen bereitet.«

»Dauerauftrag für ihre Miete, monatliche Abbuchungen vom Stadtwerk für Strom und Wasser. Ihre Rente. Mehr nicht. Da bin ich mir sicher«, sagte sie. »Ihr Vermögen hat ja fest gelegen.«

»Hat gelegen ist richtig. Aber dann hat es sich erhoben und ist flöten gegangen«, lachte der Faber. »Entschuldigen Sie, das war albern. Das ist nur die Freude darüber, dass wir hier, völlig illegal und strafwürdig, so weit gekommen sind. Wenn wir erwischt werden, dann wandern wir beide in den Knast. Jetzt die Post. Die E-Mails.«

Als das E-Mail-Fenster erschien, trauten sie beide ihren Augen nicht.

Dann schrie Hebenstreit laut: »Ha!«

Der Faber flüsterte fast andächtig: »Da ist er.«

Nur drei Mails standen dort, und bei allen dreien stand als Absender: ›hhmueller-licht‹. Das letzte Datum in der oberen Reihe: *10. März.*

»Letzten Donnerstag«, sagte Hebenstreit leise. »Vorgestern.« Sie klickte auf ›Lesen‹. Als sie den Text gelesen hatten, sagte Hebenstreit in leise dozierendem Ton: »Herr Müller-Licht! Ich mache Sie darauf aufmerksam, dass alles, was Sie von jetzt an sagen, gegen Sie verwendet werden kann.«

»Genau«, stimmte ihr der Faber zu. »*Da* kommt er nicht mehr raus.«

»Also gut, ein letztes Mal, Rotkäppchen. Ich bestätige: Freitag 10 Uhr Kaufhaus. Treppe 1. Stock.« Darunter stand: *Der Wolf. Absender: ›hhmueller-licht@privatbank.mgh 10.maerz, 19:52.‹*

»Der Wolf?« Hebenstreit war skeptisch. »Meinen sie, der Chef einer Bank unterschreibt eine Nachricht mit ›Der Wolf‹? Ob sich da nicht jemand einen Scherz erlaubt hat?«

»Sie denken, das könnte gefälscht sein?«, fragte der Faber. »Von der Hand weisen können wir das nicht. Aber vergessen Sie nicht, die beiden kannten sich seit vierzig Jahren! Sie waren miteinander vertraut. Und es ist sicher, dass Müller-Licht gestern, also am Freitag, genau um 10 Uhr am Tatort war.« Er schilderte ihr, was die Auswertung der Überwachungskameras ergeben hatte.

»Dann sehen wir uns jetzt alle E-Mails an, oder?«, fragte Hebenstreit.

»Selbstverständlich. Die empfangenen und die verschickten. Kann man das so nacheinander ausdrucken, dass der Briefwechsel verfolgt werden kann?«

»Das kann man«, sagte sie. »Vorausgesetzt, dass der Drucker funktioniert. Unter den Druckern grassiert nämlich so eine Art von Streikepidemie. Ausdrucken ist Glücksache.«

»Ich weiß, meiner daheim ist auch davon befallen«, sagte der Faber.

hhmueller-licht@privatbank.mgh 01. maerz, 18:47
abs: rotkaeppchen@aol.mgh
du kannst dir den zorn nicht vorstellen und die wut, die in mir tobt! so wie du mich aus deinem buero rausgeschmissen hast das ist mir noch nie passiert! warum du mein GELD nicht mehr hast, das ist mir egal, denn ich weiss, du lügst, wenn du sagst es ist da. du lügst schon immer! auf der stelle sorgst du dafür, dass ich es wiederkriege und keine ausflüche mehr! ich weiß, wenn ich dich anzeige vor gericht, dann sagst du, du bist pleite oder insolwend und ich seh nichts mehr.
deshalb mache ich es jetzt ganz anders, ich erzähle überall herum, ich habe auf deinem schreibtisch fotos von kinderpornos gesehen ein ganzen stapel voll.

rotkaeppchen@aol.mgh 02. maerz 07:34
abs: hhmueller-licht@privatbank.mgh
Matz, bist du total verrückt geworden?! Du weißt genau, dass das nicht stimmt! Vergiss nicht, ich kann auch zornig werden! Der Wolf.

hhmueller-licht@privatbank.mgh 04. maerz 17:55
abs: rotkaeppchen @ aol.mgh
ob es wahr ist oder nicht das ist egal, die leute glauben immer dem der was schlechtes über einen anderen sagt und er hat es gesehen, und nicht dem, der sich wehren muss. bei euch zählt nicht, was einer gemacht hat, sondern nur die schande, wenn es bekannt wird.
also mein GELD oder du kannst in der stadt dich nicht mehr sehen lassen und die bürger beschmeißen dich mit steine und jagen dich davon.

rotkaeppchen@aol.mgh 10. maerz 12:09
abs: hhmueller-licht@privatbank.mgh
Matz, du bist viel gemeiner, als ich schon immer dachte. Nein, nicht gemein. du bist krank. Du hast ein Rad ab. Aber ich kann dir eine gute Nachricht übermitteln: Die Lage der Bank hat sich gebessert, und dein Geld ist da. Es liegt auf einem Konto in meiner Bank, und das kann ich dir beweisen. Ich kann dir die Unterlagen zeigen. Wolf.

hhmueller-licht@privatbank.mgh 10. maerz 15:22
abs: rotkaeppchen@aol.mgh
dein büro betrete ich nie mehr. du wirst mir die unterlagen morgen am freitag zeigen. im kaufhaus belleim, weil da mitten unter den vielen menschen, die alle nur mit sich beschäftigt sind und es eilig haben, bemerkt uns keiner. also morgen um 10 uhr an der treppe im ersten stock, und wehe dir! das ist deine letzte möglichkeit, und am montag will ich, dass mein GELD da ist, wo es hingehört, nämlich bei mir!

rotkaeppchen@aol.mgh 10. maerz 19:52
abs: hhmueller-licht@privatbank.mgh Also gut, ein letztes Mal, Rotkäppchen. Ich bestätige: Freitag 10 Uhr ...

»Ausflüche«, überlegte der Faber, »damit meint sie wohl Ausflüchte.«
»Ein Tippfehler, das denke ich auch«, stimmte Hebenstreit zu.
»Das hier«, der Faber schlug mit dem Handrücken auf das Papier, »das sieht in der Tat so aus, als hätte sie, wie er geschrieben hat, ein Rad ab gehabt.«

»Und was bedeutet das?«

»Einen Sprung in der Schüssel«, erklärte er. »Wenn jemand da dran schlägt, dann klingt es nicht sauber. Es scheppert.«

»Sie meinen, sie hat nicht sauber denken können? Nicht logisch, also nicht in den Kategorien ›Ursache‹ und ›Wirkung‹«?

»Ja. Mehr noch. Sie hat nicht vorhersehbar reagiert. Sie hat nicht reagiert wie andere Leute.«

»Sie wollen sagen, sie ist – sie war nicht normal?«

»Was ist schon normal heutzutage?« Er zuckte mit den Schultern. »Welche Normen gibt es denn außer der Mehrheit? Wenn die Mehrheit der Bürger, sagen wir mal: die Allgemeinheit betrügt und Steuern hinterzieht, dann gilt das auch als normal, selbst wenn es strafbar ist und man im schlimmsten Fall dafür sogar ins Gefängnis wandern könnte. Nein, ich meine eher, sie war seelisch nicht gesund. Sie war traumatisiert. Die alten Wunden waren nicht geheilt. Geholfen hat ihr das Geld, nicht weil sie es *hatte*, sondern weil sie *wusste* und immer daran denken konnte, dass sie es hatte. Und als man ihr das genommen hat, da ist sie durchgedreht.«

»Sie nehmen sie in Schutz?« Hebenstreit war nicht einverstanden. »Die war doch ein ganz hinterhältiges Luder, so, wie sie ihn unter Druck gesetzt hat. Und er konnte sich in der Tat so gut wie nicht dagegen wehren.«

»›Bei euch zählt nicht, was einer gemacht hat, sondern nur die Schande, wenn es rauskommt‹«, zitierte er aus ihrem Brief. »Sie hat die Menschen hier gut gekannt. Und bei euch, man sieht, sie hat sich selber nicht dazugezählt. Sie hat sich ausgeschlossen gefühlt. Mir tut sie eher Leid in ihrem hilflosen Zorn.«

»Ein zorniges Luder.« Hebenstreit konnte sich noch nicht entschließen, auf seine nachsichtige Linie, so jedenfalls verstand sie ihn, einzuschwenken. »So etwas wie das da«, dabei zeigte sie auf die Papierbögen mit dem Briefwechsel, »das hätten Sie ihr doch auch nicht zugetraut, als Sie sie gesehen haben.«

»Als ich sie zum ersten Mal bewusst gesehen habe«, gab der Faber zu bedenken, »da war sie schon tot.«

»Na und? Sehen tote Luder unschuldiger aus?«

»Tote sind überhaupt nicht schuldig«, brummte der Faber. »*Nicht mehr* schuldig. Wenn einer sterben muss, dann büßt er damit alles, was er getan hat – wenigstens in unserem, dem irdischen Sinn. Deshalb kann ja ein irdisches Gericht ihn nicht mehr verurteilen. Was mit einem anderen Gericht ist, ich meine: außerhalb, das wissen wir nicht. Aber jemanden zu verfolgen über dessen Tod hinaus, das ist nichts als kleinmütige, schäbige Rachsucht.«

Hebenstreit, die immer noch auf ihrem Hocker saß, schaute überrascht zu ihm auf. »Ich sehe, ich kenne Sie doch noch nicht so gut. Woher haben Sie denn solche Weisheiten?«

»Vom Nachdenken«, sagte er. »Bei Gelegenheit – ein andermal – können wir uns gerne darüber unterhalten. Wenn Sie wollen.«

Sie sah ihn noch eine Weile an, dann beugte sie sich wieder über die Computerausdrucke. »Der Briefwechsel zwischen Opfer und Täter«, sagte sie.

»So sieht es aus, ja«, bestätigte er.

»Die beiden müssen sich lange und gut gekannt haben, wenn man nach der Anrede geht.«

»›Matz‹, so redet er sie an, wohl Koseform für Matilde. So hat er vielleicht schon vor vierzig Jahren in Tokio zu ihr gesagt. Aber den Wolf, davon bin ich überzeugt, den hat er erst als Antwort auf ihr Rotkäppchen erfunden. Darauf würde ich sogar wetten. Das ist eine Drohung.«

»Man könnte fast denken«, sagte sie, »wenn man das im Zusammenhang liest, als würde sie das auch wie einen Kampfnamen benutzen. Auch wie eine Drohung.«

»›Rotkäppchen‹? Nicht von der Hand zu weisen.« Er dachte nach. »Da könnte was dran sein. Und sein Wolf wäre dann die Gegendrohung. Dann wüssten wir auch, warum sie für das Treffen diese Verkleidung gewählt hat. Ihre Vermieterin, die hat ja vermutet, sie hätte einfach ihr Fastnachtskostüm noch ein paar Tage länger getragen, bevor es in die Wäsche musste. Aber das war wohl schwäbisch gedacht, also ganz auf Sparen hin: nur keinen Cent unnötig weggeben. Denn tatsächlich waren ihre Sachen frisch gewaschen – in Wirklichkeit also wollte sie ihn damit einschüchtern. Er sollte erschrecken, wenn er sie sah. ›Matilde, was soll dieser Aufzug?‹ Und sie, mit harter Stimme: ›Das wirst du schon merken!‹ Er sollte seine innere Sicherheit verlieren.«

»Rotkäppchen als Kampfanzug! Dor kiek! Da laust dich doch der Charly!«

»So außergewöhnlich finde ich das gar nicht. Fastnachtskostüme sind schon häufig und für alles Mögliche verwendet worden«, gab er zu bedenken. »Sogar für Verbrechen.«

Der Faber stand auf. Er bedankte sich bei Hebenstreit dafür, dass sie ihm geholfen hatte, schob die ausgedruckten Bögen zusammen und steckte sie in seine alte Aktentasche. Er holte daraus sein Telefon hervor und schaltete es wieder ein. Im Display erschien: *Zwei Anrufe umgeleitet.* Carla. Während sie da saß und wartete, bis der Computer heruntergefahren war, fragte er und hoffte, es werde möglichst beiläufig klingen: »Was ist denn das für ein Bubi, mit dem Sie den ganzen Tag im Bett verbringen wollten?« Aber als sie aufstand und laut heraus lachte, da war er dann doch überrascht.

»Hab ich Sie drangebracht?« grinste sie. Dann sagte sie es ihm. »Den kennen Sie doch auch!«

Und er lachte mit, aber sie hörte, dass es verlegen klang. Dann nickte er, und es sollte souverän aussehen. Aber er fühlte sich ertappt.

»Lassen Sie nur«, lachte sie. »Ich mag Männer, die Gefühle zeigen können.«

19

Samstag, 12.55 Uhr

Der Faber rief Carla an.

»Na, endlich, Uli«, sagte sie, »ich versuche schon seit Stunden, dich zu erreichen.«

»Ich war mitten in den Ermittlungen«, sagte der Faber, »an einem Ort, wo Telefonklingeln nicht gut wäre.«

»Was soll das heißen: nicht gut wäre?« Ihre Stimme hätte um ein Haar ein Loch in sein Trommelfell gebohrt. »Wo bist du denn?«

»Ich stehe mitten auf der Straße, genauer: der Martinsgasse, und deine Stimme trieft nur so von lauter Argwohn. Aber ich komme gerade aus der Wohnung von Matilde Botterbusch.«

»Illegal, nehme ich an.«

»Selbstverständlich«, sagte er, und es klang auch so.

»Jetzt wird mir klar: *Du* hast die Schlüssel!«

»Welche Schlüssel?« fragte er. Sich ahnungslos zu stellen, das konnte einem schon zur zweiten Natur werden.

»Tu nicht so unschuldig! Sie haben mich gestern noch angerufen aus Heilbronn. In der Tasche der Toten seien keine Wohnungsschlüssel gewesen. So eine Frau, so haben sie gesagt, die hätte doch bestimmt nicht ohne ihr Schlüsselbund das Haus verlassen, und ob das vielleicht ein Hinweis sei darauf, dass da noch etwas ganz anderes dahinter steckte. Ich denke mir, dass sie denjenigen, der die Schlüssel hat, auch als Ersten auf ihrer Verdächtigenliste haben. Irgendwo müssen sie ja anfangen, und du weißt ja, wie das so ist. Nur, damit du weißt, was auf dich wartet, wenn die Kripo in mehrfacher Ausgabe mit dem Gewaltmonopol in der Hand bei dir daheim klingelt.«

Dem Faber wurde es heiß im Genick, und eine Flut von Bildern jagte vor seinem inneren Auge vorbei. Der Chef der Kripo Tauber kam darin vor, er selber in Handschellen, und sie nahmen ihn in die Zange. Und der Schwindling stand grinsend am Feuer und hantierte mit glühenden Eisen ... *Das* hatte er nicht bedacht, dass er sich selber in Verdacht bringen könnte.

»Was hast du ihnen gesagt?« Seine Stimme klang auf einmal wie die von einem zaghaften Vögelchen, und er hörte Carla aus seinem Handy lachen: »Siehst du, jetzt bist du mit einem Mal nicht mehr der großartige, fixe und flinke Faber. Jetzt klingst du ganz schön großleise.«

»Ganz schön was?«

»*Großleise*. Das ist wie *kleinlaut*, nur von der anderen Seite gesehen. Ich habe ihnen gesagt, ich hätte die Schlüssel hier bei uns gesehen, als sie eingeliefert wurde, und ich würde bei uns in der Notaufnahme noch einmal genauer nachschauen und danach suchen. Schlüssel seien also vorhanden, es sei nur versäumt worden, sie mit nach Heilbronn zu geben.«

Dem Faber entfuhr ein Seufzer der Erleichterung: »Danke, Carla. Ich bin sicher, du wirst die Schlüssel bald finden. Es sind zwei, einer für die Haustür und einer zur Wohnung.«

»Aha. Und *wann* werde ich sie finden?«

»Sowie ich bei dir bin. Wo bist du eigentlich?«

»In der Notaufnahme. Wo soll ich sonst sein? Ich hatte die letzte Nacht bei mir daheim Zeit zum Schlafen. Seit acht Uhr bin ich wieder im Dienst. Wann kommst du? Ich muss dir nämlich noch etwas zeigen.«

»Ich bin schon unterwegs.«

Der Faber radelte erst zur Bachkreuzung und dann die Boxberger Straße hinauf. Am Caritaskrankenhaus klingelte er an der Notaufnahme.

Carla öffnete sofort, als hätte sie hinter der Tür gestanden und auf ihn gewartet. »Komm schnell rein!«

»Hier.« Er hielt ihr das Schlüsselmäppchen hin.

»Brauchst du es nicht mehr?«

»Nein, wahrscheinlich nicht. Ich weiß es nicht.« Er wandte sich ab.

»Leg es da drüben hin, damit ich es dort finden kann.«

Er ging hinüber zu dem weißen Schrank und legte das hellblau gehäkelte Schlüsselmäppchen auf die Ablage. Der Raum sah ganz anders aus als am Tag zuvor. Ohne die tote Frau auf dem Tisch wirkte er leer.

»Ich mache dir einen Vorschlag«, sagte sie und vergewisserte sich, ob sie beide auch allein im Raum waren. »Die Schlüssel lasse ich genau da liegen. Ich rufe in Heilbronn an und sage ihnen, ich hätte das Mäppchen gefunden, und es würde hier bei mir liegen. Die Kripo wird, so vermute ich wenigstens, noch heute kommen und es holen. Für den Fall, dass du es noch einmal brauchen solltest – ich bin das ganze Wochenende hier. Geben kann ich es dir nicht. Aber mich für einen Augenblick umdrehen, wenn du da bist, das kann ich. Aber wenn die Kripo hier ist, muss es wieder genau da liegen.« Sie sah ihn dabei an mit einem Blick, aus dem er alles herauslas, was man nur herauslesen konnte, angefangen bei »um unserer alten Freundschaft willen« über »ich kann mich doch auf dich verlassen« bis hin zu »wehe dir, wenn du mich in die Pfanne haust«.

»Ich danke dir«, sagte er schlicht, »aber ich brauche sie nicht mehr.« Er steckte die linke Hand in seine Hosentasche, damit die beiden Nachschlüssel nicht klimperten.

»Hier.« Carla streckte ihm ein Blatt Papier entgegen. »Lies das!«

Er nahm es. »Ist das die E-Mail? Von der Pathologie?« Sie nickte, und er las es sorgfältig von vorne bis hinten. »Deshalb habe ich versucht, dich anzurufen«, sagte sie.

»Land Baden-Württemberg« stand oben darüber, dann »Rechtsmedizinisches Institut Heilbronn«. Die Adresse: *Kriminalpolizei Tauberbischofsheim, mit Kopie an Caritaskrankenhaus Bad Mergentheim, Dr. C. Krupka.*

Der Befund: Die Frau war mit einem sehr dünnen Gegenstand, möglicherweise einer feinen Stichwaffe, erstochen worden. Der Stichkanal war 21 cm lang, hatte aber nur 3 mm im Durchmesser, und er endete hinter dem Herzen in der Wand der großen Körpervene.

So viel verstand der Faber von dem, was er da zu lesen versuchte. »Das andere hier, das Lateinische, was bedeutet das?«, fragte er.

»Der Stichkanal verläuft von der linken Seite, hier, knapp zehn Zentimeter vom Brustbein, aber noch unter dem Rippenbogen, aufwärts«, erklärte sie ihm und zeigte die Stellen an ihrem eigenen Arztkittel, »gerade aufwärts in einem Winkel von 76 Grad gegen die Querachse des Körpers und 65 Grad gegen die Tiefenachse. Er geht erst durch die linke Herzkammer, dann durch die rechte Herzkammer und streift den rechten Vorhof.«

»Das hört sich ja furchtbar an!« Seine Stimme klang auf einmal brüchig. »Das ist ja fast wie Herz am Spieß oder Schaschlik – entschuldige! Ich hatte das nur so vor meinem inneren Auge. Also mit anderen Worten: Die Frau hatte keine Chance.«

»Nein«, bestätigte sie, »nicht die geringste. Zumindest nicht so, wie das hier ausgeführt wurde.«

»Damit«, dachte er laut, »wären wir wieder einmal bei der Perfektion. Drei Millimeter! Was könnte das nur für eine Waffe sein? Ob das vielleicht nicht doch so ein Schaschlikspieß – ich meine nicht so ein kleines Ding, ich meine eine Art Grillspieß ...«

»Nein«, unterbrach sie ihn. »Das haben die geprüft und ausgeschlossen.«

»Warum ausgeschlossen?«

»Solche Spieße haben eine breitere, gezackte Spitze. Außerdem sind sie dicker. Mindestens vier Millimeter.«

»Also landen wir doch wieder bei einer klassischen Stichwaffe. Aber für ein Florett braucht es einen richtigen Fachmann.«

»Einen Fechter«, sagte sie. »Der Meinung bin ich schon lange.«

»Wir drehen uns im Kreis.« Er schlug mit der Faust in seine hohle Hand, immer wieder. »Man müsste jetzt unbedingt den Müller-Licht befragen. Wenn ich die Polizei wäre, dann würde ich hingehen und ihn vorläufig festnehmen. Aber so – ich kann nicht einmal hingehen und ihn etwas fragen, wenn er nicht antworten will. Und ich könnte ihn, falls er morgen früh nach Südamerika abhauen wollte, nicht einmal aufhalten. – Aber noch etwas ganz anderes: Das Kaufhaus Belleim am Freitag Vormittag um zehn Uhr, das ist nicht wie der Mergentheimer Schlosspark bei Nacht! Da kann nicht einfach einer mit einem blanken Florett rumlaufen, das Ding ist mindestens so lang wie mein Arm.«

»Siebzig Zentimeter«, sagte sie und brachte ihn damit ganz durcheinander.

»Was ist? Wieso?«, fragte er irritiert.

»Dein Arm ist siebzig Zentimeter lang«, sagte sie. »War er wenigstens vor zwanzig Jahren, das weiß ich noch genau.«

»Carla, bitte! Muss das jetzt sein? Aber siebzig Zentimeter, das stimmt genau. So lang ist ein Florett. Und wie soll jemand mit so einer Waffe im Kaufhaus herumlaufen? Wo soll er sie verstecken? Unter dem Mantel? Da käme doch sofort der Schmittinger und würde rufen: He, wo wollen Sie denn hin mit Ihrem Schwert?«

»Vielleicht hat er es gar nicht mitgebracht?«, gab sie zu bedenken.

»Sondern?«

»Vielleicht hat er es dort gekauft. In der Sportabteilung.«

»Im Kaufhaus Belleim gibt es keine Sportabteilung«, sagte der Faber, »keine jedenfalls, in der es Waffen zu kaufen gibt.«

»Warum nimmst du nicht einfach alles, was du hast, packst es in deine Aktentasche und gehst damit zur Polizei? Du bist doch schon ganz schön weit gekommen.«

»Erstens will ich das selber rausfinden.«

»Mit anderen Worten: Du hast dich da hinein verbissen. Der Faber, der große Rausfinder.«

»Das stimmt. Na und? Du weißt, dass ich ein Terrier sein kann. Das hat mir schon oft geholfen; damit habe ich schon viel ans Tageslicht gebracht. Dafür habe ich den Schifferdecker-Preis bekommen.«

»Der flotte, findige Jean-Ülrique Fabeur-Terrier!« Sie sprach seinen Namen und den Hund dazu französisch aus und erinnerte damit an seine hugenottische Abstammung.

Er wischte ihren Spott mit einer Handbewegung beiseite. »Außerdem ist im Revier über das Wochenende der Schwindling Chef. Lustig ist in Kur und kommt erst morgen Abend zurück. Und in Tauberbischofsheim bei der Kripo, da sind sie auf die Presse, vorsichtig gesagt, nicht gut zu sprechen. Stell dir vor, jemand von einer kleinen Zeitung käme zur Kripo, brächte einen Arm voller Papier und würde sagen, das sei alles Beweismaterial zu dem Fall. Und das auch noch mitten im Wochenende! Kannst du dir die Augen von dem Herrn

Oberhauptkommissar Vierneisel oder sonst wem vorstellen? Und seine Stimme? Dem fließt der Hohn doch nur so vom Kinn! Nein, wenn die Polizei etwas von mir will, dann soll sie kommen.« Er hielt den Befund der Pathologie hoch. »Kann ich das hier mitnehmen?«

»Einen Augenblick«, sagte sie. »Komm mit rein, ich lasse dir eine Kopie machen.«

»Du, Weiche, könntest du mir das ausrechnen, wie viel drei Millionen D-Mark, also anderthalb Millionen Euro, vor vierzig Jahren waren, wenn sie die ganze Zeit auf der Bank gelegen haben?« Der Faber war noch gar nicht richtig in der Wohnung, da fiel er schon, wie man so schön sagt, mit der Tür ins Haus. Aber die Weiche empfing ihn ungnädig:

»Ach, du bist schon da!? Verbringst du deine Wochenenden neuerdings mit der Bohnenstange?«

»Mach dir keine Hoffnungen. Die hat einen Freund. Ich musste sie aus dem Bett jagen. Stell dir vor, die legt sich ins Bett, um sich mit Golo Mann zu vergnügen. Deutsche Geschichte.« Da musste die Weiche dann doch ein bisschen lachen und war fast wieder versöhnt. Er wollte ihr berichten, was sie gefunden hatten, aber sie verschloss mit dem Finger die Lippen: »Schsch! Miriam!«, flüsterte sie. »Ich hab sie soeben hingelegt.«

»Habt ihr schon gegessen?«, fragte er stumm, indem er übertrieben seinen Mund bewegte und mit der Hand eine entsprechende Geste machte.

»Selbstverständlich haben wir das! Wenn du nicht heimkommst ... Wer nicht kommt zur rechten Zeit, der muss essen, was übrig bleibt, hat meine Großmutter immer gesagt.«

Was übrig geblieben war, nämlich Frikadellen, das hätte gut und gerne für drei Personen gereicht. Dazu gab es Porree, Lauchgemüse mit Käsesoße. Bis zum ersten, frischen Gemüse war es noch lange hin. Der Faber ließ es sich trotzdem schmecken und versuchte dabei, ihre Stimmung zu heben, aber es fiel ihm nichts Originelles dazu ein: »Das könnte ich die ganze Woche essen, montags Fleischküchle, am Dienstag Frikadellen, Mittwoch Bouletten ...«

»... ja, und donnerstags dann Fleischpflanzerln«, unterbrach ihn die Weiche, »und am Freitag faschierte Laiberln. Heute ist aber Samstag. Da würdest du dann gar nichts kriegen.«

Peng!, dachte er. Daneben gegangen. Doch er gab den Hebeversuch in Sachen Stimmung noch nicht auf. Er stemmte, so wollen wir es einmal verdeutlichen, richtig die Schulter darunter, aber die Stimmung wollte sich nicht lupfen und nicht liften lassen. Krallte sich, um es so zu sagen, richtig fest im Untergrund, ihre weibliche Stimmung.

Da blieb ihm nur eines. Was das war? Was schon! Goethe selbstverständlich. Oder eigentlich dessen Mephisto, dieser unsympathische, aber in manchen Dingen doch ganz praktische Bursche, der die Leiden der Weiber aus *einem* Punkte zu kurieren vorgeschlagen hatte. Der Faber stand also auf, stopfte sich noch eine letzte Boulette mit der Hand in den Mund, und während er kaute und schluckte, besah er sich die Weiche mit den Augen, wie er sie sonst nur für bestimmte Anlässe hervorkramte. Betrachtete ihre beträchtliche Kehrseite und alles, was sich darüber und darunter seinen Blicken darbot, trat hinter sie und ließ seine Hände sprechen. Ließ sie dabei durch die frühlingshaft erwachende Landschaft wandern, seine sprechenden Hände.

Die darauf folgenden Worte rief sie, aber nur ganz leise: »Faber, was soll das!« Und sie klangen auch nicht besonders vorwurfsvoll.

»Wie schaffst du das?«, fragte er ganz nahe an ihrem rechten Ohr.

»Was denn? Was meinst du?« Ihre Kehrseite begann, seinen Händen zu antworten.

»Dass die Frikadellen bei dir so viel besser schmecken als anderswo«, flüsterte er ihr nun ins linke Ohr.

Die Kehrseite fing an, neben seinen Händen noch nach anderen Ansprechpartnern zu suchen ... »frisches Rindfleisch« ... und sie auch zu finden ... »ein wenig Grünkernschrot« ... ihre Hände öffneten leise die Tür zum Schlafzimmer ... »viel Knoblauch« ... »Faber deine Hände sind elektrisch geladen« ...

So weit erst einmal.

20

Samstag, 15.10 Uhr

Und nun weiter, aber erst später.

»Um noch einmal«, stotterte der Faber verlegen, »um noch einmal zurückzukommen auf das, was ich dich vorhin fragen wollte ...«

»Vorhin?«

»Nun ja, vor etwa einer Stunde.« Der Faber setzte seine Kaffeetasse ab. »Also: Wie rechnet man das aus bei einem Kapital, das jemand heute auf der Bank liegen hat, wie groß das vor vierzig Jahren war?«

»Vierzig Jahre? Wer lässt Geld so lange herumliegen?«

»Rotkäppchen.«

»Tatsächlich?«

»Ja. Geht das überhaupt?«

»Was?«

»Das ausrechnen.«

»Kleinigkeit«, sagte die Weiche zwischen zwei Schlucken Kaffee. »Wenn man es hat.«

»Was brauchst du dafür?«

»Die Kapitalsumme jetzt und meinen Taschenrechner.«

»Sonst nichts?«

»Den Zinssatz noch, aber der hat sich in der Zeit oft geändert. Da müssen wir wahrscheinlich den Durchschnitt aus all den Jahren schätzen. Und das bedeutet, dass wir nicht die genaue Summe bekommen.«

»Aber ungefähr geht es auch so?«

»Ungefähr ja. Aber wenn du es genau brauchen solltest: Nein.«

»Ungefähr genügt. Wo ist dein Taschenrechner?«

»Da drüben.« Sie zeigte auf ihren Schreibtisch, der in einer Ecke des Wohnzimmers stand. Der Faber stand auf und holte schnell die kleine, flache Rechenhilfe.

»Wie hoch ist das Kapital heute?«, fragte die Weiche, noch ahnungslos, und nahm aus ihrer Tasse einen Mund voll Kaffee.

»Anderthalb Millionen Euro, drei Millionen D-Mark.«

Die Weiche bekam einen Hustenanfall; klar, wenn einer versucht zu schlucken und zugleich zu pfeifen, dann verschluckt er sich. Als ihre Atemwege sich wieder beruhigt hatten, keuchte sie: »Das Rotkäppchen hat so viel Geld gehabt?«

»Ja. Es sieht so aus, als hätte sie davon nie etwas angefasst. Sie hat es immer nur langfristig so angelegt, dass es sich vermehrt hat.«

»Dann schaun mer mal.« Ihre Tasse war leer, und sie räumte sie beiseite. »Zinssatz also unbekannt.«

»Nur der letzte ist bekannt, der von fünfundneunzig. Der lag bei 5,8 %, festgelegt auf zehn Jahre.«

»Das war zu der Zeit schon sehr gut. Heute bekommt ein Bankkunde viel weniger. Aber wenn das Geld schon seit vierzig Jahren auf der Privatbank liegt ...«

»Nicht auf dieser. Allgemein auf einer Bank. Sie hat zwischendurch gewechselt.«

»Das ist egal. Lange Zeit, in den Achtzigern, lag der Zinssatz sehr hoch, unter so günstigen Bedingungen – für die Bank günstigen Bedingungen – bei 8 %. Davor wieder deutlich niedriger. Nehmen wir mal für die vierzig Jahre einen Durchschnitt von 5,5 % an bei immer langfristiger Anlage, also mindestens zehn Jahre.« Sie tippte in den Taschenrechner und rechnete laut mit: »Eins Komma null-fünf-fünf mit sich selbst multipliziert, und das vierzig Mal. Das ergibt ungefähr sieben Komma zwo-fünf. So. Jetzt: Die drei Millionen D-Mark dadurch geteilt. Vierhundertvierzehn Tausend. D-Mark.«

»So wenig!?« Der Faber staunte und wollte es erst gar nicht glauben.

»In vierzig Jahren werden daraus drei Millionen. Du brauchst es nur so lange liegen zu lassen.«

»Aber auch die vierhundertvierzehn Tausend musste einer erst einmal haben. Zumal in den sechziger Jahren.«

»Das freilich.« Sie nickte mit ernster Miene.

»Und er darf sie nicht anderweitig verbrauchen.«

»Auch das ist richtig«, gab sie zu.

»Wie viel war das damals, in den Sechziger Jahren, in Gulden?«, fragte er.

»Holländische?« Sie dachte einen Augenblick nach. »Ungefähr vierhundert Tausend.«

»Eine runde Summe«, überlegte der Faber laut. »Das würde passen.«

»Wenn ich so viel hätte«, sagte sie bestimmt, »dann wüsste ich, was ich damit täte.«

»Das kann ich mir denken. Du würdest es durch die Welt jagen wie ein virtuelles, ferngesteuertes und geldmagnetisches Raumschiff, und wenn es wieder bei dir ankäme, dann wäre es vollgestopft mit lauter Yen und mit Dollars.«

»Du übertreibst!« Sie zog die Stirn in Falten.

»Na klar«, lachte er, »das tue ich doch immer.«

»Und du?«, gab sie zurück, »du würdest dir auf Mallorca ein Haus kaufen. Aber ohne Übertreibung.«

»Genau das würde ich tun. Eines auf Mallorca und eines mit Garten hier in der Stadt. Hier sind die Immobilienpreise im Keller. Es würde vielleicht für beides reichen.«

»Aber wovon hat sie gelebt?«, kam sie zurück zu ihrem Thema.

»Sie hatte eine bescheidene Rente. Ganz normal von der Rentenversicherung. Sie hat schließlich gearbeitet.« Er ging in die Garderobe und zog sich seinen Anorak an. »Ich muss nachdenken«, sagte er. »Ich gehe für eine Stunde in den Schlossgarten.«

Aber es wurden fast zwei Stunden daraus. Er wanderte durch den Schlossgarten über die Tauber in den Kurpark. Im Klanggarten setzte er sich auf einen der Gartenstühle und ließ sich von der meditativen, auf dem Synthesizer komponierten Zufallsmusik berieseln. Er zog seinen Notizblock aus dem Anorak und überlegte: Wie war gestern Vormittag im Kaufhaus alles abgelaufen? Und wie passten die einzelnen Ereignisse zeitlich zusammen? Konnte Hanns Heiner Müller-Licht wirklich nach dem Mord mit dem Aufzug geflohen sein, wenn doch gleich danach der Strom abgeschaltet worden war? Wann genau hatte er selber, der Faber, vor der verschlossenen Tür des Kaufhauses gestanden? Weiter: der Notarzt. Er war, wie der Geschäftsführer Zumdig erklärt hatte, durch den normalerweise verschlossenen Notausgang vom Marktplatz her hereingelassen worden. Wann war das genau gewesen?

Der Strom war vier Minuten abgeschaltet gewesen. Wie konnte die Rettungsmannschaft mit dem Aufzug ins Obergeschoss kommen, wenn der Lift doch, wie Zumdig behauptet hatte, nachdem der Strom wieder eingeschaltet worden war, fast zwei Minuten brauchte, bis er wieder funktionierte? Im Dachrestaurant war der Faber selber um 10:11 Uhr gewesen. Zur selben Zeit musste die Rettungsmannschaft mit dem Aufzug in das Obergeschoss gekommen sein. In seinem Notizblock machte er sich eine genaue Aufstellung und verglich von Minute zu Minute. Die Zeiten waren eng, aber sie passten zusammen.

Er steckte den Block wieder ein, stand auf und streckte sich. Dann ging er zurück über die Tauber und auf dem Deich entlang bis zur Wolfgangbrücke. Vor seiner Kastanie blieb er stehen. Erst als es begann, dunkel zu werden, und als ihm kalt wurde, ging er durch die Stadt zurück.

Als er zur Tür hereinkam, lag die Weiche im Wohnzimmer auf der Couch, hatte ein Buch vor sich und war offensichtlich tief darin versunken. Sie schaute auf und sah ihn an, als wäre er nicht zwei Stunden lang fort gewesen:

»Weißt du, Faber, es geht hier um einen Finanzmagier, einen *angeblichen* selbstverständlich nur, in Wirklichkeit um einen Schwindler. Der hat mit so einer Art von millionenschwerem Kettenbrief ein richtiges Finanzimperium aufgebaut«, schwärmte sie und hielt ihm das Buch hin. »Und dann, als alle seine Opfer auf die versprochene, selbstverständlich überhöhte Rendite warteten, war er plötzlich mit dem ganzen Geld verschwunden, das sie bei ihm eingezahlt hatten. Absolut realistisch ist das.«

»Ach ja?« Der Faber zeigte wenig Interesse.

Sie legte das Buch mit dem roten Umschlag nach oben auf den Tisch. »Camilleri«, schwärmte sie weiter, »den musst du lesen! Sizilianer. Ein richtiger, alter Krimifuchs. Hier, hör mal ein Beispiel: ›Das Telefon klingelte. Der Commissario zögerte kurz, dann nahm er den Hörer ab: Pronto? – Ah Dottori Dottori!, keuchte Catarellas Stimme gequält. Sind Sie das persönlich selber? – Nein. – Wer ist denn dran? – Arturo, der Zwillingsbruder des Commissario.‹ – Ist das nicht herrlich?«

Der Faber, der nichts mehr hasste, als wenn seine Frau ihm aus spannenden Geschichten vorlas, die er selber erst noch lesen wollte, brummte: »Ich kenne es schon.«

»Aber ich habe es erst vorgestern gekauft. Die bei *Lauritz und Mucks* haben mir gesagt, es wäre ganz neu.«

»Du hast mich, beispielsweise«, erinnerte er sie unnötig barsch, »erst gestern am Telefon gefragt, ob ich auch wirklich persönlich selber dran wäre. *Persönlich selber,* genauso hast du gesagt. Und so ein Imperium auf Kettenbriefbasis, das nennt man bei uns eine Schneeballfirma. Das kennst du auch, du bist schließlich vom Fach, deshalb tu nicht so, als ob das für dich etwas Neues wäre. Eine solche Schneeballfirma ist beispielsweise die so genannte *Darmstädter Gruppe.* Die versucht gerade, die Privatbank endgültig kaputt zu machen und die Reste auszuschlachten, die noch da sind. – Was ist mit Abendessen?«

»Ist es schon so spät?«, fragte sie erstaunt. Sie sah aber nicht auf die Uhr, sondern las weiter. Erst als er nach dem Kind fragte, legte sie das Buch beiseite. »Miriam? Die spielt. Im Kinderzimmer.«

Dem Faber wurde ein weiteres Mal bewusst, wie in ihrer Vorstellung die Gewichtung in der Familie verteilt war: *Ihn* hatte sie in ihre von dem Erzähler Camilleri inszenierte Phantasiewelt hineinzusaugen versucht; ihrer Tochter aber gestand sie eine eigene Welt zu. Er wusste, dass das *so* nicht stimmte und dass er ihr mit solchen Gedanken Unrecht tat, aber er war nun einmal in der Stimmung, in welcher er mit Wollust in Selbstmitleid badete. Weiber, dachte er. Die Welt der Muttertiere, in welcher der Mann nur als Garant für eine Schutzhöhle geduldet war. Kein Wunder, dass Männer immer auf die Jagd gingen.

Ich bin ungerecht, dachte er ein weiteres Mal, natürlich bin ich das. Aber seine Stimmung besserte sich erst, als er das Kinderzimmer betrat. Dort saß Miriam auf dem Teppich, allein und ganz vertieft in ihre

Aufgabe, aus einem großen Pappeimer voller bunter Bauklötze eine Stadt um sich herumzubauen.

»Na, da staune ich aber wirklich!«, rief der Faber und staunte tatsächlich. »Du hast ja eine ganze Stadt gebaut! Die ist aber schön geworden! Das hier«, und er zeigte auf ein vom Zusammenbruch bedrohtes Bauwerk, »was ist das denn?«

»Ein' Burg«, sagte die Kleine, und die samtbraunen Augen, mit denen sie ihn ansah, fragten: Wieso erkennst du das denn nicht?

»Und das hier?«

»Ein Traße.«

»Eine Straße. Und gibt es auch einen Fluss?«

»Ja, hier«, und schnell erfand sie mit ihrer Hand einen sich durch das Klötzchenmeer schlängelnden Fluss.

»Gibt es über den auch eine Brücke?«

Und schon legte sie einen Brückenstein über den soeben erfundenen Fluss.

»Und einen Park?«

Sofort stellte sie drei Klötze als Bäume auf.

»Wo ist denn der Kindergarten?«

»Da«, zeigte sie mit ihren kurzen Fingerchen.

»Aber das ist doch die Burg! Der Kindergarten ist in der Burg?«

»Ja.«

»Und unser Haus?«

Als Antwort zeigte sie auf eine Stelle gleich neben der Burg und begann, dort drei Klötze dicht nebeneinander aufzurichten.

»Sind *wir* das?«, fragte er, nun richtig neugierig geworden.

Sie nickte eifrig. Erst kam ein kleiner, gelber Würfel in die Mitte, dann ein längerer, bräunlicher Klotz, aber hier kamen dem Faber Zweifel wegen seiner Farbschwäche. Wahrscheinlich war der Klotz in Wirklichkeit rot. »Die Mama«, erklärte sie, als er sie fragend ansah. Schließlich kam auf die andere Seite des gelben noch ein blauer. Dass der blaue Klotz doppelt so hoch aufragte wie der rote, erfüllte ihn innerlich mit Genugtuung.

»Das bist *du*«, bestätigte sie seine Vermutung.

»Sehr gut!«, sagte der Faber, stand wieder auf und streckte sich.

»Fertig machen zum Abendessen!«, sang hinter ihnen die Weiche. »Die Würstchen sind fertig. Hände waschen, alle beide!«

Vorsichtig, damit die Stadt aus Bauklötzen nicht zerstört wurde, stiegen sie über Burg und Straßen hinweg und gingen hinüber ins Bad. Miriam zog ihren Plastikschemel unter dem Waschbecken hervor und kletterte hinauf, so dass sie den Wasserhahn erreichte, alle Schritte sichtlich mit Mühe, aber auch mit deutlich erkennbarem Willen bewältigend.

Am Esstisch streckte die Kleine wortlos die Ärmchen in die Höhe und ließ sich von ihrem Vater in ihr Kinderstühlchen heben. Dabei ließ sie wieder alle Glieder hängen wie eine Schlumpelpuppe.

»Hattu mir wa' mitbacht, Papa?«, fragte sie.

»Später«, vertröstete sie der Faber, um sich anderen, wichtigeren Dingen zu widmen. So, wie die Dinge im Augenblick lagen, waren das einmal das Paar heiße Regensburger Würste auf seinem Teller und zum anderen seine Weiche am Tisch – in dieser Reihenfolge.

»Hast du noch was unternommen mit deiner Rotkäppchensache?«, fragte sie ihn und leitete damit die Versöhnung ein.

»Nein. Nur nachgedacht.« Er atmete tief ein und ließ die Luft langsam wieder ausströmen, froh darüber, dass sie das Eis zwischen ihnen beiden gebrochen hatte.

»Du siehst müde aus«, sagte sie. Überrascht stellte er fest, dass sie so etwas sagen konnte, ohne dass sie ihn angesehen hatte. Er sah zu, wie Miriam ihr kaum angebissenes Wurstbrot zurück auf ihren Kinderteller legte und Anstalten machte, aus ihrem Stühlchen aufzustehen. Die Wurst war vom Brot verschwunden. Er warf ihr einen strengen Blick zu und zeigte wortlos auf das Brot. Gehorsam richtete sie sich wieder auf und stopfte sich davon in den Mund, so viel hineinging. Den Rest ließ sie liegen. Er beschloss, das zu übersehen.

»Bist du fertig?«, fragte er. Und als die Kleine nickte, bat er die Weiche, das Kind zuerst, bevor sie weiter redeten, ins Bett zu bringen. Miriam protestierte.

»Du darfst noch das Licht anlassen und Bilderbuch lesen«, rief er ihr nach. »Ich komm später, Sternlein singen. Schlaf noch nicht gleich ein, warte auf mich!«

»Ja«, rief Miriam, schon auf dem Arm ihrer Mutter, »wart auf Papa!«

Als die Weiche wieder da war und sich ihm gegenüber an den Tisch gesetzt hatte, fuhr er gleich in ihrem Thema fort: »Hast du gesagt, ich würde müde aussehen? Nun, ich *bin* müde. Ich komme nicht weiter.« Er unterbrach für einen Augenblick, was er sagen wollte, und nahm sich Senf zur Wurst. »Diese Regensburger sind gut.« Dann trank er einen Schluck vom Tauberschwarz und fuhr fort: »Im Grunde habe ich alles beisammen, was ich brauche, um jemanden zu überführen, aber ich sitze trotzdem fest. Es gibt ein Motiv. Kein sehr starkes, das muss ich zugeben, aber ein annehmbares. Jedenfalls sind schon Menschen aus viel schwächeren Motiven umgebracht worden. Das Opfer hat gedroht, ihn gesellschaftlich zu ruinieren. Bei den oberen zehntausend der Stadt kann das durchaus ein Motiv sein.«

»In der Kernstadt gibt es nur zwölftausend Einwohner«, sagte sie, »da blieben folglich nur zwei Tausend für die Unterschicht.«

»Du weißt, was ich meine«, entgegnete er unwillig. »Die ländliche Schickeria. Du weißt, wie unsicher solche Menschen in ihrem Selbstwertgefühl sind. Zur Gruppe zu gehören ist bei denen wichtiger als eigene, klare Vorstellungen von Recht und Unrecht zu haben.«

»Du meinst, wie bei einer Clique von Jugendlichen?«

»So ähnlich jedenfalls. Wenn da einer ausgeschlossen wird, weil er andere Werte oder vielleicht auch nur einen anderen Geschmack hat, dann denkt er auch, jetzt gehe für ihn die Welt unter. Das Motiv ist nicht so schwach, wie es aussieht. Noch etwas anderes kommt dazu, nämlich dies: Die Tat muss auf eine sehr ungewöhnliche Art und Weise geschehen sein. Um das durchführen zu können, muss einer ein Spezialist sein, ein speziell trainierter Sportler oder ein Artist. Versuch du einmal, jemanden totzustechen mit einem Schaschlikspieß, und das auch noch im Vorübergehen, so dass niemand im Umkreis von fünf Metern es bemerkt. Dazu gehört eine große Sicherheit, und du müsstest dabei noch schnell sein wie der Blitz. Dabei gibt es in dieser ländlichen Region nur ganz wenig Personen, die dazu überhaupt in der Lage wären, die meisten davon würdest du im Umkreis des Bundesleistungszentrums Fechten finden. Und der Mann, den ich verdächtige, der war dort Fechter. Früher, nicht jetzt. Und jetzt stell dir vor«, fuhr er fort, »das Opfer sinkt am Fuß der Rolltreppe zusammen und wird damit um ein Stockwerk höher transportiert, während der Täter in der Menschenmenge untertaucht und den Unbeteiligten spielt. Die Flucht wäre dabei nicht das größte Problem, sondern die Tat selber. Die müsste so ausgeführt werden, dass sie möglichst lange unbemerkt blieb, jede Sekunde wäre wichtig. Und schließlich: Er war am Ort, als es passierte. Und zwar direkt am Ort, bis auf wenige Meter, nicht etwa nur irgendwo in der Nähe oder nur im Haus. *Und* er war mit dem Opfer dort auf genau die Mordzeit verabredet.«

»*Das* ist sicher?«, unterbrach ihn die Weiche erstaunt.

»Ganz sicher.«

»Hat er das zugegeben? Hast du ihn gefragt?«

»Nein, aber die Überwachungskamera hat ihn aufgenommen. Mit genauer Uhrzeit. *Und* zur Sicherheit haben wir auch noch seine Autonummer, als er durch die Tiefgarage abgehauen ist. *Und* in ihrem Computer haben wir die E-Mail gefunden, mit der sie sich dort verabredet haben.«

»Das ist doch alles sehr überzeugend. Was stört dich noch?«

»Mein Gefühl stört mich.«

»Damit kann aber jeder Staatsanwalt Klage erheben.«

»Es kommt darauf an, gegen wen. Nicht gegen jeden. Wie gesagt, mein Gefühl stört mich, weil ...«

»Das verstehe ich gut!« Sie nahm ihm das Wort aus dem Mund, bevor er weiterreden konnte. »Deine Gefühle oder das, was du so nennst, die stören mich auch immer wieder. Vor allem, dass du zu wenig davon hast oder das bisschen nicht zeigst, und dann vor allem, dass es unberechenbar ist.«

»Bitte nicht jetzt, Weiche! Ich meine doch etwas anderes. Im Anfang, als es aussah, als wäre es ein Unfall gewesen, da hatte ich dieses Gefühl, das sagte mir: Etwas stimmt nicht dabei. Dann, als es hieß, es handle sich um den natürlichen Tod einer alten Frau, da hatte ich dieses Gefühl immer noch. Und ich hatte Recht, das kannst du nicht leugnen! Das Gefühl hatte mich nicht getrogen. Und jetzt, jetzt habe ich es wieder.«

»Könnte es sein, dass dieses Gefühl bei dir inzwischen so etwas wie ein Dauerzustand ist? Dass es mit der Realität gar nichts zu tun hat?«

»Was willst du damit sagen? Dass ich nicht mehr richtig im Kopf bin? Oder was sonst?«

»Nein, entschuldige. Aber manchmal hattest du auch schon das Gefühl, du hättest etwas Wichtiges vergessen. Du weißt, dass du das sogar schon häufig hattest. Du hattest dich dabei nur so fest an den Gedanken gehängt, dass du nichts vergessen *darfst*, dass sich am Ende das Gefühl bei dir – wie soll ich sagen? – eingenistet hat, aber nicht flügge geworden, sondern bei dir wohnen geblieben ist.«

»Willst du damit sagen, ich sei überarbeitet?«

»Ja«, sagte sie, »das auch. Überarbeitet sind wir alle beide. Der Winter war so lang und so anstrengend.«

Er stand auf. »Komm«, sagte er, »wenn das Wetter morgen früh auch so schön ist, dann sollten wir in den Kurpark gehen. Beim Spazierengehen redet es sich besser.«

Sie nickte Zustimmung. »Gut. Gehen wir Dernlein singen.«

Miriam saß betont aufrecht in ihrem Kinderbett, ihr Bilderbuch mit den dicken Pappseiten vor sich, und der Faber erkannte, dass sie sich absichtlich wach gehalten und auf ihn gewartet hatte.

Als sie mit ihr das Gute-Nacht-Lied gesungen hatten, beugte er sich zu ihr hinunter, damit sie, wie sie es immer tat, ihre Ärmchen um seinen Hals schlingen und einen Schmatz auf seine stoppelige Wange drücken konnte.

»Hm, Papa, wie riechtu?«

»Wie ich rieche? Ich habe ein Glas Wein getrunken. Nun gute Nacht, mein Mädchen.«

»Ittas Alkol?«

»Ja, aber nur ganz wenig. Jetzt schlaf gut.«

Die Kleine rümpfte die Nase, legte sich aber brav auf das Kissen und steckte sich ihren Schnuller in den Mund.

»Siehst du?«, lachte die Weiche, als sie das Licht ausgemacht und leise die Tür geschlossen hatte. »Kinder erziehen ihre Eltern.«

»Weiber!«, brummte der Faber, aber es klang nicht sehr abweisend. Eher zärtlich.

»Wie spät ist es? Kann ich jetzt noch bei Gerd Kauffmann anrufen? Was meinst du?«, fragte der Faber.

»Jetzt nicht, jetzt kommen gleich die Nachrichten im Fernsehen. Da will er wahrscheinlich nicht gestört sein.«

Also hörte der Faber auf den Rat seiner Weichen und steckte sein Telefon wieder in die Jackentasche. Gerd Kauffmann, der fast dreißig Jahre lang Bundestrainer im Leistungszentrum Tauberbischofsheim gewesen war, als Trainer für die Degenmannschaft unter der Oberleitung von Cheftrainer Anton Prack, lebte jetzt im Eisenbergweg in Bad Mergentheim, wo er sich für den Ruhestand ein Einfamilienhaus gekauft hatte. Der Faber, der aus früheren Jahren, wenn nicht gar seit Jahrzehnten, mit ihm befreundet war, musste trotzdem seine Telefonnummer erst heraussuchen, und ihm wurde unangenehm klar, dass er die Freundschaft unnötig und im Grunde nur aus lauter Faulheit vernachlässigt hatte. Freundschaft, das wusste er, will gepflegt sein. Wie eine Ehe auch.

Er, der Faber, hatte einige Zeit lang im Fechtzentrum trainiert; allerdings nicht das Fechten, nein, für den Kampfsport war er nicht der richtige Typ, dazu fehlte es ihm am dafür nötigen Killerinstinkt. Er hatte am Fitnesstraining für die so genannten Honoratioren teilgenommen, »für unsere«, wie Anton Prack dazu in seiner bekannt zupackenden Art gesagt hatte, »Vorstandsmitglieder, Sponsoren und Multiplikatoren, damit die uns wohl gesonnen und lange erhalten bleiben.« Er, der Faber, war unter die letzte Gruppe gerechnet worden, unter die der Multiplikatoren, dazu bestimmt, gute Nachrichten über den Fechtclub zu verbreiten, und er war in der Gruppe mit großem Abstand der Jüngste gewesen. Gerd Kauffmann hatte das Training geleitet, jeden Donnerstagabend, immerhin so erfolgreich, dass den meisten aus der Truppe das Goldene Sportabzeichen gewinkt hatte, freilich nur denen, die mehr als fünfzig Jahre auf ihren Schultern trugen, wovon der Faber aber damals noch weit entfernt gewesen war.

Als Kauffmann seine berufliche Tätigkeit beendet und sich in den Ruhestand verabschiedet hatte, war auch die Trainingsgruppe auseinander gefallen, zumal auch in jener Zeit im Fechtzentrum sich erste Unstimmigkeiten bemerkbar gemacht hatten, in welche die älteren Herrschaften sich, das wird jeder verstehen, lieber nicht hineinziehen lassen wollten.

Der Faber tauchte aus seinen Überlegungen auf, als der Sprecher im Fernsehen »und nun, meine Damen und Herren, das Wetter für morgen, Sonntag, den 13. März« sagte. Er wartete den Wetterbericht noch ab, der, wie es sich für einen Sonntag gehörte, weiteren Sonnenschein und einen warmen Frühlingstag verhieß. Dann stand er auf, und während er die Nummer wählte, stellte er sich vor das Fenster. Obgleich es längst finstere Nacht war, so dass er im Fenster nichts als sein eigenes Spiegelbild und das seines Wohnzimmers sah, stellte er sich zum Telefonieren immer gerne vor ein Fenster. Ursprünglich hatte er das so getan, um sich konzentrieren zu können und damit er von den Dingen im Zimmer nicht abgelenkt wurde, aber mit den Jahren war dieses Verhalten längst zu einer festen Gewohnheit, um nicht zu sagen: zu einem Ritual geworden.

Gerd Kauffmann meldete sich, obgleich die Siebzig bei ihm längst vorbei waren, mit frischer und klarer Stimme. Er stammte ursprünglich aus der Eifel, und der weiche und singende Dialekt dieses Landstriches klang in seiner Sprache nicht sehr stark, aber doch deutlich hörbar mit. Er schien erfreut, als der Faber sich meldete, und sie begannen sofort, sich gemeinsam an die alten Zeiten zu erinnern und davon zu schwärmen. Sie fragten einander nach dem Ergehen; der Faber berichtete, er habe jetzt Familie – so lange hatten sie nicht mehr miteinander gesprochen, dass der andere das noch gar nicht erfahren hatte. Kauffmann wiederum berichtete, er leite noch das Training der hiesigen, also Bad Mergentheimer, Jugendmannschaften – ehrenamtlich selbstverständlich –, die hätten ihn, als sie erfahren hatten, dass er hierher in die Stadt gezogen sei, um Rat gebeten, und so habe er diese Aufgabe übernommen, und sie mache ihm Freude. Dann, nach diesem Small Talk, der dazu diente, die alte Beziehung zwischen den beiden ungleichen Männern neu erstehen zu lassen, fragte Kauffmann, was denn der eigentliche Anlass sei dafür, dass der Faber sich seiner nach so langer Zeit erinnert hätte.

»Ich würde gerne etwas mit dir besprechen«, gab der Faber Auskunft, »in Ruhe und nicht am Telefon. Ich bin da an einer Sache dran, da könnte ich deinen Rat gut gebrauchen.«

»Auf welchem Gebiet?« Kauffmanns Stimme klang ernst und sehr aufmerksam.

»Als Fechtlehrer. Im Kaufhaus ist eine Frau ums Leben gekommen.«

»Ich hab davon gelesen«, sagte Kauffmann. »Die Notiz in der Zeitung heute Morgen. Aber Näheres stand ja nicht dabei. Und das hat was mit dem Fechten zu tun?«

»Ja.«

»Ach du liebe Zeit! Und da bist du dran?«

»Genauso ist es. Und ich komme nicht weiter.«

Kauffmann meinte, solche Dinge bespreche man am besten, wie es auch bei den alten Griechen üblich gewesen sei, bei einem ausgedehnten Spaziergang an der frischen Luft. Da konnte der Faber nur zustimmen.

»Morgen Nachmittag?«, schlug Kauffmann vor, »was hältst du von einem gemeinsamen Sonntagsspaziergang?«

»Gute Idee.«

»Wie wär's mit dem Ketterberg? Da ist es am sonnigsten. Und nicht zu spät, damit wir von der Sonne noch möglichst viel haben.«

»Aber auch nicht zu früh«, wandte der Faber ein, »ich bin mit meiner Mischpoche über Mittag zum Muschelessen beim Italiener verabredet. Das braucht Zeit.«

»Mit deiner was?«

»Mit meiner Familie.«

»Ach so. Also gut, dann treffen wir uns nachmittags um zwei an der Wolfgangkapelle. Auf dem Parkplatz. Ich komme mit dem Wagen.«

Der Faber schlief in dieser Nacht tief und fest, ein Zeichen dafür, dass die Spannungen aus seinen inneren Windungen gewichen waren. Nur einmal, als kurz nach Mitternacht vorne an der Würzburger Straße gleich mehrere Polizeifahrzeuge samt Rettungswagen mit Blaulicht und Martinshorn in rasendem Tempo durch die Nacht jagten, wurde er von dem durchdringenden Ton der Sirene kurz wach. Der tat ihm weh, er schnitt ihn, wie er das nannte, innerlich entzwei. (Einmal, als er das seinem Hausarzt geschildert hatte, hatte dieser den Faber gefragt, ob er schon einmal einen Hörsturz erlitten hätte, und hatte von »beginnendem Tinnitus« gesprochen.)

Daran dachte der Faber, so aus dem Schlaf gerissen, freilich nicht. Nur: Irgendwo in der Nähe muss es einen schweren Unfall gegeben haben. Und, immer und ganz Vollblutjournalist: Ich muss so schnell wie möglich herausfinden, was da passiert ist, doch dann: Aber nicht jetzt, ich bin freigestellt. Nicht vor morgen früh. Dann schlief er wieder ein.

21

Sonntag, 10.30 Uhr

»Als ich jung war, wollten die jungen Mädchen immer einen Sportwagen haben«, lachte der Faber. »Siehst du, du weißt gar nicht, wie gut du es hast.« Damit hob er seine kleine Tochter Miriam in die Sportkarre.

Die Weiche brachte alles mit vor die Haustür, was Eltern und Kind für einen ausgedehnten Spaziergang an einem warmen Sonntagvormittag im März so brauchten: ihren Mantel, ein Kopftuch für die Mutter und eines für das Kind, dazu für die Kleine den Trinkbecher mit Tee für unterwegs. Der Faber aber trug wie immer seinen seit Jahren bewährten Anorak, in dessen Tasche er, auch wie immer, seine Kamera gesteckt hatte. Sein Taschentelefon ließ er eingeschaltet auf der Ablage neben der Garderobe im Flur liegen.

Im Vergleich zum Vortag fühlte der Faber sich deutlich besser. Er hatte, wie seine kleine Familie auch, lange und fest geschlafen, und er befand sich bereits in dem Alter, in welchem nichts einem die Welt heller und die Probleme überschaubarer machen kann als das Gefühl, gut geschlafen zu haben. Die kleine nächtliche Störung hatte er vergessen.

So gingen sie tino-bedächtig und überquerten an der Ampel die sonst so verkehrsreiche, heute aber kaum befahrene Würzburger Straße. Im Schlosspark wandten sie sich nach rechts, freuten sich an der Gruppe blühender Mandelbäume und freuten sich ebenfalls, als sie an das Tauberwehr kamen, über die erste, dort blühende Zierkirsche. Sie querten die Tauber über das Wehr. Am Rande des Kurparks waren beim Gartenschach schon ein paar Spieler zu Gange, die sich, während sie spielten, laut auf Russisch miteinander unterhielten. Miriam schaute sich mit großen Augen alles an und krähte vor Vergnügen.

Zwischendurch schlief sie ein Viertelstündchen, wachte wieder auf, als sie den Bahndamm unterquerten, während oben darüber der täglich unvermeidliche Elf-Uhr-zehn donnerte.

»Heute ist er ganz leer«, stellte der Faber fest.

Um es kurz zu sagen: Es war ein biedermeierliches Familienidyll, wie es einer biedermeierlichen Stadt angemessen war, und an welchem der Dichter Mörike, hätte er es sehen können, seine helle Freude gehabt hätte. Um es vollendet biedermeierlich erscheinen zu lassen, hätte nur gefehlt, dass der Faber seinen Hut über seinen Spazierstock gehängt und den wie ein Gewehr geschultert hätte. Weil er aber keines von beiden, weder einen Hut noch einen Spazierstock besaß, musste es eben ohne gehen.

Auf den großen Flächen unter hohen Platanen und Kastanien blühten in großen Kolonien Krokusse in violett, weiß und gelb, dazwischen Märzbecher, und von weiter hinten leuchtete in strahlendem Blau die Szillawiese herüber.

»So«, sagte die Weiche, während sie sich langsam dorthin wandten, wo sie in der Ferne den Eingang zum Rosengarten erkennen konnten.

»So«, antwortete der Faber. »Genau so. Erst du.«

»Gut.« Das war eine vertraute Formel, wenn sie Wichtiges miteinander zu besprechen hatten. Sie begann: »Also. Ich habe mir das alles inzwischen durch den Kopf gehen lassen.«

»Gut«, sagte er. »Und? Wie lautet das Ergebnis?«

»Das Ergebnis lautet«, hob sie an und atmete tief durch, »folgendermaßen: Nimm das Material, so, wie du es jetzt beisammenhast, und ruf am Montag, also morgen früh, die Kripo an. Oder, wenn du unbedingt willst, auch gleich, wenn wir heimkommen. Oder bring es meinetwegen heute Abend Hauptkommissar Lustig vorbei, wenn er wieder da ist. Wie sicher bist du?«

»Ziemlich sicher.«

»Hast du so etwas wie einen Zeitplan, wie das abgelaufen ist? Mir kommt das alles sehr knapp vor.«

Das konnte der Faber nur bestätigen: »Es ist knapp. Aber es reicht. Es passt sogar gut zusammen. Vergiss nicht, es ist alles sehr schnell gegangen. Hier«, und er zog seinen Notizblock aus der Tasche, schlug die richtige Seite auf und hielt ihn ihr hin.

Die Weiche blieb stehen und las:

Freitag, 11. März
10:00 Mord am Fuße der Rolltreppe
10:01 Müller-L. flieht über den Aufzug
10:05 Hauptschalter aus, Strom weg
10:06 Hebenstreit ruft in der Redaktion an
10:08 Faber an der verschlossenen Kaufhaustür
10:08 Der Notarzt kommt durch den Notausgang
10:09 Hauptschalter an, Strom wieder da
10:11 Faber im Dachrestaurant
10:11 Rettungsmannschaft im Obergeschoss
10:12 Faber im Obergeschoss

Sie gab ihm den Block zurück. »Sieht so aus, als würde alles stimmen«, sagte sie. »Trotzdem. Oder besser: gerade deswegen. Bring alle Unterlagen, auch diesen Zeitplan, heute Abend bei Lustig vorbei. Das ist das, was ich dir raten kann. Lorbeeren erntest du auch jetzt schon; du brauchst nicht eigenhändig Verbrecher zu fangen und dabei vielleicht auch noch dein Leben aufs Spiel zu setzen.«

»Komm«, unterbrach der Faber sie, »jetzt übertreib aber nicht!«

»Wer einmal einen Menschen getötet hat, der kann das auch ein zweites Mal tun. Beim zweiten Mal fällt es schon leichter.«

»Hm«, brummte er.

Sie blieb stehen und sah ihn an. »Besitzt er eine Schusswaffe?«

»Komm, Weiche, jetzt mach aber mal einen Punkt!«

»Ist er Jäger?«, fragte sie.

»Kein Ahnung, das ...«

»So, wie du es mir dargestellt hast, muss es schon beim ersten Mal so etwas wie eine Verzweiflungstat gewesen sein.«

»Nun ja, so könnte man es nennen ...«

»Bitte sei vorsichtig! Denk an dein Kind. Und auch ein bisschen an mich. Wo befindet er sich jetzt?«

»Das weiß ich nicht. Entweder in seinem Haus in der Edelfinger Straße oder in Markelsheim bei seiner ... Dings, seiner Zweitfrau. Wahrscheinlich Letzteres.«

»Bitte versprich mir: Wenn du mit ihm redest, dann tu das nur vor Zeugen. Am besten mit Bodyguard, mit jemandem, vor dem er Respekt hat.«

»Ich werde *dich* mitnehmen«, lachte er, »da hat er vor Angst die Hosen voll.«

»Nimm das nicht ...«

»Entschuldige«, unterbrach er sie, »aber ich weiß jetzt, was mich die ganze Zeit über gestört hat.«

»Gestört? Und das wäre?« Ihre Miene blieb skeptisch.

»Ja. Ich versuche, es dir an einem Beispiel zu erklären. Pass auf: Stell dir vor, wir stünden beieinander in einer großen Gruppe von acht oder zehn Personen und würden, sagen wir einmal: ziemlich hitzig miteinander reden. Oder sagen wir besser: aufgeregt.«

»Ja, und?«

»Plötzlich sackt mitten in der Gruppe einer in sich zusammen. Lautlos. Das kommt so unerwartet, dass wir anderen es erst richtig wahrnehmen, als er schon auf dem Boden liegt. Tot. Alle sind furchtbar erschrocken und erregt und rufen: Unglück! Dann bemerken wir den komplizierten Einstich. Und neben ihm, genau auf der Seite, wo der Einstich ist, steht einer, von dem wir alle wissen, dass er unter uns der Einzige ist, der das könnte. Aber ...«

»Die Waffe fehlt!«

»Siehst du? Das ist schon einmal Erstens. Aber nicht nur das. Selbst, wenn wir annehmen, er könnte sie sofort unbemerkt weggeworfen haben – was haben wir falsch gemacht?«

Miriam, die bis dahin die Welt aus ihrem Sportwagen genossen hatte, rief plötzlich: »Oh da!«

Sie hielten an, und die Kleine kletterte aus dem Wagen.

»Wildschweine«, erklärte ihr der Faber, »aber keine echten. Die sind aus Holz.«

»Net legebendig?«, fragte sie enttäuscht.

»Nein.«

»Schade.« Sie drehte beide Handflächen nach oben und zog die kleinen Schultern hoch. Es sah sehr komisch aus, und die Weiche und der Faber mussten lachen.

»Du darfst hingehen, darfst sie aus der Nähe sehen und begreifen.«

Die Kleine rannte mit hurtigen Trippelschrittchen über das erste Frühlingsgrün.

»Gib Acht!«, rief die Weiche. »Tritt nicht auf die Blumen!« Und das Kind machte gehorsam einen Bogen um das Krokusfeld.

Die Weiche und der Faber gingen langsam weiter, behielten dabei aber das Kind im Auge.

»Also«, wiederholte der Faber, »was haben wir falsch gemacht?«

»Was denn?«

»Wir haben die Umgebung außer Acht gelassen. Die Gruppe hat sich um sich selbst gekümmert. Die Stimmung war aufgeheizt, und alle waren aufgeregt. So etwas kann die Wahrnehmung erheblich einengen.«

»Du meinst, es hätte jemand ganz anderes ...«

»Genau. Von außen. Jemand hätte sich anschleichen und dann die allgemeine Aufregung ausnutzen können, um sich zu verdrücken.«

»Aber«, gab sie zu bedenken, »der Dings, der war da, als es passierte, hast du gesagt.«

»Der Müller-Licht? Der war da, das stimmt. Aber in unserer Gruppe waren du und ich auch da.«

»Aber er ist getürmt. Hast du gesagt! Durch die Tiefgarage.«

»Aber das hätte einer aus unserer erfundenen Gruppe auch tun können. Vielleicht vor Schreck – oder was weiß ich. Ein Schock. Oder aber aus einem schlechten Gewissen, das er aus einem ganz anderen Grund hatte.«

»Du meinst ...«

»Was ich meine, ist dies: Meine Beweise sind nicht wasserdicht. Einen wie Müller-Licht bringt unsereiner nicht so leicht vor ein Schwurgericht. Was ich gegen ihn gesammelt habe, das würde ein guter Anwalt glatt zerpflücken. Den kriegen wir nur, wenn alle Beweise hundertprozentig sicher sind. Oder tausendprozentig, wie

Luise Blaustein sagen würde. Und selbst dann müssten wir befürchten, dass sich ein Zeuge findet, der ihm aus irgendeinem Grund verpflichtet ist, und der schwört, er hätte ihn zu genau dem Zeitpunkt irgendwo ganz anders gesehen. Damit wäre dann auch der Briefwechsel mit dem Opfer für uns wertlos, denn wenn er nicht am Ort war, dann ist es egal, ob er dort mit ihr verabredet war oder nicht.«

»Aber die Überwachungskamera!«

»Die Aufnahmen könnten verschwinden. Wir haben sie nicht in der Hand, wir sind nicht die Polizei. Wir denken zwar, dass die Polizei sie heute Mittag geholt hat, weil es in unseren Augen logisch ist, aber ob sie es auch wirklich getan hat, wissen wir nicht. Die Aufzeichnungen könnten sogar in diesem Augenblick schon verschwunden, gelöscht worden sein, oder was weiß ich, was sonst alles möglich wäre. Ein einfacher Einbruch ins Kaufhaus würde genügen. Man brauchte nur die Kamera über das Wochenende weiter laufen zu lassen. Aus Versehen eingeschaltet oder vergessen abzuschalten. Meine alte Schwäche: Ich habe mich zu sehr in die Sache hineingestürzt. Zu viele Flüchtigkeitsfehler gemacht.«

»Du meinst, du hast zu wenig Tino gemacht?«

»Zu wenig Tino.« Er lachte. »Genau so.«

»Gibt es andere Möglichkeiten?« Sie dachte laut nach. »Das viele Geld will mir nicht aus dem Kopf. Gibt es Erben?«

»Nur einen Bruder in einem Altersheim irgendwo bei Aachen, aber ich weiß nicht einmal, ob sich das Heim in Deutschland oder in Holland befindet. Und ob der Kinder hat – oder hatte, das weiß ich auch nicht.«

»Neffen oder Nichten, die es auf das Geld abgesehen haben, könnte es also geben?«

»Das wäre möglich«, gab er zu, »aber nur theoretisch. Außerdem ist das Geld ja fort. Verdunstet im japanischen Aktienmarkt.«

»Das könnten die Neffen, falls es sie gibt, aber nicht wissen.«

»Hm.« Er nickte. »Aber falls es sie überhaupt geben sollte, sie fielen nicht unter die Stichwaffenartisten. Falls doch, das wäre einfach ein zu unglaublicher Zufall. Das glaubst du doch selber nicht.«

Als sie wieder zurück in ihrer Wohnung waren, zeigte die Uhr an der Küchenwand kurz nach zwölf. Miriam hatte das letzte Stück in ihrem Sportwagen geschlafen, und der Faber trug sie auf seinen Armen, während die Weiche der Kleinen vorsichtig Mantel und Schuhe auszog, und legte sie ins Bett.

»Eine halbe Stunde wird sie mindestens noch schlafen«, sagte er, als er die Tür zum Kinderzimmer hinter sich schloss, »vielleicht sollte ich beim Italiener anrufen und ihm sagen, dass wir später kommen.«

»Du hast eine SMS«, antwortete die Weiche, die auf ihrem Weg ins Wohnzimmer auf die Ablage schaute. »›Dringend‹ steht da.«

Der Faber nahm das Taschentelefon in die Hand. Die SMS lautete: *Dringend Hebenstreit anrufen!*

Er hatte sofort ein ungutes Gefühl.

Er wählte aus dem Speicher. Hoffentlich, so dachte er, ist sie noch zu Hause. Aber sie meldete sich sofort.

»Gut, dass Sie noch daheim sind«, sagte er. »Was ist denn so Wichtiges?«

»Ich bin nicht zu Hause«, erwiderte sie. »Ich bin in Markelsheim, aber ich stecke mein Telefon immer ein.«

»Sie sind immer noch in Markelsheim?«, fragte er erstaunt. »Seit gestern Abend? Sie wollten da doch zum Lammbraten. Haben Sie die Nacht durchgemacht?«

»Nichts in der Richtung. Ich recherchiere. Stehen Sie? Ja? Wenn ja, dann suchen Sie sich den nächsten Stuhl und setzen Sie sich.«

»Augenblick«, sagte er. Sie hörte Rumoren. »So, jetzt sitze ich. Was ist los?«

»Müller-Licht ist tot«, sagte sie.

»Was!? Hebenstreit, sagen Sie das nochmal!«

»Ich habe gesagt, Faber, der Bankier Müller-Licht ist tot. Er ist gestern Abend, sehr spät, oder genauer: gegen Mitternacht Opfer eines Verkehrsunfalls geworden. Unter sehr eigenartigen Umständen. Hier in Markelsheim, fast bei uns vor dem Lokal und mitten auf der Straße ist er angefahren und tödlich verletzt worden. Der Unfallfahrer hat Fahrerflucht begangen.«

»Waren Sie dort, als es passiert ist?«

»Wir waren im Lokal, Michael Weis und ich. Wir haben uns nach dem Essen noch lange unterhalten und haben ein bisschen getanzt.« Der Faber versuchte, sich vorzustellen, wie es aussah, wenn Hebenstreit, einspaarundneunzig groß, und Michael, fast zwei Köpfe kleiner, miteinander tanzten. »Da haben wir«, fuhr sie fort, »draußen Polizei und Rettungswagen kommen gehört und sind natürlich gleich hinausgegangen. Den Unfall selber haben wir nicht bemerkt.«

»Wissen Sie, was er da auf der Straße gemacht hat?«

»Ich habe gehört, wie seine – seine junge Freundin zur Polizei gesagt hat, sie wären aus Weikersheim gekommen, dort hätten sie miteinander den Abend verbracht. Dann hätten sie ihr Auto dort, wo es passiert ist, rechts am Straßenrand geparkt. Sie sei auf der rechten Seite ausgestiegen und er links, zur Straße hin. Sie wohnt von dort aus auf der linken Straßenseite, ein paar Schritte um die Ecke. In diesem Augenblick sei der schnelle Wagen gekommen und habe ihn mitten auf der Straße erwischt, eh, erfasst und umgefahren. Müller-Licht wurde mit dem Kopf gegen den Bordstein geschleudert. Todesursache sind also nicht die Verletzungen beim Zusammenprall mit dem Wagen, sondern mit dem Bordstein am Straßenrand. Mehrfacher Schädelbasisbruch, so vermutete der junge Notarzt auf meine Frage. Die junge Frau ist unverletzt. Sie hat nur einen Schock. Die ist übrigens nicht sehr attraktiv, sein Liebchen. Ich weiß nicht, woher der so einen Geschmack hatte. Eher ein billiger Typ.«

»Aber jung, nehme ich an.«

»Ziemlich jung, ja. Alles in der Gabel, aber nichts in der Birne – wenn ich das mal so drastisch ausdrücken darf.«

»Ich verstehe, was Sie meinen«, sagte der Faber. »Nun ja, die Birne, die wird er auch kaum gesucht haben, und gabelsüchtig war er wohl schon immer. So. Wie stehen wir jetzt da? Wir könnten sagen, unsere Sache, Ermittlungen samt Knüller, sind mit ihm gestorben. Wir können ihm nachträglich nichts mehr anhängen. Wir können im Grunde von der ganzen Sache überhaupt nichts mehr bringen. Wir können unsere Ermittlungen abbrechen und alle Ergebnisse wegschmeißen. Sie wissen: Tote können nicht mehr strafrechtlich verfolgt werden.«

»Moment mal«, unterbrach sie ihn. Er hörte, wie sie mit jemandem sprach, konnte aber außer ein paar unzusammenhängenden Wortfetzen nichts verstehen. »Sind Sie noch da?«, fragte sie.

»Was Neues?«, fragte er. »Ist etwas mit dem Unfallfahrzeug? Gibt es Zeugen? Hat jemand etwas gesehen? Die Autonummer, zum Beispiel?« Wie schon berichtet: Die Unsitte, gleich mehrere Fragen auf einmal abzuschießen, passierte dann und wann auch dem Faber.

»Ja. Michael sagt gerade, das Auto sei sehr schnell ortseinwärts von der Tauberbrücke her um die Kurve gekommen und ohne Licht gefahren. Das hätten zwei Zeugen unabhängig voneinander ausgesagt.«

»Von wem hat er das?«

Wieder Gemurmel, dann: »Er sagt, er hat es von der Polizei.«

»Von Schwindt, von Kirchofer oder von wem sonst?«

»Er sagt, von Kirchofer.«

»Dann kann man sich schon einigermaßen darauf verlassen. Wohin ist der Wagen verschwunden?«

»In den Ort hinein. Er müsste in der Nacht noch irgendwo hier gewesen sein. Versteckt wahrscheinlich, denn der muss ja beschädigt sein.«

»Oder er ist den Schleichweg über den Spessartblick nach Mergentheim gefahren. Wenn der Fahrer den kennt, müsste er aus Markelsheim oder aus Mergentheim kommen. Möglicherweise.«

»Was machen wir jetzt mit unserem Fall?«, fragte sie.

»Das weiß ich noch nicht. Ich muss erst überlegen. Was haben Sie heute noch vor?«

»Erst einmal bleiben wir hier noch an der Arbeit, Michael und ich. Aber viel wird wohl nicht mehr zu holen sein. Dann gehe ich nach Hause und lege mich für eine Stunde aufs Ohr; irgendwann muss der Mensch ja auch mal schlafen. Und dann muss ich noch bis zur Sitzung diese Sache hier geschrieben haben. Michael ist ja heute mit dem Sport ausgelastet.«

»Gut. Wahrscheinlich melde ich mich später bei Ihnen. Bis dann.« Er legte das Telefon zurück auf die Ablage.

»So, da hast du's«, sagte die Weiche, die mitgehört hatte. »Jetzt stehst du ohne deinen Verdächtigen da. Es hat vor zwei Tagen einen Mord gegeben, von dem bisher höchstens zehn Leute etwas wissen, und der Täter kommt abhanden. – So, jetzt komm. Miriam ist wach, wir können fahren. Und beim Mittagessen in Gegenwart des Kindes kein Wort von deinem Rotkäppchen! Bitte!« Aber den letzten Satz sagte sie so, dass jeder, erst recht der Faber, heraushören konnte: Es ist keine Bitte, das ist ein Befehl. Und jetzt wissen wir auch, woher der Faber diese Angewohnheit hatte.

Sie nahmen das Auto, ausnahmsweise, fuhren an die Rückseite des Kaufhauses, dort in die Tiefgarage, von da mit dem Aufzug hinauf ins Restaurant. Der Italiener mit der fränkischen Aussprache hatte ihnen einen Tisch auf der Terrasse freigehalten, von der Frühlingssonne beschienen, aber windgeschützt und mit schöner Aussicht über die Dächer der Stadt. Das Restaurant war selbst heute, am Sonntag, nur spärlich besetzt. Der Wirt kam schon mit einem Kinderstuhl.

»Trona für die Bambina«, lachte er breit und schäkerte mit Miriam und kitzelte sie zur Begrüßung.

»Mussln!«, sagte die Kleine, kaum dass sie im Stühlchen saß, und bevor sie gefragt wurde. »Und Eis.«

»Sehr wohl, die Signorina.« Der Mann nickte, er holte mit dem Kopf nach hinten aus und schlug ihn herunter bis auf die Brust, und Miriam krähte vor Freude. »Muschelen zuerst«, sagte er, »das Eise später. Die Herreschaften auk?«

Die Weiche wiegte ihren hübschen Kopf mit der üppigen, braunen Mähne hin und her. Man sah es ihr an, bei Muscheln hatte sie Bedenken. Und der Faber machte einen spitzen Mund, als sei er noch unschlüssig und müsse es sich erst überlegen.

»Wie machen Sie die denn?«, fragte er. »Ich meine: Wie sind sie zubereitet?«

»Als Sopa di Cozze«, sagte der Wirt.

»Na«, rief da die Weiche, »das hört sich aber nicht gerade Vertrauen erweckend an!«

»Bitte, Signora!« Der Wirt fühlte sich, nicht ganz zu Unrecht, in seiner Ehre angegriffen und wehrte sich. »Cozze, das sind einfach Muschelen, Miesemuschelen. Eine Muschelsuppe, mit Tomaten und kraftige gewurzet. Habe große oder kleine Portione.«

»Gut«, sagte der Faber, »die nehme ich, eine kleine als Vorspeise für mich und eine für die Bambina.«

Die Weiche, die inzwischen einen Blick in die Speisekarte geworfen hatte, blieb bei ihren Bedenken. »Als Vorspeise für mich bitte einen Salat. Und dann Huhn Toscana.«

»Das Huhn nehme ich auch«, schloss sich der Faber ihr an. »Und zu trinken zwei Birra und für die Bambina eine Apfelschorle.«

»Eine Insalada, zwei Sopa, zwei Huhne, zwei Bier«, fasste der Wirt zusammen. »Pils?«

»Ja, Pils«, nickte der Faber.

»Und«, der Wirt hob die Stimme und lachte Miriam an, »ein Apfelschorle espeziale extra für Bambina.«

Später, als sie gegessen – nein, nicht einfach nur gegessen, sondern richtig gespeist hatten, saßen sie wohlig gesättigt in der Sonne. Die Kleine wurde müde, und die Weiche drängte aufzubrechen. Der Faber legte diskret seinen Geldbeutel, halb bedeckt von seiner Hand, auf den Tisch. Der Wirt sah es und brachte die Rechnung.

»Chef, die Sopa di Cozze war ja erstklassig!«, schwärmte der Faber. »Wo macht man die so?«

»In Napoli«, sagte der Wirt.

»Kommen Sie aus Neapel?«, erkundigte sich die Weiche.

»Nicht directo, Signora, aber nicht weit. Von Insel Ischia. Westeseite. Stadt heißt Forio.«

»Und das besondere Geheimnis?«, fragte der Faber.

»Geheimenis von Sopa?« Der Chef zuckte mit den Schultern. »Keine. Nur espeziale Wurzetomaten, an der Luft getrocknet.«

Als sie aufbrachen, stand der Wirt an der Aufzugtür, um sie zu verabschieden. »Auf Wiedersehen, Signora, auf Wiedersehen kleine Signorina, auf Wiedersehen, Commissario.« Er holte wie ein Pferd mit dem Kopf weit aus zu einer tiefen Verbeugung.

»*Was* hat er gesagt?«, fragte die Weiche, als sie im Aufzug nach unten fuhren.

»Keine Ahnung«, sagte der Faber. »Wahrscheinlich hat er uns verwechselt. Oder vielleicht gibt es auch inzwischen in Italien so viele Commissarios, dass sie jetzt dort schon jeden so anreden.«

22

Sonntag, 14.00 Uhr

Zum Treffen mit Gerd Kauffmann an der Wolfgangkapelle fuhr der Faber wieder mit dem Fahrrad, seine alte Ledertasche mit den Unterlagen und Notizen zum Rotkäppchenmord hatte er auf dem Gepäckträger. Die Tauber war seit gestern gefallen, das Wasser hatte die Uferwiesen schon fast wieder freigegeben. Er war gerade dabei, seinen alten Asinus ferrari mit einer dicken Kette an der Stange des Parkplatzschildes festzuschließen, als der Bundestrainer a. D. mit seinem Mercedes in den Parkplatz einbog. Bevor die beiden Männer sich begrüßten, schätzten sie kritisch einander ab, ob und wie sehr, und gegebenenfalls in welche Richtung sie sich verändert hätten, seit sie einander zum letzten Mal gesehen hatten, zum Besseren oder zum Schlechten. Kauffmann hätte nicht besser dabei abschneiden können, er sah für seine Anfang Siebzig blendend aus, das schneeweiße Haar war voll und dicht, die Haut vom vielen Aufenthalt in der freien Natur kräftig gebräunt, der Körper schlank, beweglich, immer noch durchtrainiert eben. Der Faber fühlte für einen Augenblick so etwas wie Neid in sich aufsteigen, ein Gefühl, das ihm normalerweise eher fremd war. Er fragte sich, mit welchen Augen sein alter Trainer *ihn* wohl sehen mochte, und ob der die vier oder fünf Kilo, die der Faber ungewollt dazugewonnen hatte und die sich vor allem um seine Körpermitte angesiedelt hatten, wohl wahrnahm. Deshalb ergriff er die Flucht nach vorne und packte die Sache gleich beim Schopf.

»Weißt du nicht eine Möglichkeit für mich, wo ich wieder regelmäßig trainieren kann?«, fragte er an Stelle einer Begrüßung.

»Um mich das zu fragen, musstest du mich hierher bestellen?«, lachte Kauffmann.

Erst dann schüttelten sie einander die Hände wie alte Freunde. »Grüß dich, mein Lieber«, sagte Kauffmann. »Du siehst ganz gut aus. Du hast Recht, ein bisschen härteres Training würde dir nicht schaden, aber sonst machst du einen Eindruck wie ...«

»Wie was?«, fragte der Faber, nun doch leicht misstrauisch geworden.

»Na, wie wohl? Wie immer. Aber mal im Ernst: Wenn du willst, sehe ich mich nach einer Gruppe um, mit der zusammen du trainieren kannst. Du sitzt zu viel am Schreibtisch, ich weiß, dein Körper braucht es, dass er belastet wird, sonst fühlt er sich nicht wohl.«

Dann schlug er vor, ein Stück den Schorren hinauf in Richtung auf die Ketterburg zu gehen, und der Faber nickte nur dazu, er hatte es nicht anders erwartet, als dass der alte Haudegen das Heft in die Hand nehmen würde; der war es einfach so gewöhnt, dass andere taten und umsetzten, was er dachte. Wobei – den Haudegen, den nahm der Faber gleich wieder zurück, froh, dass er ihn nur gedacht und nicht laut ausgesprochen hatte. Man konnte einen Nationaltrainer, der mit der deutschen Degenmannschaft mehrere Male die Weltmeisterschaft und olympisches Gold geholt hatte, unmöglich einen Haudegen nennen, das wäre gänzlich fehl am Platze gewesen. Wie sonst sollte er ihn sehen und nennen? Einen Meister, fiel es ihm ein, ganz einfach. Manchmal war das Einfachste auch das Beste.

Der Faber wusste, dass er nicht mit der Tür ins Haus fallen durfte, dass er seine Ungeduld im Zaum halten und abwarten müsste. So sprachen sie über dies und jenes und fragten einander nach dem Ergehen ihrer Familien.

»Du wohnst jetzt in der Schloßgartenstraße?«, fragte Kauffmann. »Ich habe es nur irgendwo gehört. Wie lange haben wir uns nicht mehr gesehen?«

»Seit fünf oder sechs Jahren«, schätzte der Faber. »Seit du im Ruhestand bist.«

»Ich wohne schon seit sieben Jahren im Eisenbergweg!«

»Oh, entschuldige! Dann seit sieben Jahren.«

»Ja. Und ich höre, du hast jetzt Familie. Wie geht es der?«

»Ja, eine Tochter, Miriam, die ist im goldigsten Alter, aber anstrengend. Der Weichen geht es auch gut.«

»Miriam Faber«, Kauffmann ließ sich den Namen über die Zunge rollen wie einen guten Wein, »das klingt gut.«

»Sie heißt aber Miriam Weiche«, musste da der Faber zugeben.

»Ach? Ihr habt noch immer nicht geheiratet?«

Der Faber wand sich ein bisschen. »Nur, wenn du es niemandem verrätst: Doch, wir sind verheiratet, standesamtlich. Schon seit drei Jahren, aber das weiß außer uns kaum jemand, nur meine Mutter.«

Und als Kauffmann stehen blieb und den Faber erstaunt und mit hochgezogenen Augenbrauen ansah, gab der Faber kleinlaut zu: »Nun ja, wir fanden es so altmodisch. Ich wollte es schon länger, aber die Weiche wollte nicht. Sie hat eine 75-Prozent-Stelle bei der Sparkasse, und Frauen könnten sich, so sagte sie damals, einen Babyurlaub nicht leisten. Jetzt ist es aber anders gekommen, und es ist gut so. Aber wir haben jeder unseren Namen behalten.«

»Demnach habt ihr auch nicht großartig die Hochzeit gefeiert?«

»Nein, alles hat sich ganz heimlich und ohne jeden Glanz abgespielt.«

»Na, wenigstens das«, sagte Kauffmann und wandte sich zum Gehen. »Sonst ist es heute ja eher so: Je mehr die Ehe an Bedeutung verliert, umso wichtiger wird die Hochzeit.«

Sie schlenderten weiter den Weg hinauf. Die Sonne schien warm auf den Hang, der früher einmal die beste Weinlage im mittleren Taubertal gewesen, jetzt aber mit dichtem Gebüsch überwuchert wahr, in dem die Kohlmeisen den Frühling einläuteten. Nach einer Weile zogen sie ihre Jacken aus und bogen nach rechts in den Gipshaldenweg ein, der eben am Hang entlang führte. Im Gebüsch blühten ganze Kissen von Schlüsselblumen und Veilchen. Plötzlich öffnete sich der Blick zum Tal, und unter ihnen lag die mittelalterliche Stadt mit ihren Türmen und engen Gassen. Es war ein Anblick, der einem den Atem stocken lassen konnte.

»Diesen Weg nenne ich manchmal heimlich den Philosophenweg von Bad Mergentheim«, sagte der Faber und lachte dabei. »Dieser

Südhang und direkt unter uns ist der Fluss und gleich dahinter die Stadt mit dem riesigen Schloss mitten darin. Das erinnert mich immer an meine Studienzeit. Auf dem Philosophenweg in Heidelberg bin ich früher stundenlang unterwegs gewesen und habe griechische Vokabeln gepaukt. Mit einer Hand voller Kärtchen in der linken Tasche, die hatten ungleiche Flächen, die eine glatt, die andere rau. Auf die glatte Seite kam das griechische Wort, auf die raue die deutsche Übersetzung. In der Tasche konnte man das fühlen und entscheiden, wie herum man übersetzen wollte. Wenn man das Wort wusste, kam das Kärtchen in die rechte Tasche, wenn nicht, musste es in die linke zurück. Erst, wenn alle Kärtchen in die rechte Tasche gewandert waren, war man für diesen Nachmittag fertig, vorher nicht. Bethel-Skat nannten wir das, weil die Methode aus der Theologischen Hochschule von Bethel kam. Auf diese Weise habe ich nach nur einem Semester meine Sprachprüfung machen können.«

»Du hast Heimweh nach Heidelberg«, stellte Kauffmann fest, und er tat es ohne eine besondere Betonung und offensichtlich, ohne dass er davon überrascht gewesen wäre.

Der Faber musste es zugeben, betonte aber, das sei nur gelegentlich so, und am schlimmsten sei es, wenn er hier heraufkäme. »Ist das nicht ungerecht?«, fragte er lachend, »dabei ist es hier oben doch so schön!«

Kauffmann erwiderte, so sei es nun einmal mit den Menschen, sie seien widersprüchlich und auf das Ganze gesehen alles andere als logisch zu erfassende Wesen. Und er würde dem Faber raten, den Vergleich einfach zu unterlassen. »Philosophen«, sagte er, »das würde ohnehin niemand verstehen. Überlege doch einmal: Was gibt es in Mergentheim denn für Philosophen?«

»Keine mehr, soviel ich weiß«, lachte da der Faber. »Jedenfalls, seit Willi Habermann tot und Gottlob Haag zurückgegangen ist nach Wildentierbach. Höchstens *einen* wüsste ich vielleicht noch. Der hat kürzlich zu mir gesagt: ›Der Mensch braucht weniger, als man denkt. Viel weniger.‹«

»So eine Art moderner Diogenes.«

»Vielleicht, ja. Aber den würden sie niemals anerkennen, sie würden ihn nicht einmal wahrnehmen. Einmal, weil er total gegen den

Zeitgeist ist, aber auch – er hat zu viele Schwachstellen. Unter anderem ...«, und er hob die Hand, ballte sie zur Faust, streckte aber Daumen und kleinen Finger ab und kippte sie in der Luft.

»Er säuft?«, versuchte Kauffmann die Geste zu deuten.

Der Faber nickte. »Zwar nur ein bisschen und nicht haltlos.«

»Das tun heute viele, und der alte Diogenes hat bestimmt auch nicht nur Wasser getrunken.«

Sie setzen sich auf eine Bank, neben der die Schlüsselblumen blühten, und sahen schweigend hinunter auf die Stadt. Der Faber war innerlich vor Ungeduld ganz zappelig, aber er hütete sich, mit dem, was ihm auf den Nägeln brannte, einfach herauszuplatzen. Erst nach etwa fünf Minuten sagte Kauffmann: »Du wolltest mich etwas fragen.«

Der Faber schilderte ihm, was in den letzten, etwas mehr als 48 Stunden geschehen war. Er tat es ruhig und übersichtlich, gelegentlich unterbrochen von Kauffmann, der mit seinen Nachfragen zeigte, wie genau er zuhörte, und wie scharf er mitdachte.

»Die zehn Jahre, auf die das Geld angelegt war, sind um?«, fragte er. »Jetzt wollte sie ihr Geld zurück, und er hatte es nicht?«

»Ja. Das ist sicher.«

»Und sie hat gedroht, wüste Erfindungen über ihn in die Welt zu setzen, und ihn damit zu zwingen, dass er das Geld herausgibt?«

»Auch das ist sicher. Wir haben die E-Mails im Computer gefunden.«

»In ihrem oder in seinem?«

»In ihrem. Fälschung ist folglich kaum möglich. Oder nur sehr schwer möglich, um genauer zu sein.«

»Das passt eigentlich nicht zu Matilde«, sagte Kauffmann, und es klang, als würde er jeden Gedanken, bevor er ihn in Worte kleidete, erst zweimal hin und her wenden und ihn von allen Seiten genau prüfen. »Ich habe sie gekannt, allerdings nur oberflächlich.«

»Du wusstest, dass sie tot ist?«

»Ja, die Buschtrommel funktioniert noch.« Kauffmann lachte verhalten »Die Nachricht lautete: Matilde Botterbusch ist an einem Stromschlag an der Rolltreppe gestorben. Alle sprachen von einem

Unfall, verschuldet vom Kaufhaus Belleim. Aber ich habe mich auch gewundert über ihre Rotkäppchen-Gewandung.«

»Wusstest du etwas von dem Geld?«

»Nein. Damals, vor Jahrzehnten, kurz nach diesem Skandal, da wurde intern so etwas gemunkelt, dass da Geld geflossen sein soll, aber da war ich noch ein junger Sportlehrer, hatte gerade meine Ausbildung zum Fechtmeister hinter mir, da war ich noch nicht in der Szene verankert. Und ich habe mich um so etwas auch nicht gekümmert.«

»Ich hab schon daran gedacht aufzuhören und meine ganzen Unterlagen und Notizen einfach bei der Kripo abzuliefern«, sagte der Faber.

Kauffmann sah ihn ihm aufmerksam ins Gesicht. »Das hätte ich jetzt nicht von dir erwartet«, sagte er dann. »Früher hättest du das bis zum Ende durchgezogen.« Er machte eine Pause. »Es sieht überhaupt so aus, als hätten alle Beteiligten sich so verhalten, wie man es ihnen eigentlich nicht zutrauen würde. Das gilt in meinen Augen besonders für Hanns Heiner Müller. Wenigstens für *den* Hanns Heiner Müller, wie ich ihn kenne, und ich dachte, ich kenne ihn gut. Ich habe ihn lange trainiert. Dem würde ich alles Mögliche zutrauen, Weibergeschichten zuerst und das auch noch jede Menge. Der konnte seinen Hosenladen noch nie geschlossen halten. Damals, als er die Olga Licht kennen gelernt hat, da war das ja wohl im Grunde auch nichts anderes als ein Abenteuer. Für ihn wenigstens – für *sie* nicht. Oder dass er mit dem Geld seiner Kunden, was weiß ich, an der Börse alles auf ein Pferd setzt und damit alles verliert.«

»Das hat er ja wohl auch so gemacht«, warf der Faber ein.

»Es sieht so aus, ja. Oder dass er mit seiner Autoraserei irgendetwas anstellt, auch das hätte ich ihm zugetraut. Es überrascht mich, gelinde gesagt, dass er in Markelsheim bei dem schweren Unfall in der letzten Nacht das Opfer war. Ich hätte eher erwartet, dass er bei so etwas der Schuldige wäre. Für einen richtigen Mord allerdings, dafür habe ich ihn eigentlich immer für zu oberflächlich gehalten. Schau ihn dir doch an, er kann ohne seinen Mercedes nicht leben, sagt er. Und wie er in der Stadt herumläuft, geschniegelt und geföhnt und mit Metall behängt. Dem linst doch der Mangel an Selbstvertrauen aus allen Knopflöchern. Hat gelinst, muss man ja sagen. Ich kann mich an den Gedanken noch gar nicht gewöhnen. Der Unfallfahrer ist ohne Licht gefahren, sagst du? Woher hast du das?«

»Von der Polizei. Zwei Kollegen haben dort recherchiert.«

»Das sieht gar nicht gut aus«, murmelte Kauffmann.

»Ich bin sicher, es gibt einen Zusammenhang«, sagte der Faber, »aber ich sehe noch nicht, welchen.«

Kauffmann antwortete nicht, er saß nur da und schaute versonnen auf die Stadt herunter.

»Hast du den Bericht von der Rechtsmedizin dabei?«, fragte er dann unvermittelt.

»Ja, hier.« Der Faber kramte die Kopie, die er wie alle Unterlagen zu dem Fall sauber in eine Plastikhülle gesteckt hatte, aus seiner alten Ledertasche.

»Ich verstehe nicht alles, was da steht«, sagte Kauffmann, als er den Bericht gelesen hatte, »aber das meiste schon. So ungefähr wenigstens.«

»Mir ist nicht ganz klar«, sagte der Faber und zeigte auf das Blatt, »wie er das gemacht hat. Er konnte ja nicht hingehen und sagen: Halt mal still. Und dann so von unten zielen und den Stich ansetzen. Es sieht doch so aus, als hätte sie es erst gemerkt, als es schon passiert war.«

»Das«, sagte Kauffmann und stand auf, »ist nicht das Problem. Komm mal her, du hast, glaube ich, bessere Augen als ich. Siehst du, was das da unten am Rathaus ist?«

»Was meinst du?« Der Faber trat neben ihn und suchte mit den Augen.

»Am Rathaus, im oberen, rechten Fenster.«

»Im Amtszimmer vom Oberbürgermeister? Was ist damit?«

Ohne dass der Faber es bemerkt hatte, war Kauffmann einen Schritt hinter ihn getreten. »Iiih!!«, schrie er plötzlich. »Du hast eine Spinne im Genick!« – und der Faber spürte tatsächlich eine leichte, kitzelnde Berührung hinter dem rechten Ohr und langte sich erschrocken mit der rechten Hand in den Nacken. Dabei hob er den Oberarm, und Kauffmann stach ihn mit seinem Zeigefinger von unten gegen die letzte Rippe.

»Aua!«, schrie der Faber und rieb sich die Stelle. »Das tut höllisch weh!«

»Ja«, lachte Kauffmann, »das ist auch eine gemeine Stelle. Beim Boxen kriegt man da immer seinen Leberhaken ab.«

»Du machst das sehr überzeugend«, sagte der Faber.

»Das ist keine große Sache, nur eine Finte. Man muss den Gegner ablenken und irreführen, das ist alles. Und es muss schnell gehen.«

»Wie lange dauert so etwas?«

»Eine Viertelsekunde. Wenn einer es gut macht, auch weniger.«

»So schnell, dass vielleicht sogar jemand ganz in der Nähe stehen kann und es doch nicht bemerkt, wenn er gerade in eine andere Richtung sieht?«

»Das könnte schon sein. Wenn der, der es macht, sehr geschickt ist. Aber noch eines: Mit einem Florett geht das nicht. Das ist dafür zu lang. Die Waffe muss viel kürzer sein.«

»Ja, das ist mir klar. Und noch etwas.« Der Faber überlegte einen Augenblick. »Der Stich war nicht auf dieser Seite. Der war hier, auf der linken.«

Der Bundestrainer stand einige Sekunden lang da, als wäre er erstarrt. Dann wurde er bleich in Gesicht. »Dann war es jemand, der Linkshänder ist«, sagte er mit brüchiger Stimme.

»Ein linkshändiger Fechter«, sagte der Faber, und vor seinem inneren Auge liefen wie in einer Serie die Bilder der Sportler vorüber, die er in den letzten Tagen gesehen hatte. »Denkst du jetzt, was ich denke?« fragte er leise.

»Ich fürchte, ja«, flüsterte Kauffmann. »Komm, wir gehen. Mir ist nicht gut.«

Als sie unten angekommen waren, reichte Kauffmann dem Faber die Hand und sah ihn lange an. »Was wirst du nun tun?«, fragte er.

»Ich werde an der Sache dranbleiben«, sagte der Faber.

»Du hast Recht. Was sein muss, das muss sein. Ich beneide dich nicht.« Und zum ersten Mal, seit sie sich kannten, ergriff Kauffmann den Faber an den Schultern und zog ihn an sich.

»Ade«, sagte er. »Ich denke an dich.«

Am Sonntagnachmittag saß Hebenstreit zusammen mit den Kollegen in der Redaktion und arbeitete an der Montagsausgabe der Zeitung. Sie schrieb an dem Bericht über den tödlich ausgegangenen Verkehrsunfall in Markelsheim in der vergangenen Nacht. Ihr Taschentelefon, extra klein, so klein, dass sie die Tasten mit ihren Fingerspitzen gerade noch bedienen konnte, trug sie, wie es der Name schon sagte, in ihrer Tasche, und zwar in der Brusttasche ihres groß karierten Flanellhemdes. Damenblusen in ihrer Größe gab es nicht, und das Burschikose, so fand sie, passte ganz gut zu ihr. Womit sie auch ohne Zweifel Recht hatte. Sie hatte das Telefon, damit es andere nicht bei der Arbeit störte, von Klingeln auf Vibrieren umgestellt, und so zitterte das Ding in ihrer Tasche plötzlich und heftig und versetzte alles um es herum in Aufregung.

Schnell nahm sie es aus der Tasche und sah, das tat sie vorsichtshalber immer, bevor sie den Kontakt herstellte, auf das Display. Es war der Faber, natürlich, wer sonst. Sie meldete sich: »Hallo Faber.«

Seine Stimme klang erschöpft, ja, er schien ihr beträchtlich durcheinander zu sein. So fragte er, wo sie sei.

»In der Redaktion, wo denn sonst. Und Sie?«

Er sei zu Hause, soeben heimgekommen. Ob sie sich erinnere, dass er gesagt habe, er werde sich melden, wenn es ernst würde?

»Selbstverständlich erinnere ich mich«, sagte sie.

Nun, sagte er und sie hörte, wie er tief durchatmete, jetzt sei es so weit. Und ob sie herausfinden könne, wann heute, am Sonntag, dem dreizehnten März, die Sonne untergehe.

»Um achtzehn Uhr zwanzig«, kam es wie abgeschossen aus ihrem Mund. »Warum wollen Sie das wissen?«

Das, so versicherte er, werde er ihr rechtzeitig sagen. Demnach, so fragte er dann, sei es also gänzlich dunkel, wann? So gegen halb acht?

»Ja, um halb acht ist es dunkel«, bestätigte Hebenstreit. »Was haben Sie vor?«

Sie solle, sagte der Faber, wenn sie in der Redaktion fertig sei, in ihre Wohnung nach Löffelstelzen fahren und sich umziehen. Räuberzivil, dunkle, bequeme Kleidung, wichtig sei außerdem, dass sie ihr helles Haar verhülle mit einer Kappe. Ob sie eine starke Taschenlampe im Hause habe?

»Brauche ich auch ein Brecheisen, oder wie das heißt?«, fragte sie sarkastisch.

Der Faber jedoch ging auf ihren Sarkasmus nicht ein und tat, als würde er die Nebenbedeutung ihrer Frage nicht wahrnehmen. Ein Stemmeisen oder einen Geißfuß, wenn sie so etwas im Hause hätte, bestätigte er, dann solle sie es mitbringen. Treffpunkt wäre die Wolfgangbrücke. Punkt Viertel vor acht.

23

Sonntag, 19.50 Uhr

Sie trafen sich auf dem Parkplatz hinter der Kapelle, der Faber kam mit dem dunkelroten Golf der Weichen, Hebenstreit von Löffelstelzen herunter auf ihrer Marilyn. Beide waren – fast müsste man sagen: vermummt, der Faber in seinem dunklen Anorak und dunkler Hose, auf dem Kopf eine Kappe, die man bis über die Ohren herunterziehen konnte. Die lange Hebenstreit kam ganz in schwarz, die enge Hose dieses Mal wie angegossen passend, dazu trug sie einen schwarzen, weiten Pullover und die dazu passende Pudelmütze. Als sie die abnahm, leuchteten im Licht der Autoscheinwerfer ihre hellen Haare auf, und der Faber bekam Stielaugen. In der jungen Kollegin Hebenstreit, die alle Tage bemüht war, in der von einer eifersüchtigen Chefin und sieben Männern beherrschten Redaktion sich so zurückhaltend wie möglich zu kleiden, in Hebenstreit war eine nordische, um nicht zu sagen: waterkantische Schönheit verborgen.

Beider Stimmung war, man kann es, verehrte Herrschaften, nicht anders nennen: mies. Was hätte aus so einem konspirativen Stelldichein nicht alles sich entwickeln können! Aber so reagierte jeder auf das, was sie soeben gesehen hatten, auf seine eigene Weise, nämlich Hebenstreit mit ihrem gewohnten Sarkasmus, von dem sie allem Anschein nach einen unerschöpflichen Vorrat mit sich herumtrug, der Faber aber gereizt und brummig.

Was sie soeben gesehen hatten? Was das war? Nun, ganz einfach: Weiter vorn in der Edelfinger Straße blinkte und leuchtete es in so ziemlich allen Farben, vorwiegend aber blau und gelb. Das, was da blau blinkte, das konnte man auch aus der Ferne erkennen, war ein Streifenwagen der hiesigen, örtlichen Polizei, und das mit dem gelben Blinklicht war ein riesiger Abschleppwagen; und sie schickten sich soeben an, mit dem Kran ein Auto, einen Personenwagen dort hinaufzuziehen.

Der Faber und Hebenstreit, obgleich sie heute noch gar nichts Ungesetzliches getan, sondern den Einbruch in die Garage beim inzwischen verblichenen Bankier Müller-Licht nur geplant hatten, fühlten sich dennoch ertappt. Also ließen sie ihre Einbruchswerkzeuge, Taschenlampen und die entstellenden Kopfbedeckungen im Kofferraum und verwandelten sich so gut es eben ging, während sie die wenigen Hundert Meter zu Fuß hinter sich brachten, zurück in seriöse Redakteure. Und was sie befürchtet hatten, wurde sehr schnell zur Gewissheit, nämlich dass der Wagen, der dort auf den Abschleppwagen verladen wurde, kein anderer als der silbergraue Mercedes von Hanns Heiner Müller-Licht war. Zunächst, also von weitem, nur nach dem Augenschein, aber als sie nahe herankamen, sahen sie, dass er es auch dem polizeilichen Kennzeichen nach war, das der Faber bei seinen Ermittlungen am Samstag, also gestern, zusammen mit dem Kaufhausdetektiv Schmittinger gesehen hatte. Und der Wagen war vorne rechts beschädigt; der Scheinwerfer war zerbrochen, und der Kotflügel hatte eine breite und tiefe, an einem Fahrzeug solcher Klasse besonders hässlich wirkende Beule. Der Faber dachte daran, dass diese Beule entstanden war, als der Wagen den in diesem Augenblick nur noch für Sekunden voll im Lebenssaft stehenden Herrn Direktor Müller-Licht erfasst, ihn auf das Straßenpflaster aus brüchigem, chinesischem Porphyr und mit dem Hinterkopf gegen den scharfkantigen Bordstein geschleudert hatte. Bei dieser Vorstellung musste er schmerzlich die Augen schließen.

Hebenstreit dagegen, intellektueller und in manchen Dingen auch praktischer veranlagt als der Faber, schien mit den Augen unter den Beamten nach jemand Bestimmtem zu suchen. Das fiel ihr nicht schwer, weil sie ja die meisten von ihnen um Hauptes Länge überragte, und so hatte sie denn auch den Gesuchten schnell gefunden und nahm ihn kurz beiseite, indem sie ihm vertraulich mit sanftem, aber doch kraftvollem, in der Summe aus beidem somit erotischem Griff beim Oberarm nahm und ihn zu sich herumdrehte.

»Frau Hebenstreit!«, rief Kirchofer überrascht, als er zu ihr hinaufsah und sie erkannte. »Sie sind aber auch überall!«

Und der Faber erkannte mit einer Mischung aus Zufriedenheit und Neid, dass Hebenstreit, kaum zwei Wochen im Dienst, schon dabei war, enge persönliche Kontakte zu allen nur möglichen Informationsquellen zu knüpfen. Er wandte sich ab. Die Lange machte sich doch recht gut und das besonders in diesem Fall, wo der Polizeimeister Kirchofer, das war offensichtlich, auf ihre auf schwarze, mondäne Eleganz getrimmte Gestalt abfuhr. Da wäre es sträflich gewesen, wenn er sie nicht ihre Arbeit hätte allein machen lassen.

Die Polizei hatte also, was den Tod von Müller-Licht anging, die gleichen Schlüsse gezogen wie er, der Faber selber. Er war sich nicht klar darüber, ob er das mit Befriedigung zu Kenntnis nehmen oder darauf enttäuscht reagieren sollte. Er hatte sich eben schon allzu sehr daran gewöhnt, dass er der Polizei in allem mehr oder weniger weit voraus war, so dass er sich erst wieder daran erinnern musste: Eigentlich galt das ja nur für den Rotkäppchenmord, und bei dem auch nur, weil der Zeitpunkt, an dem der geschehen war, für die Kripo eher ungünstig, aber für ihn, den Faber, weil er erstens Carlas Hilfe und zweitens den richtigen Riecher hatte, günstig gelegen hatte. Er tröstete sich damit, dass er der Polizei immer noch um einiges voraus war, denn dass den Zusammenhang zwischen beiden Fällen nur er allein hergestellt hatte, dessen war er sich so gut wie sicher.

»Sie haben aus den Glassplittern vom Scheinwerfer und Lackpartikeln von der Straße auf Marke und Modell des Wagens geschlossen.« Hebenstreit stand wieder neben ihm und riss ihn aus seinen Überlegungen.

»Klar«, antwortete er, »und von da war es nicht mehr weit bis zu dieser Garage. Müller-Licht ist also mit seinem eigenen Wagen getötet worden – das muss man sich einmal vorstellen! Wobei – die genauen Umstände werden schwer zu klären sein. Von geplantem Mord über Tötung im Affekt, sogar bis hin zu einer fahrlässigen Tötung ist da noch alles drin. Und dann natürlich die Frage: Wer hat den Wagen gefahren?«

»Kommissar Schwindt ist bei Frau Müller-Licht im Haus, um es herauszufinden«, sagte Hebenstreit.

»Wen hat er noch dabei?«

»Niemanden. Er ist allein.«

»Na, dann gute Nacht!« Für einen Augenblick ließ der Faber resigniert die Schultern sinken. »Der wird ihr den Hals umgedreht haben, bevor er etwas erfährt. Und nachher wird er sagen, sie sei selber schuld gewesen.«

»Gehen Sie davon aus, dass sie am Freitag an der Rolltreppe war?«

»Frau Müller-Licht meinen Sie?«

»Ja. Wenn sie Rotkäppchen erstochen hat, dann muss sie fit wie ein Turnschuh sein. Dann weiß sie sich möglicherweise auch jetzt zu wehren.«

»Da bin ich mir nicht so sicher.« Der Faber schüttelte sich, schüttelte damit die Resignation wie einen schweren Stein von seinen Schultern, sagte einmal laut zu sich selber: »Turbo!«, und wurde wieder fix und flink, so, wie man es von ihm gewöhnt war. Hatte schon sein Telefon aus der Jackentasche gezogen, zögerte eine Sekunde, und man konnte in seiner Miene mitlesen, was er dachte: Er entzifferte aus seinem Gedächtnis eine Telefonnummer. Wählte und bekam auch gleich Kontakt.

»Frau Lustig? – Faber hier. Entschuldigen Sie, dass ich Sie am Sonntagabend störe. Sie warten vermutlich auf Ihren Mann ... Ah! Wollten gerade losfahren, ihn abholen. Sehr gut! Wann genau kommt der Zug an? ... Zwanzig zweiunddreißig, danke ... Ja, tut mir Leid, aber er muss ... – Gefahr im Verzug ... Gut, in ein paar Minuten am Bahnhof.«

Der Faber steckte das Telefon wieder ein. Und an Hebenstreit gewandt: »Sie bleiben hier. Sehen Sie sich gut um, versuchen Sie herauszufinden, was herauszufinden ist. Aber nicht das Haus betreten! Ich bin in einer Viertelstunde wieder da.« Damit setzte er zu einem langen Sprint an und war nach zwei Sekunden schon in der Dunkelheit verschwunden. Hebenstreit hörte nur noch, wie seine kraftvollen Laufschritte sich in Richtung auf die Wolfgangkapelle entfernten.

Der Faber kontrollierte, nachdem er am Bahnhof den Wagen vor lauter Eile beinahe gegen die Wand gefahren hätte, beim Aussteigen, ob seine vom Alter abgeschabte Ledertasche noch auf dem Rücksitz lag, und sprang mit einem Satz die drei Stufen zum Eingang hinauf und stieß dabei auch noch zugleich die Schwingtür zur Bahnhofshalle auf. Dort, mitten in der im Übrigen leeren Halle sah er den Ersten Polizeihauptkommissar Lustig stehen, in einer Hand hielt er den Griff zu seinem Trollykoffer, in der anderen eine große Reisetasche. Äußerlich ähnelte PHK Lustig ein wenig einem alten Walross, und jetzt, wo er mit gefurchter Stirn einer Frau zuhörte, fiel diese Ähnlichkeit besonders ins Auge. Aber der Faber wusste, dass dieser Eindruck täuschte, und dass Lustig weder so dickfellig noch so träge war wie ein Walross, sondern dass er genau die richtige Mischung aus Ruhe und Klarheit, Scharfsinn und Tatkraft besaß, die einer an seinem Platz als Leiter des Reviers brauchte.

Die Frau, der er zuhörte – dabei konnte es sich nach Fabers Ansicht nur um dessen eigene, also um Frau Lustig handeln, sie unterbrach ihre Rede, indem sie laut: »Da ist er ja schon!« rief und dabei mit ausgestrecktem Arm auf den Faber zeigte. Lustig wusste also schon, dass etwas Unerwartetes und Gefährliches geschehen war, und dass nur augenblickliche Entscheidungen und sofortiges Handeln die Gefahr abwenden konnten, aber um welche Gefahr es sich dabei handelte, und welche Entscheidungen zu treffen waren, das musste der Faber ihm erst noch erklären. Der tat das, und er tat es konzentriert, knapp und klar, so, wie man es von einem Menschen, dessen Arbeitswerkzeug die Sprache ist, erwarten kann. Lustig sagte nur an seine Frau gewandt: »Nimm du das Gepäck mit, ich komme später.« Dabei war er schon unterwegs zu dem Opel, der ein Stück weiter hinter Fabers Wagen stand. Frau Lustig hatte dort den Kofferraum aufgesperrt, und Lustig stellte Koffer und Reisetasche hinein.

Inzwischen hatte der Faber an seinem Wagen schon für Lustig die Tür geöffnet. Der, während er einstieg, stieß ein paar Worte aus sich heraus, die der Faber nicht genau verstand. Sie klangen wie: »Die wichtigsten Einzelheiten unterwegs«, aber da fuhren sie schon vom Bahnhofsvorplatz hinaus in die Poststraße. Der Faber erklärte mit zwei Sätzen, was passiert war. Er zeigte dabei nach hinten, wo seine alte Tasche auf dem Rücksitz lag, und Lustig musste sich erst mühsam umdrehen, um sie sich zu angeln.

Während der Faber am Zebrastreifen zwischen Post und Sparkasse hielt, um Fußgänger hinüber zu lassen, zeigte er auf den Stapel Papier, den Lustig aus der Tasche gezogen hatte. »Das Protokoll über die Ermittlungen im Kaufhaus ist das Wichtigste«, sagte er und zeigte auf das Blatt, das er meinte, »von gestern, zwölf Uhr. Überwachungsanlage. Mit Schmittinger. Ich hab da alles aufgeschrieben.«

Lustig nickte nur und war schon dabei zu lesen.

»Dann«, fuhr der Faber fort, »die E-Mails.« Lustig nickte wieder stumm und las schon.

»Das Ergebnis der Rechtsmedizin.« Der Faber zeigte mit spitzem Finger auf den entsprechenden Bogen. Lustig las zweimal den vollen Text, dann runzelte er die Stirn.

»Linkshändig«, erläuterte der Faber und Lustig sagte nur kurz: »Ah ja!« Er hatte verstanden und nickte, sah aber nimmer noch nicht ganz zufrieden, so, als hätte er noch Zweifel.

»Gerd Kauffmann hat mir geholfen«, sagte der Faber.

Lustig zog die Augenbrauen hoch. »Der Bundestrainer?«

»Genau der«, bestätigte der Faber.

Lustig spitzte die Lippen, als wollte er anerkennend pfeifen, blieb aber stumm. »Weiter!« befahl er dann. Inzwischen hatten sie den Kreisverkehr der Wolfgangstraße hinter sich gelassen und befanden sich kurz vor der Tauberbrücke. Erst jetzt berichtete der Faber über den Tod des verdächtigen Müller-Licht und dass Schwindt und Kirchofer den Unfallwagen, also die Tatwaffe, in Müller-Lichts Garage gefunden hatten. Er tat das genau in dem Augenblick, als er in die Edelfinger Straße einbog, wo ihnen der Abschleppwagen mit dem aufgeladenen Mercedes entgegenkam.

»Wer ist bei Müller-Licht im Haus?«, fragte Lustig.

»Schwindt«, sagte der Faber.

»Sonst niemand?«

»Sonst niemand, soviel wir wissen. Es sei denn, Kirchofer wäre noch hineingegangen. Aber der war zuletzt ziemlich beschäftigt.«

Sie hielten vor der Villa. Lustig sprang heraus, für seine Körperfülle erstaunlich behände. Kirchofer und Hebenstreit standen im Eingang der Garage im Lichtkegel einer Straßenlampe. Kirchofer erklärte gerade etwas und zeigte auf irgendetwas am Boden. Der Streifenwagen parkte ein paar Meter weiter die Straße hinunter.

»Kirchofer, komm mit! Schnell!«, schrie Lustig. Kirchofer erschrak, und sein Gesicht zeigte Überraschung, als er seinen Ersten Hauptkommissar so plötzlich neben sich auftauchen sah, aber er fasste sich sofort und sprang hinter ihm die Treppe zur Villa hinauf.

Schneller jedoch als alle anderen war Hebenstreit. In riesigen Sätzen, immer zu drei Stufen, schoss sie die Steigung hinauf und stand als Erste an der Haustür. Die war verschlossen. Während Kirchofer und der Faber nach einer Möglichkeit suchten, in die Villa zu gelangen – Hebenstreit suchte mit ihren Augen die Fassade nach einer Einstiegsmöglichkeit ab, der Faber untersuchte den Briefkasten und Kirchofer drehte die Fußmatten um und suchte unter Blumentöpfen nach einem verborgenen Haustürschlüssel –, ließ Lustig, der als Letzter oben ankam, einfach die Haustür rechts liegen. Er ächzte im Vorüberlaufen: »Still sein und abwarten!«, und stieg weiter, jetzt schon fast keuchend, die Treppe hinauf und verschwand oben um die Hausecke.

Nach zwei Minuten, die ihnen schienen, als wären es zwanzig gewesen, hörten sie drinnen leise Geräusche, und die Haustür öffnete sich langsam. Lustigs schnauzbärtiger Walrosskopf erschien im Türspalt, der Mund gespitzt hinter einem warnenden Zeigefinger. So schlichen sie hinein.

Gleich aus dem ersten Zimmer, eben dem, in welchem am Tag zuvor vormittags der Faber mit Olga Müller-Licht gesprochen hatte, drangen seltsame, gurgelnde Geräusche. Dem Faber drängte sich das Bild vor sein inneres Auge, wie der Schwindling die Bankierswitwe im Schwitzkasten hielt und sie würgte, um ihr ein Geständnis abzupressen. Das Bild aber, das sie dann sahen, als sie zu dritt, der Faber, Hebenstreit und Kirchofer das Zimmer betraten, war erschütternd. Es war genau umgekehrt.

Mitten im riesigen Zimmer saß Schwindt in Uniform, die Pistole am Gürtel, auf einen Stuhl gefesselt. Von ihm kamen die gurgelnden

Geräusche. Er war geknebelt, und auf seinem schütteren Scheitel prangte eine gewaltige, blutende Beule. Vor, oder genauer: über ihm stand Olga Maria Müller-Licht und drückte etwas gegen seinen Hals; was es war, das konnte der Faber von der Tür aus nicht erkennen. Aber es musste etwas sehr Schmerzhaftes und Gefährliches sein, denn Schwindt saß starr vor Angst. Olga Maria Müller-Licht war bleich, das Gesicht hohlwangig, aber ihre Augen und sogar das jetzt gar nicht mehr kultiviert fallende, sondern zerzauste, silbergraue Haar schienen Feuer zu sprühen.

Kirchofer zog auf der Stelle seine Pistole. »Lassen Sie sofort den Kommissar frei!« Mit zwei Sätzen war er bis auf zwei Meter heran, der Faber und Hebenstreit dicht hinter ihm. »Waffe fallen lassen!«, schrie Kirchofer.

»Halt!«, schrie Olga Licht. »Bleiben Sie dort stehen, oder ich steche ihn ab! Keinen Schritt näher!«

Erst jetzt konnte der Faber erkennen, womit sie den gefesselten und erschrockenen Kommissar bedrohte. Es war ein schlanker Metallstab, etwa so lang wie ein Unterarm, der an dem einen Ende, das sie in ihrer Hand hielt, einen kleinen Holzknauf hatte, und der am anderen Ende, das eine Daumenbreite tief in Schwindts Hals steckte, so spitz geschliffen war, dass man fürchten musste, es werde jeden Augenblick auf der anderen Seite bei Schwindts hochrotem Ohr wieder herauskommen. Seine Haut hielt gerade noch stand, aber Schwindt hielt auch krampfhaft still. Er hielt seine Augen geschlossen, ob aus Ergebung in sein Schicksal oder weil es ihm peinlich war, dem Faber in dieser Lage unter die Augen geraten zu sein, war nicht auszumachen.

Nie vorher war dem Faber aufgefallen, dass eine Stricknadel eine so gefährliche Waffe sein konnte.

»Frau Müller-Licht«, der Faber musste erst schlucken, um seiner Stimme einen weichen, warmen, einschmeichelnden und verständnisvollen Ausdruck zu verleihen, »bitte nehmen Sie das Ding da weg. Es ist gefährlich, und Sie könnten den Herrn Kommissar damit ernstlich verletzen. Wir wissen, was geschehen ist, und es wird alles zu einem guten Ende kommen, bitte glauben Sie mir das.«

»Es ist gut, dass Sie da sind, Faber, alle miteinander«, antwortete sie ihm, und ihre Stimme klang so angespannt und hart, dass er sie kaum wieder erkannte. »Gehen Sie mir von der Seite weg, stellen Sie sich da vor mich hin. Ich lasse mich von Ihnen nicht einkreisen.« Der Faber gehorchte. Er stand jetzt schräg hinter Schwindt, Olga Müller-Licht genau gegenüber.

»Es wird alles zu einem guten Ende kommen«, wiederholte der Faber. »Wir wissen alle, was geschehen ist.« Sein Blick fiel auf den Pokal ihrer Europameisterschaft *Budapest Mai 1964*. Der lag zwischen zwei Teppichen auf dem Parkett. Er war beschädigt. Er hatte eine Beule, die genau mit der blutigen Beule auf Schwindts Schädel zusammenpasste. Offenbar hatte sie ihm den gezeigt, hatte den Ahnungslosen hinterrücks damit bewusstlos geschlagen und ihn dann an den Stuhl gefesselt.

»Gar nichts wissen Sie!«, rief sie. »Die Ehre des Bankhauses und der Familie Licht müssen wiederhergestellt werden. Jemand musste das in die Hand nehmen! Einer musste sich dafür opfern! Und das musste ich sein, ich musste diesen Menschen aus der Welt schaffen. Mein Sohn wird die Bank weiterführen, und es wird alles wieder ins Lot kommen.«

Olga Müller-Licht stand mitten im Zimmer. Hinter ihr, allerdings einige Schritte entfernt, war eine Tür. In der Tür bewegte sich ein Schatten. Der Faber schätzte die Entfernung bis dort hin auf mindestens vier Meter. Wieder bewegte sich der Schatten, und für einen kurzen Augenblick erschien das Walrossgesicht von Hauptkommissar Lustig im Türrahmen.

»Das sagte ich doch«, der Faber ging zum Schein und um sie abzulenken auf sie ein. »Es wird alles gut werden. Hanns Heiner Müller musste verschwinden und selbstverständlich auch Matilde Botterbusch. Die hat mit ihren Drohungen die Ehre des Hauses mindestens genauso verletzt wie er mit seinem ehrlosen Verhalten. Aber ihm ausgerechnet so etwas vorzuwerfen! Pfui-Fotos! Mit Kindern! Den ehrbaren Namen der Familie Licht mit etwas so Schmutzigem in Verbindung zu bringen! Nicht wahr, so war's doch? Es war doch klar, dass Sie Zugang zu den E-Mails Ihres Mannes hatten. Von hier aus, aus Ihrer Villa!« Weiter reden, dachte er, weitermachen! Ablenken, damit Lustig eine Chance bekommt!

»Matilde Botterbusch?«, fragte sie, und ihre Stimme bekam wieder ihre gewohnt kulturelle Färbung. »Was wissen Sie denn von der? Matilde Botterbusch werden Sie mir nie nachweisen können!«

»Oh doch!« Der Faber sah, wie Lustig jetzt mit irgendetwas Großem, Buntem über dem Arm in der Tür stand und sich fertig zum Sprung machte. »Oh doch!«, wiederholte er. »Sie haben die Überwachungskamera vergessen!«

»Die Überwachungskamera im Kaufhaus? Lächerlich! Das alte Ding reicht nicht bis an die Stelle vor der Rolltreppe.« Ihre Stimme und ihre Miene zeigten aber, dass sie jetzt unsicher wurde. Lustig in der Tür entrollte eine große, bunte Decke.

»Aber den Schuh- und Schlüsselstand hat sie im Blick.« Der Faber sprach immer noch leise und verständnisvoll. »Dort haben Sie die Stricknadel geschliffen. An der Schleifscheibe. Am Freitag um halb zehn, als der Mann mit der Schürze gerade einen Kaffee trinken war. In der Aufzeichnung ist alles genau zu erkennen, einschließlich Datum und Uhrzeit. Auf die Sekunde genau.« Das war selbstverständlich frech gelogen, oder sagen wir es vornehmer: auf den Busch geklopft, weil der Schuh- und Schlüsselstand sich im toten Winkel der Kamera befand, aber der Faber hoffte, dass Olga Maria Müller-Licht das nicht wusste. Deren Gesicht verriet zunehmend Unsicherheit, und Schwindt starrte jetzt mit aufgerissenen Augen auf den Faber.

»Kommen Sie«, sprach der weiter auf Olga Müller-Licht ein, »zwei tote Menschen, ich bitte Sie! Das sind schon zwei zu viel. Nicht noch mehr, bitte. Es ist schade um jeden Einzelnen, sogar um *den* hier«, und er deutete auf Schwindt, »sogar um *den* wäre es schade.« Bei diesen Worten sah er den gefesselten Kommissar nicht an.

Aber aus den Augenwinkeln sah der Faber, dass Lustig jetzt begonnen hatte, über die Teppiche heranschleichen. Mit beiden Händen hielt er die Decke. Da schrie der Faber unvermittelt: »Jetzt!« Er gebärdete sich wie übergeschnappt, wedelte wild mit den Armen und machte einen Schritt auf Lustig zu. Olga Müller-Licht erschrak, trat unvermittelt einen Schritt zurück und drehte sich ebenfalls um, und plötzlich ging alles blitzschnell. Kirchofer sprang mit zwei Schritten zu Schwindt und riss ihn samt dem Stuhl, auf den er gefesselt war, einfach um. Damit fiel der Kommissar zwar unsanft auf seine Hinterpartie, aber er war zugleich aus der Reichweite der gefährlich spitzen Stricknadel gerettet. Zugleich holte Hauptkommissar Lustig weit aus und warf die bunte Decke. Wie ein Fächer breitete die sich aus und fiel über Olga Müller-Licht. Lustig wirbelte sie schnell ein paar Drehungen herum und wickelte sie darin fest, so dass sie sich nicht mehr rühren konnte.

Erst jetzt fiel es dem Faber auf: Die Decke war ein großer Bettüberwurf, kunstvoll aus vielen Einzelteilen bestehend, alle mit viel Geduld aus bunter Wolle mit der Hand gehäkelt. Wie ein Puzzle, musste der Faber denken, bei dem jetzt alles zusammenpasst. Lustig musste die Decke hier in der Villa in einem der Schlafzimmer gefunden haben.

»Frau Olga Maria Müller-Licht«, redete der Hauptkommissar den bunten Bettüberwurf feierlich an, »hiermit sind Sie vorläufig festgenommen. Kirchofer, deine Handschellen bitte!«

Sie wurde mit dem Streifenwagen zum Schloss gebracht. Schwindt saß kleinlaut auf dem Beifahrersitz, Beule und Platzwunde waren notdürftig verarztet. Frau Müller-Licht hatte Verbandzeug und Schmerztablette beigesteuert, indem sie Hebenstreit beschrieben hatte, wo in der Villa die zu finden waren. Kirchofer saß hinter dem Lenkrad. Lustig saß hinten neben Olga Müller-Licht.

Die redete auf den Ersten Hauptkommissar ein und wiederholte, fast, so könnte man sagen, ohne Punkt und Komma: »Es musste sein, verstehen sie? Letzten Endes ging es um alle beide, es ging nicht anders. Jemand musste es tun, jemand musste sich für den beschmutzten Namen der Familie und für das Unternehmen opfern. Schmutzige Bilder auf dem Chefschreibtisch der Privatbank!« Sie schnaubte empört, und man konnte heraushören, dass sie die von Matilde Botterbusch erfundenen Fotos für bare Münze hielt; offenbar traute sie dem Mann, der sie und ihre Familie vierzig Jahre lang mit seinen Weibergeschichten öffentlich bloßgestellt hatte, auch das zu. »Mein Sohn wird alles weiterführen. Ich werde den Rest meines Lebens hinter

Gittern verbringen, na gut, ich hoffe, es wird mir nicht allzu viel ausmachen. Ich werde so leben, als wäre ich in einem Kloster. Es musste eben sein. Einer musste die schmutzige Arbeit übernehmen ...«

Lustig nahm ihr die Handschellen ab und sah sie mitleidig an.

Olga Maria Müller-Licht wurde am späten Sonntagabend im Polizeirevier Bad Mergentheim, in der »Schlosspolizei«, bis in die Nacht hinein eingehend vernommen. Der Faber durfte dabei sein, »hörend«, wie Lustig betonte, um für alle deutlich zu machen, wer die Vernehmung leitete. Er tat es mit dem erklärten Ziel, der Kriminalpolizei aus Tauberbischofsheim am Montagmorgen einen vollständig geklärten Fall zu übergeben, und die Vernehmung verlief so, dass er gute Aussicht hatte, dieses Ziel zu erreichen. Lustig hatte dabei Fabers Unterlagen und Notizen vor sich, die, was den Fall Rotkäppchen anging, so gut wie vollständig waren, so dass, falls Olga Maria Müller-Licht beschönigende oder anders entstellende Seitenwege hätte einschlagen wollen, Lustig sie wieder auf den schmalen Pfad der reinen Wahrheit hätte zurückholen können. Das Meiste war schon bekannt, nur Kleinigkeiten fehlten noch. So hatte sie am Freitagmorgen ein Holzkästchen mit Stricknadeln Größe 3/36 im Kaufhaus erstanden, hatte sich damit in der Nähe des Schuh-und Schlüsselstandes postiert und gewartet, bis sie unbeobachtet eine der Leichtmetallnadeln schleifen konnte. Nachdem sie Matilde Botterbusch erstochen hatte, hatte sie, so, wie der Faber es vermutete hatte, auf dem kürzesten und schnellsten Weg, also über die Marmortreppe und den Haupteingang, das Kaufhaus verlassen. Als Rotkäppchen oben an der Rolltreppe gefunden und der Alarm ausgelöst worden war, hatte ihre Mörderin schon draußen in der Fußgängerzone gestanden und scheinbar interessiert die Bemühungen des Rettungsdienstes verfolgt. Dort, das fiel dem Faber jetzt wieder ein, hatte er sie gesehen. Jetzt wusste er, was die ganze Zeit in ihm rumort hatte.

Das Kästchen hatte sie in ihrem Wohnzimmer bei den Stricksachen aufbewahrt. Als Schwindt bei ihr geklingelt hatte, um sie zu dem Unfall mit Fahrerflucht zu befragen, hatte die geschliffene Nadel noch griffbereit mit den anderen darin gelegen. Sogar der Kassenzettel aus dem Kaufhaus hatte noch dabeigelegen: drei Euro vierzig.

Schon am Montagmorgen erschien in der Tauber-Post ein zwar kurzer, aber Aufsehen erregender Artikel: »Tauber-Post deckt Mord auf«, in dem unter anderem die vorbildliche Arbeit der Polizei hervorgehoben wurde. Hebenstreit hatte ihn noch am Sonntagabend geschrieben und mit Luise Blausteins Billigung, bevor die Montagsausgabe am späten Abend in Druck ging, auf Seite eins des Regionalteils eingeschoben. Selbstverständlich mit reißerischem Hinweis auf der ersten, der Mantelseite. Der eigentliche Bericht, »von unserem stellvertretenden Redaktionsleiter Hans Ulrich Faber«, obgleich auch den zu einem großen Teil Hebenstreit verfasst hatte, allerdings mit Hilfe von Fabers Unterlagen und Notizen, stand dann in der Dienstagsausgabe.

Dort kann auch heute noch jeder, der es wissen möchte, die weiteren Einzelheiten nachlesen. Die Tauber-Post verfügt, wie wir, verehrte Damen und Herren, inzwischen alle wissen, für solche Zwecke über ein ausgezeichnetes Archiv.

Epilog

Der Faber, wie wir ihn ja nun kennen, war immer und bleibt wohl auch weiterhin ein eher konservativer Mensch, wie übrigens die meisten Menschen in Tauberfranken. Seit Jahren verbrachten er und seine Weiche deshalb ihren Jahresurlaub immer am selben Ort im Norden von Mallorca. Dort, oberhalb von Inca, zwischen den beiden Orten Selva und Lloseta, waren sie regelmäßige Feriengäste in immer derselben Ferienwohnung, die zum Bauernhof von Fabers Freund Alberto und dessen Frau Juana gehörte. Mallorquiner waren schon immer bodenständige Menschen und ganz nach Fabers Geschmack.

So saßen der Faber und seine Weiche, kaum mehr als eine Woche, nachdem der Artikel »Tauber-Post deckt Mord auf!« die Einwohner des Landes von ihren Couchs und Sofas und aus ihren Sesseln gerissen hatte, mit ihrer kleinen Tochter im Flugzeug, im Landeanflug auf den Flughafen von Palma de Mallorca.

Der Faber war gelöster Stimmung wie schon lange nicht mehr. Er freute sich auf die südländische Küche und auf die ausgedehnten Wanderungen in den herrlichen Bergen der Insel. Und er freute sich auf den nächsten Donnerstag, da würde er nach Inca auf den Markt fahren, frisches Gemüse einkaufen und anschließend für seine Familie das Mittagessen kochen, ein Genuss, den sich im heimischen Deutschland gerade jetzt, im März, kaum jemand richtig vorstellen konnte. Er würde seine Kenntnisse im Spanischen und vor allem im mallorquinischen Katalanisch auffrischen und wenigstens einmal mit dem Mietwagen hinauffahren zur alten arabischen Festung bei Alaró, um dort im Gasthaus Schneckensuppe und die unvergleichliche Lammschulter zu essen, frisch aus dem Backofen, der mitten in der Gaststube stand. Sie würden miteinander die steinzeitliche Siedlung bei Artá besuchen und würden weiter bis ans Meer fahren nach Cala

Ratjada, um dort am Hafen auf der Plancha gegrillte Sepia und Oktopus zu essen, dessen Arme mit den Saugnäpfen bei der Weichen immer die Gesichtszüge zum Entgleisen brachten.

Und er würde abends mit Seniora Teresa, der alten Mutter des Bauern, beim Rotwein wieder *UNO* spielen, ein Kartenspiel für Kinder und alle, denen es gelungen war, sich ein kindliches Gemüt zu bewahren. Und Tino, Albertos älterer Bruder, der seit seiner Geburt geistig leicht behindert war und dessen Denken und Bewegungen dadurch um die Hälfte verlangsamt waren, würde zuschauen und altklug daherreden, als ob er alles verstünde. Diesen Tino hatte der Faber sich zum Vorbild genommen immer dann, wenn im Alltag seiner Zeitung die Hektik ihn zu verschlingen drohte. Dann sagte er laut zu sich selbst »Tino!« und machte wie Tino alle Bewegungen um die Hälfte verlangsamt. Das brachte ihm Ruhe, und danach konnte er sich wieder konzentrieren. Dem gutmütigen, aber langsamen Tino hatte der Faber sein ganz persönliches Anti-Stress-Programm abgeguckt.

Inzwischen war das Flugzeug gelandet. Die Sonne schien, der Himmel war blau, und die Luft auf der Insel war warm. Während die Weiche sich um Miriam kümmerte, holte der Faber ihr Gepäck. Dann ging er, gleich vom Flughafen aus für die zwei Wochen ihres Urlaubes einen Wagen zu mieten.

Der Faber war froh, richtig froh, dass er all die Aufregung hinter sich hatte. Diese drei Tage waren wirklich eine sehr unangenehme und anstrengende Sache gewesen. Der Rotkäppchenmord hatte ihn körperlich und vor allem seelisch schwer mitgenommen. So etwas würde er nie wieder an sich heranlassen. Das schwor er sich.

Und seiner Weichen, darin war sie unerbittlich, musste er es auch schwören.

Zu dieser Geschichte

Dies ist ein Roman, und alle darin handelnden Personen sind frei erfunden – selbstverständlich mit Ausnahme der Stadt Bad Mergentheim, ihrer Straßen, Plätze und Anlagen. Auch sie – ganz ohne Frage ist auch sie eine starke Persönlichkeit.

Dabei habe ich mir viel Freiheit genommen. Wenn einer etwas mit Lust und zur Freude seiner Mitmenschen erzählen will, dann muss das so sein, es geht nicht anders. Ich habe Daten geändert, Ortschaften verlegt und Straßen einfach erfunden. So gibt es in Bad Mergentheim keine Martinsgasse, das Moshammerstift für Obdachlose gibt es – leider – auch nicht, und die berühmte Fechtertruppe von Tauberbischofsheim war 1964 nicht bei den Olympischen Spielen in Tokio. Sie erreichte ihren Leistungshöhepunkt erst später. Und die putzige Tauber-Post samt ihrer Redaktion in der Burgstraße gibt es selbstverständlich auch nicht und das Kaufhaus Belleim hat viele Eigentümlichkeiten, die ich frei erfunden habe – wie z. B. auch seinen Namen.

Mit der Polizei und ihren unerfindlichen Dienstwegen habe ich mir einige Freiheiten herausgenommen, die ich mir als treuer Staatsbürger in der Realität leider versagen muss.

Viele Menschen haben geholfen, dass diese Geschichte entstehen und dass sie gedruckt und unter die Leute gebracht werden konnte. Ich bedanke mich hiermit bei allen, besonders

bei dem Schriftsteller Ulrich Hefner, der dem Anfänger wertvolle Tipps gegeben hat, unter anderem dazu, wie ein Autor und ein Verlag zueinander finden können,

bei den Redaktionsleitern Claus Peter Mühleck und Olaf Borges, bei denen ich Einblick bekam dazu, wie die Lokalredaktion einer Zeitung arbeitet, bei Rainer Moritz und Rosemarie Lux, die das Manuskript begutachtet und mir Mut gemacht haben,

bei dem Bundestrainer a. D. Bernd Peltzer, der seinerzeit die Mannschaft der Tauberbischofsheimer Degenfechter an die Weltspitze führte und ohne den ich in Sachen Fechtsport rettungslos verloren gewesen wäre,

und bei Heide Stahnke, die immer die verrücktesten Ideen hatte – eine davon schon vor Jahrzehnten, nämlich die, mich zu heiraten.

Bad Mergentheim, im April 2006

Wolfgang Stahnke